노이스 해

한 제국

초원

지대

한단

어르 해

카시오 해

소오

소오크

왕국

이스트

해

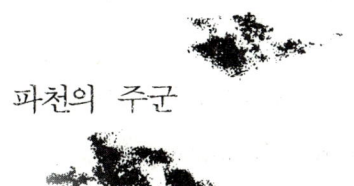

파천의 주군

파천의 주군 5

이재현 판타지 장편 소설

초판 1쇄 찍은 날 § 2004년 12월 15일
초판 1쇄 펴낸 날 § 2004년 12월 25일

지은이 § 이재현
펴낸이 § 서경석

편집장 § 문혜영
편집책임 § 김민정
편집 § 장상수 · 최하나
마케팅 § 정필 · 강양원 · 이선구 · 홍현경

펴낸곳 § 도서출판 청어람
등록번호 § 제1081-1-89호
등록일자 § 1999. 5. 31
어람번호 § 제1-0565호

주소 § 경기도 부천시 원미구 심곡1동 350-1 남성B/D 3F (우) 420-011
전화 § 032-656-4452 팩스 § 032-656-4453
http://www.chungeoram.com
E-mail § eoram99@chollian.net

ⓒ 이재현, 2004

ISBN 89-5831-343-9 04810
ISBN 89-5831-146-0 (SET)

5

목차

제1장

비상하는 세아 왕국

비상하는 세아 왕국

시간은 많은 변화를 가져온다. 내전에 의한 상처는 지연의 뛰어난 계획과 추진력에 의해 빠른 속도로 아물었다. 혼란스러운 정국을 수습해 가는 그녀의 능력은 놀라웠다.

갓 열일곱의 소녀라고는 볼 수 없는 노련한 수완가의 모습이었다. 지연의 우선적인 목표는 사로트에 버금가는 발전이고, 최종 목표는 그들을 타도하고 서대륙 제일의 강국으로 부상하는 것이다.

이전의 지연이었다면 결코 이러한 것들을 성공시킬 수 없었으리라. 하지만 그녀는 과거의 지연이 아니었다. 가장 큰 변화라면 역시 그녀가 셀 14세의 일곱 번째 후궁으로 들어간 사실이다.

이것으로 지연은 세아 왕국 안에서의 자신의 입지를 완전히 굳혀 버렸다. 막강한 권세를 휘두르는 셀 14세의 첩이자 국가 권력의 상당 부분을 담당하고 있는 그녀의 위치란, 안팎으로 그 힘이 미치는 실로 엄청난 것이었다.

셀 14세와 지연은 수도 근처에서 한 귀족의 불온한 움직임을 포착해 군대를 이끌고 그들을 토벌하기 위해 나섰다. 지연의 계략에 걸려든 불온한 뜻을 품고 있던 귀족들이 모두 고개를 들고만 것이다.

셀 14세의 권력에 자신의 입지를 불안하게 느끼던 정통 귀족들이 숱하게 들고일어났다. 겉에서 보면 상당히 혼란스러운 정국이었지만, 자세히 들여다보면 오히려 그 반대였다.

세아 왕국은 저 푸른 하늘을 향해 비상하고 있었던 것이다.

한편 셀 14세가 군이 지연을 전쟁터로 종군하게 한 이유는 따로 있었다. 뒤에서 신출귀몰한 작전을 짜고 국가를 다잡아 나가는 지연이 부족한 것이 하나 있었으니, 실제로 피 튀기는 전쟁터를 가까이에서 본 적이 없다는 것과 직접 손에 피를 묻혀본 일이 없다는 것이다.

셀 14세는 그녀를 위해 이번 기회에 그 두 가지를 모두 채워줄 생각이었다. 지연은 셀 14세의 그러한 기대에 부응했다.

"와아아!"

공성전이 벌어지는 것을 코앞에서 보고 느끼는 지연의 기분은 묘했다. 여느 소설에서처럼 병사들의 잔혹한 죽음과 피에 망연자실하지는 않았다. 오히려 두려움 따위의 감정이 아닌 호기심의 표정이었다.

"밀어붙여라!"

성에 수천 개의 사다리가 놓여지고 병사들이 기어올라 가는 것을 보며 지연은 감탄을 터트렸다. 생동감 넘치는 전쟁터를 실제로 보고 있다는 사실이 지연을 흥분케 했다.

수많은 생명력이 진동하는 대지는 지연의 마음을 단번에 사로잡았다.

그녀는 빠른 속도로 삶과 죽음이 교차하며 피가 흩뿌려지기도 하는 이곳에 적응해 나갔다. 역시 지연은 평범한 여자가 아니었다.

"저쪽이 비었다. 병사 3천을 저쪽에 투입해라."

"옛!"

지연은 실질적 군의 총사령관이 뒤에 있음에도 아랑곳하지 않고 명을 내리기에 바빴다. 한 귀족이 지연의 명을 받아 용감하게 말에 올라 어딘가로 달려갔다. 자신과 상의도 없이 명을 내리는 지연의 모습은 분명한 월권 행위였으나 셀 14세는 오히려 그것이 자랑스러웠다.

비록 자신을 한 번 흘끔 보더니 망설임없이 달려나간 귀족이 밉살스럽긴 했지만, 흐뭇한 감정에 비하면 그것은 아무것도 아니었다.

'과연 지연이로군. 보통 여인이었다면 병사들의 두려움과 죽음의 공포에 물들어 이성을 잃었을 것이다. 그런데 그녀는 오히려 전쟁을 주도해 나가고 있지 않은가. 후후, 과연 지연이야!'

세아 왕국 최고의 책사와 지휘관을 만난 로스 성은 최악의 상황이었다.

그들과 맞설 만한 뛰어난 지휘관이 있는 것도 아니었고, 병사가 많은 것도 아니었다. 오히려 셀 14세의 5만 대군에 비해 십분지 일이 될까 말까 한 겨우 수천 남짓한 병력만이 있을 뿐이었다.

로스 영지의 영주이자 성주 헬 카이트는 분노를 터뜨렸다.

탁.

"제길! 완전 저 요녀에게 우리가 당하지 않았는가!! 완전히 말려들었어. 이런 꼴이라니……."

헬 카이트가 성벽을 주먹으로 내려치며 치를 떨었으나 그런다고 지연이 화를 당할 리는 없었다.

휘익.

날아오는 화살을 검으로 가까스로 쳐낸 그는 입술을 깨물었다. 얼마나 분했던지 깨물었던 입술에서 선명한 붉은 액체가 흘렀다. 이것은 완벽한 패배였다.

아마 몇 시간 지나지 않아 자신들은 싸늘한 시체가 되어 있을 터였다. 그는 그 상황에서 오히려 크게 웃음을 터뜨려 죽음에 대한 두려움을 떨쳐 냈다.

"크하하!! 기왕 죽을 바에야 죽기로 싸워야지. 나를 따르라!"

성주는 맹렬한 셀 14세의 대군에 물러서기는커녕 오히려 선두로 나섰다. 가까이서 셀 14세와 함께 성을 공략 중이던 지연의 눈에도 그 모습이 잘 보였다.

지연이 그를 확인하고는 셀 14세를 홱 돌아보았다.

그녀의 시선에 셀 14세가 고개를 끄덕여 보였다.

"당장 저격병을 불러들여 저 날뛰는 개를 잠잠케 하라."

"옛! 명을 받듭니다."

헬 카이트 로스 성주는 얼마 되지 않아 인간 벌집이 돼버렸다. 지연에게 명을 받은 수십여 명의 저격병들이 자리를 잡고 분투하고 있는 그를 향해 화살을 쏘아댄 것이다.

허무하게 성주가 목숨을 잃자 머리를 잃은 병사들은 저마다 무기를 버리며 항복하기 시작했다.

그러나 지연은 그들을 살려둘 생각이 없었다. 이미 그 점은 셀 14세와도 말을 끝낸 뒤였기에 지연은 망설임없이 병사에게 눈짓하여 계획대로 붉은 기를 흔들게 했다.

거대한 깃발은 성을 공격하던 병사들의 눈에도 잘 보였다. 저 깃발의 의미는 적의 몰살이었다.

한껏 피를 보아 피에 눈이 뒤집어진 병사들은 정당화된 학살에 흥분하며 날뛰었다. 성안에는 수백으로 줄어든 병사들뿐 아니라 1만에 가까운 시민들이 있었다. 하지만 그들의 운명 또한 본보기를 위해 결국 죽음으로 확정되어 버렸다.

시민들은 아우성을 지르며 이쪽저쪽에서 숱하게 죽어 나갔다. 시민들은 훈련된 정병이 아니었고, 그들이 이길 가능성은 전무했다.

결국 지연이 처음으로 직접 일선에서 참가한 전투는 완벽한 승리로 끝났다.

워낙에 병력 차이가 나기도 했지만 처음임에도 눈부셨던 지연의 빈틈없는 용병술이 빛났기 때문이다.

아침에 시작된 전투는 채 하루가 지나기도 전에 끝이 났다.

로스 성의 수천 병사들과 1만에 가까운 시민들은 포로고 뭐고 모두 목이 베어져 버렸고, 성안은 시체로 산을 이루었으며, 흘러나온 핏물로 냇물을 이루었다.

셀 14세와 지연은 대승에 자축하기 위해 집무실에 들어섰다.

"하하하! 오늘 내 그대를 보니 과연 지연이라는 생각이 들었소."

"호호, 황공하옵니다."

"여봐라, 와인을 가져오너라."

셀 14세의 명에 시녀가 급히 와인을 가져왔다. 수많은 죽음을 위로하듯 와인은 피처럼 붉었다. 그러나 지연은 전혀 망설임없이 안색을 환하게 밝히고는 코르크 마개를 돌려 땄다.

뻥.

맑은 소리가 방 안에 울려 퍼졌고, 지연은 우선 셀 14세의 잔에 와인을 한 잔 가볍게 따랐다. 지연이 자신의 잔에도 붉은 기운을 채우려는 순간 셀 14세가 빙긋 웃으며 그녀의 손을 가로막았다.

지연에게서 와인을 가로챈 셀 14세는 친히 그녀의 잔에 달콤한 액체를 따라주었다.

지연이 잠시 고개를 숙여 그에게 고마움을 표시했다. 셀 14세가 잔을 들자 지연도 잔을 들었다.

"세아 왕국의 영원한 발전을 위하여! 그리고 아름다운 지연을 위하여! 하하하!"

"세아 왕국의 영원한 발전을 위하여! 그리고 위대하신 셀 14세 전하를 위하여! 호호!!"

둘은 흥겹게 잔을 부딪쳤다. 잔이 부딪치는 싱그러운 소리가 집무실에 퍼져 나갔다. 셀 14세와 지연은 그 소리가 가시기 전 자연스럽게 입가로 잔을 가져갔다.

피로한 병사들을 위해 하루 휴식을 취한 셀 14세와 지연은 다시 병력을 이끌고 이번엔 해적 토벌을 위해 나섰다. 사로트와 상대하기 위해선 해적 토벌이 필수였다.

지난번 대군을 동원했을 때도 비어 있는 후방을 공격해 와 얼마나 골치가 아팠는가.

비록 당시 별 피해를 입지 않았고, 또 잘 격퇴했다고는 하나 심리적으로 불편할 수밖에 없었다.

결국 그 두통거리를 제거하기 위해 이렇게 셀 14세와 지연이 또다시 직접 나선 것이다.

몇몇 귀족들을 손쉽게 토벌하여 사기 충천해 있는 병사들은 거침이 없었다. 셀 14세와 지연은 항구에 미리 정박하고 있는 47척의 전함에 수전의 경험이 있는 1만 4천가량의 병사들을 태우고 나머지는 항구에 대기케 했다.

첩보에 의하면 해적들의 본거지는 항구에서 얼마 떨어져 있지 않은 작은 섬이었다. 적의 규모는 약 4천가량으로 세아 왕국군처럼 거대한 전함은 한 척도 없었지만, 풍부한 경험과 70척에 달하는 날쌘 배들은 무시할 만한 것이 아니었다. 아마 치열한 일전을 치러야 할 것이다.

하지만 정작 지연의 발목을 잡은 것은 그것이 아니었다. 그녀를 붙잡고 늘어진 건 바로 뱃멀미였다. 배가 거대하다고는 해도 어느 정도는 흔들리기 마련이었고, 중간에 만난 거친 파도 때문에 배는 심하게 흔들렸다.

결국 지연은 뱃전에 주저앉아 쉴 사이 없이 등을 두들겨 주는 셀 14세의 부축에도 엄청나게 고생을 했다. 두 번 다시 겪기 싫을 정도의 최악의 뱃멀미였다.

셀 14세와 지연이 해적들과 조우하게 된 것은 지연이 지쳐 막 잠이

들었던 한밤중이었다. 시작은 해적들의 화살세례로 시작되었다.

슈슈슈슈.

만반의 준비를 갖추고 있었지만 빠른 기동력으로 치고 빠지는 해적들의 솜씨는 보통이 아니었다. 쏟아지는 화살들에 의해 병사들의 피해가 하나 둘 늘어나자 아직도 비틀거리는 지연을 만류하며 셀 14세가 먼저 뱃전에 올랐다.

"마법사들은 무엇을 하고 있는가? 어서 캐스팅하라! 저들이 다가올 때 일격에 마법을 퍼부어준다!"

불행히도 세아 왕국에는 마나포가 없었다.

치고 빠지는 적들에게 함포세례를 듬뿍 퍼부어줄 기회였지만 말이다.

사실 배에 마나포를 실어 함포를 만든 것은 사로트로도 한참 애를 먹고야 겨우 이루어진 일이었다.

거의 배의 구조를 다 뜯어고치고서야 성공을 거둘 수 있었다.

그런 상황에서 마나포의 기술조차 알지 못하는 세아 왕국에서 마나포로 해적들을 요격한다는 것은 말도 안 되는 일이다.

결국 마법 캐스팅이 끝난 마법사들의 손끝에서 반격이 이루어졌다.

수십여 명의 마법사들이 일시에 펼치는 파이어 볼의 위력은 만만치가 않은 것이었다. 일순간 주위가 환해지면서 적들의 배를 향해 불덩어리들이 비산했다.

가까스로 뱃전에 오른 지연은 순간 눈앞의 광경에 놀라움을 금치 못했다. 해적들이 무슨 조치를 취했는지 불덩어리들이 그들의 배에 닿는 순간 얼마 지나지 않아 그냥 힘없이 사그라져 버린 것이다.

마법사들이 놀라 다시 부지런히 캐스팅을 했지만 해적들의 화살이 어지러이 그들에게 날아들었다. 병사들이 기겁하여 방패를 들고 달려왔지만, 이미 몇몇 마법사들은 화살을 맞아 운명을 달리했다.

셀 14세는 병사들에게 외쳤다.

"당장 배를 저들의 뱃전에 대라. 내가 직접 나서겠다. 모든 배들도 나를 따르라!! 그리고 마법사들은 모두 마법을 준비하라!!"

병사들이 한참 고생을 한 후에야 셀 14세의 바람은 이루어졌다. 아무래도 수전은 약할 수밖에 없었고, 해적들은 그 점을 파고들어 세아 왕국군을 괴롭히고 있었다.

그러나 그 다음은 셀 14세의 무대였다. 줄기줄기 내뿜는 오러 블레이드 앞에 해적들은 절단이 나버렸다.

한 척의 배가 그렇게 그의 검에 절단나 버리는 것을 보며 해적들은 흠칫하며 일단 도망치기 시작했다.

셀 14세는 그들의 뒤를 쫓으려 했으나 덩치가 큰 전함들이 기동력이 대단한 해적들의 배를 추격하기란 힘든 일이었다. 결국 얼마 지나지 않아 추격을 포기한 셀 14세였다.

지연은 한 부하의 보고를 듣고는 생각보다 큰 피해에 허탈해졌다. 적은 겨우 한 척이 침몰되고 수십여 명이 죽었을 뿐인데, 아군은 무려 1천여 명이 죽거나 다치고, 비록 다 소화시켰으나 여러 척의 전함에 불길이 올랐기 때문이다.

지연이 뱃전을 잡고 부르르 떨고 있는 셀 14세의 등 뒤로 부드럽게 감겨들며 속삭였다.

"전하, 아무래도 머리를 써야겠습니다."

"네, 이놈들을……. 그래, 무슨 좋은 계책이라도 있소?"

"우선 침실로 가시지요. 전하께서는 좀 쉬셔야 해요."

"후우, 알았소. 내 그대의 말대로 하지."

셀 14세는 한숨을 푹 내쉬며 지연과 함께 자신의 기함에 준비된 침실로 발걸음을 옮겼다. 말은 그렇게 했지만 아무래도 해적들이 내심 마음에 걸리는 모양이었다.

하루가 채 지나지 않아 지연에게서 해적들을 토벌할 묘책이 떠올랐다.

사실 조금만 생각하면 누구나 생각해 낼 수 있는 별것 아닌 책략이었다. 그저 끌어들여 퇴로를 차단하고 포위 섬멸해 버린다는 단순하면서도 확실한 방법이었다.

기동력의 부재를 메우기 위해 항구에서 20여 척의 작은 배들을 추가로 불러들였다.

병력도 2천이 불어나 다시 1만 5천을 헤아리는 대군이 되었다. 해적들의 소탕은 손쉬울 것처럼 보였다.

끼이익.

유인 전술을 펼치기 위해 십여 척의 작은 배들이 1천여 명의 병사들과 함께 움직였다.

해적들은 보기 좋게 걸려들었다. 맹렬한 기세로 절반에 가까운 해적들이 그들의 본거지에서 기어나온 것이다.

근처 지리를 훤히 아는 그들이었기에 지연은 배를 분산시켜 교묘하게 숨겨놓는 등 만반의 준비를 해두었다. 세밀하게 일대를 이 잡듯 뒤지지 않는 한 세아 왕국의 전함이 발견될 가능성은 희박했다.

그것을 아는지 모르는지 해적들은 용감하게 쫓아 나왔고, 얼마 되지 않아 용감하게 포위되어 버렸다.

지연은 이 해적들 가운데 상당수가 불가피한 이유로 해적질을 하고 있음을 잘 알고 있었다.

셸 14세 또한 마찬가지였다. 그랬기에 지연은 묘한 방법을 제시했다.

원래부터 해적이었던 자들이야 제거하면 그뿐이지만, 충분히 자신들에게 넘어올 존재들을 해적들과 같이 폐기 처분하기에는 그들의 이용 가치가 너무 아까웠다. 그랬기에 지연은 포위당한 해적들에게 우선 항복을 권유했다.

"항복하라. 항복하면 세아 왕국의 정예 해군으로 받아들여 줌과 동시에 풍성한 돈도 지급될 것이다. 더 이상 해적이라는 오명을 뒤집어쓰지 않길 바란다."

셸 14세의 웅혼한 외침에 해적들은 동요하기 시작했다. 자신들을 포위하고 있는 자들과 상대하자니 전멸을 각오해야만 했다. 일부 양심이 남아 있던 자들에게서 소란이 일어났다. 자중지란이 시작된 것이다. 셸 14세는 이 기회를 놓치지 않았다.

"공격!! 항복하는 자들은 살려주고 저항하는 자들은 모조리 베어라!!"

셸 14세는 미리 준비한 여분의 검 한 자루를 지연에게 들려주었다. 묘하게 손에 감겨드는 검의 느낌에 지연은 몸서리를 쳤다.

그녀와는 또 상관없이 전투는 급속히 전개되었다. 채 몇 시간이 흐르기도 전에 삼분의 일에 달하는 해적들을 포로로 잡았고, 삼분의 일은 항복을 받아냈다.

전혀 피해가 나지 않을 수는 없었기에 바다에는 부서진 배의 잔해와 수많은 해적의 시체들이 둥둥 떠다녔다. 그래도 쾌승이었다.

셀 14세는 승리와 함께 부하 귀족에게 더욱 흥겨운 보고를 받았다. 바로 해적들의 부대장을 사로잡았다는 것이다. 셀 14세는 그의 처형을 지연에게 직접 맡길 생각이었다.

"그 해적 놈과 그의 직속 부하들을 끌고 와라!! 내가 친히 심문할 것이니라."

셀 14세의 명에 의해 해적 부대장과 함께 십여 명의 해적들이 볼품없이 끌려왔다. 조금 전만 하더라도 많은 부하 해적들에게 당당하게 명을 내렸던 그들의 신세가, 생각하면 할수록 너무 처량했다.

"지연, 그대가 저들의 목을 모두 베어버리게. 골수 해적 놈들을 살려 둬 봤자 애꿎은 사람들만 다칠 뿐이야."

"알겠어요."

지연은 그제야 셀 14세가 자신에게 들려준 검의 의미를 알았다. 하지만 두렵고 떨리지는 않았다. 오히려 담담했다. 그녀는 처음 살인을 한다는 묘한 흥분감을 안고 그들의 앞에 섰다.

자신의 앞에서 부들부들 떨며 살려달라고 외치는 모습을 보며 지연은 야릇한 미소를 지었다.

'어차피 내가 죽이지 않는다 하더라도 저들은 전하의 손에 죽을 거야. 기왕이면 내가 죽여 피에 대한 두려움과 살인에 대한 두려움을 극복하는 것이 좋겠지. 전하께서 목적하시는 바가 그것이었나 보네. 내

가 애써 얻은 것들을 허무하게 잃을 수는 없어. 그래.'

지연은 속으로 뭔가를 생각했는지 굳은 결심을 한 표정이었다. 그녀는 망설임없이 손을 치켜들었다. 지연의 힘이 아무리 세다 하더라도 그들의 목숨을 단번에 거두어갈 수는 없었다. 하물며 십여 명을 연달아 베는데 그것이 어린 지연에게 쉬울 리 없었다.

"지연, 결심했나 보군. 역시 그대야. 이렇게나 빨리 결단을 내리다니."

"어차피 죽을 목숨들일 텐데 저들을 통해 제가 얻을 게 많다면 그리 해야지요. 저는 손 안에 들어온 것을 빼앗기는 어리석은 짓은 하지 않아요."

지연은 확실히 변했다. 차가운 표정을 지은 그녀는 처음 이곳에 왔을 때처럼 물정 모르는 연약한 소녀가 더 이상 아니었다. 권력이란 이렇게 사람을 변하게 하는 것인가.

실로 통탄할 노릇이었다. 자신의 권력을 위해 저렇게 노력하는 지연의 모습은 대단하면서도 애처로웠다.

쌔액.

검이 마침내 세차게 내리그어졌다. 한 해적이 목에서 피를 품으며 쓰러졌다.

그는 행복하게도 단번에 숨을 거두었다. 처음 지연의 검을 받은 해적부터 시작하여 도합 세 명의 사내는 그나마 행복하게 숨을 거둘 수 있었다.

하지만 힘이 떨어져 네 번째 해적부터는 본의 아니게 그들에게 고통을 주었다.

목이 반쯤 베인 자가 있었는가 하면 피가 솟구치는 자신의 모습을 보며 서서히 죽어간 자도 있었다. 지연은 그래도 묵묵히 입을 다물고 검을 휘둘러 나갔다.

얼마 지나지 않아 모든 해적들이 지연의 검에 의해 한 줌의 흙으로 돌아갔다. 거칠어진 숨을 가쁘게 내쉬며 지연은 자신이 저지른 행위를 차근차근 둘러보았다. 셀 14세가 희미한 미소를 지으며 지연의 등을 쓸어주었다.

"지연, 역시 그대는 나의 아내요, 최고의 신하일세. 하하하!!"

"황공하옵니다, 전하. 어맛!'

"이제 잔여 해적들을 토벌하러 갑시다."

챙그랑.

셀 14세는 지연의 피 묻은 검을 낚아채 한쪽으로 내팽개쳐 버리고는 그녀를 번쩍 들어 어디론가 터벅터벅 걸어갔다. 병사들은 무엇을 생각했는지 얼굴을 붉히며 고개를 돌릴 뿐이었다.

쏴아아아.

수많은 해적들과 병사들의 애꿎은 죽음을 염두에 둔 소나기가 줄기차게 세아 왕국의 수도에 쏟아져 내렸다.

비록 얼마 후면 그치겠지만 지연은 그 빗줄기를 바라보며 무슨 생각을 그리 골똘히 하는지 찻잔을 든 채 그저 멍하니 있을 뿐이다.

얼마 전만 해도 따뜻했을 차와 쿠키가 이미 싸늘하게 식어 있었다. 그때 지연의 거처 밖에서 한 시녀의 목소리가 높게 울려 퍼졌다.

"마마, 셀 14세 전하 드셨사옵니다."

"어서 모시어라."

그녀는 시녀들로부터 마마라는 소리를 들으며 자신의 현재 위치와 상황을 직시하고는 했다. 이번에도 다를 바 없었다. 셀 14세를 만나고 지연은 권력의 정점을 향해 쉴 사이 없이 달려왔다.

힘들어도 꾹 참았고, 즐거워도 솔직히 그 기분을 드러내지 않았다.

권력을 위하여, 자신의 지고한 위치를 위하여 그녀가 포기한 것은 너무나도 많았다.

이런 자신의 기분을 이해해 줄 사람들이 있을까. 머리로 아는 것과 몸으로 느끼는 것의 차이는 너무나도 달랐다. 그녀는 씁쓸하게 웃을 뿐이었다.

하지만 아무려면 어떤가. 그녀는 원하던 바를 이루었고 또 막강한 권력을 손에 움켜쥐고 있었다. 그 사실에는 변함이 없었다.

셀 14세가 들어오며 그런 생각을 하던 지연을 바라보았다. 그가 인상을 찌푸렸다. 지연은 언제나 이랬다. 이 아름다운 여자는 평소에는 냉정하고 치밀함의 극치를 보여준다.

하지만 종종 당장이라도 눈물을 흘려도 전혀 이상하지 않을, 슬프면서도 허무한 표정을 짓곤 했다.

도무지 마음에 들지 않았다. 자신의 일곱 번째 아내로서 사실상 왕비보다도 더 강하게 왕궁 안을 휘어잡고 있었고, 또한 든든한 신하로서 자리매김하고 있는 그녀가 무엇이 아쉬워서 이런 말도 되지 않는 표정을 짓는단 말인가.

많은 여자를 상대한 셀 14세라 해도 그는 여자가 아니었기에 완벽하게 지연을 이해하지는 못했다.

"또 무슨 생각을 하는 거요?"

셀 14세는 마음에 품은 말을 담아두지 않는 스타일이었다. 역시나 그의 생각과 기분이 고스란히 지연에게 전달되었다. 지연은 자신의 실수를 깨달았다. 지연은 슬프고 허무한 표정을 감추고 대번에 환하고 청량한 미소를 지어 보였다.

그녀의 아름다움이 일순간 밝게 방 안을 뒤덮는 듯했다. 그제야 셀 14세는 만족하며 지연을 품에 안아 한 쇼파에 자리를 잡았다.

"앞으로 다시는 그런 표정을 짓지 마오. 아름다운 그대가 그렇게 하고 있으니 천하가 우울해하는 듯하구려. 그래, 몸은 괜찮소?"

"호호, 전하께서는 날이 갈수록 달콤해지시는 것 같습니다. 그리고 전 건강하오니 그리 심려치 마소서."

"그런가? 하하하!!"

셀 14세가 이렇게 낮부터 지연의 거처에 발을 들여놓은 것은 군사 편제 개혁안 때문이었다. 거동이 불편하다는 핑계로 아침 조회에 참여하지 않은 지연을 위해 이렇게 직접 달려온 것이다.

세아 왕국은 해적 토벌과 지방 곳곳에서 일어난 반란을 진압하고 명실공이 최강으로 거듭날 기반을 마련했다.

사로트 왕국이 단지 전체적인 국가 발전과 민심의 안정을 목표로 하고 있다면, 세아 왕국은 막강한 군사력과 권력의 중앙집권화를 목적으로 하고 있다는 것이 사로트 왕국과는 다른 점이었다.

목표를 위해서는 역시 먼저 군사 편제부터 갈아치워야 했다.

새 술은 새 부대에 담으라는 말이 있듯, 이것 또한 마찬가지의 원리이다. 지연은 애시당초 셀 14세가 온 이유를 정확하게 꿰뚫어 보고 있었다.

그가 뭐라고 말을 꺼내기도 전에 그녀가 먼저 셀 14세의 정곡을 찔러 버렸다.

"전하, 군사 편제는 전하 뜻대로 하시오소서. 전하께서 소첩보다 훨씬 나으실 것이옵니다."

"오? 하핫! 이거 내 머리 속에 그대가 마치 들어와 있는 것 같구려. 역시 그대는 나의 보배라니까?"

"호호, 또 사탕발림이십니까? 이젠 안 넘어갑니다."

토라지는 듯한 지연의 모습에 셀 14세가 당황하며 그녀를 꼭 부여잡았다. 그러자 지연의 몸이 기다렸다는 듯 그의 품에 감겨들었다.

"오늘 점심은 나와 같이 들지. 좋은 레스토랑을 한곳 알고 있으니 말이야."

"그거 데이트 신청인가요?"

"하하하!! 당연하지. 우리 아리따운 지연을 위해서 내가 뭔들 못하겠는가?"

"호호. 망극하옵니다, 전하."

오후가 되자 비는 언제 내렸냐는 듯, 지나간 흔적조차 없어져 버렸다. 다만 촉촉해진 대지만이 조금 전 비가 대지에게 한 줌의 사랑을 흩뿌리고 간 것을 어렴풋이나마 추측케 했다. 셀 14세와 지연은 그 대지를 살포시 밟으며 수도 세아를 산책했다.

그들의 목적지는 다름 아닌 수도 세아에서 가장 유명한 레스토랑이었다. 무엇을 사주려고 하는지 셸 14세는 그저 싱글벙글 지연을 안고 발걸음을 옮길 뿐이었다.

일부러 마차를 가져오지 않고 직접 걸어왔다. 기사도 단 세 명만 데리고 와 번잡함을 피했다. 지연을 위한 만반의 준비였다.

오늘 하루 완벽히 그녀를 위해 보내리라 다짐한 셸 14세는 '베니간스'라고 적혀 있는 레스토랑의 간판을 보며 만족한 듯 휘파람을 불었다.

잠시 후 셸 14세와 지연은 베니간스 레스토랑의 정문에 도착했다. 역시 귀족들만을 전문적으로 받는 고급 레스토랑이라 굉장히 화려하면서도 운치있는 인테리어가 돋보이는 곳이었다.

셸 14세의 등장은 베니간스 레스토랑을 발칵 뒤집어놓았다. 그뿐이 아니라 지연마저 왔으니 더욱 그러했다.

"어, 어서 오십시오."

노련한 점원도 느닷없이 이렇게 셸 14세가 나타날 때면 말을 더듬으며 당황하고는 했다. 비록 가끔 오는 것이라 해도 말이다.

셸 14세와 지연은 서둘러 달려나온 최고 지배인에 의해 베니간스에서 가장 아늑하고 경치가 좋은 자리로 안내되었다. 당연한 일이었다. 설령 자리가 없다 하더라도 반드시 만들어야만 하는 일이었다. 셸 14세의 기분을 흐트러뜨릴 간덩이 부은 사람이 최소한 이곳 베니간스에서만큼은 없었다.

지연이 안내된 자리에 만족하는 듯한 표정을 보이자 셸 14세는 슬며시 미소를 지으며 안내한 지배인에게 팁을 튕겨주었다. 상당한 거금이었기에 그는 어쩔 줄 몰라 했다.

"오늘은 무엇이 맛이 있지?"

"네, 네. 가, 가재 요리를 추천해 드리옵니다. 바다에서 갓 잡아온 신선한 가재를 독특한 방법으로 요리하여, 달콤하고 매콤한 소스에 버무린 베니간스 최고의 요리로 자부합니다."

지배인의 말은 처음에는 약간 자신없어 보였지만 가면 갈수록 힘이 넘쳤고 자부심이 은연중에 흘러나올 정도였다. 셀 14세는 그의 태도로 보아 '가재 요리' 가 굉장한 맛을 자랑하는 별미임을 알아차렸다.

그는 미련없이 그 요리를 주문했다.

"그럼 그것으로 이 인분 가져다 주게."

"옛! 최선을 다하겠습니다."

지배인이 물러간 후, 지연은 창밖으로 보이는 광경에 감탄을 터뜨렸다. 냉철한 판단과 뛰어난 전략을 구사하는 그녀였지만, 소녀의 감수성이 아직 완전히 사라진 것은 아닌 모양이다.

"와! 너무 멋져요."

"하하, 세아의 풍경이 과연 한눈에 들어오는군. 그러고 보니 그대도 별수없는 감수성 풍부한 소녀였군?"

"호호, 저라고 어찌 저런 아름다운 경치가 싫겠어요? 그 어떤 여자라도 이런 분위기의 레스토랑, 멋진 풍경… 정말 황홀할 거예요. 게다가 앞에는 이렇게 멋들어진 분도 계시니 말이에요."

"오! 그런가? 하하하! 이거 기분이 꽤 좋은걸? 지연, 그대의 칭찬을 들을 줄이야."

"호호!"

그들이 이야기를 나누며 잠시 시간을 보내자 베니간스에서 자신있게 추천한 가재 요리가 그 화려한 등장을 선보였다. 주 요리에 못지않은 굉장한 보조 요리들이 셀 14세와 지연의 눈을 어지럽혔다.

"흠, 과연 베니간스는 최고란 말이야."

"가, 감당하기 힘든 말씀이십니다."

"아니야. 내가 자주 오는 것은 아니지만 그래도 이곳은 언제나 추천 요리가 바뀌지. 그리고 그 요리들의 맛은 하나같이 빼어나고 말이야. 베니간스, 정말 괜찮은 곳이네. 앞으로도 최선을 다해주게나."

"화, 황공하옵니다."

지배인은 셀 14세의 칭찬이 과분한 듯 최대한 고개를 숙여 보였다. 순식간에 테이블이 요리들로 가득해졌다.

지배인은 함께 날라온 세 명의 점원과 함께 최대한의 공경을 표시하며 물러났다.

그가 물러나자 셀 14세는 우선 자신의 앞에 놓인 가재 요리를 먹기 좋게 정리해 놓고는 지연의 앞에 놓인 접시와 자신의 것을 바꾸었다.

그녀는 셀 14세의 친절함에 시린 미소를 지어 보였다.

"자, 어서 들지."

"예, 전하."

지연이 음식 맛을 보기 위해 입가로 포크를 가져갔다.

"와!"

정말 감탄이 아깝지 않은 최고의 맛이었다. 가재의 살점이 아무리 연하다 해도 어느 정도 입에서 씹힐 줄 알았는데 전혀 아니었다. 마치 아이스크림이 따뜻한 커피에 사르르 녹아들어 가듯 채 씹기도 전에 가재는 지연의 입속에서 그 흔적을 감추어 버렸다.

다시 한 번 맛을 보았다. 역시 이번에도 마찬가지였다. 이번에는 맛을 초월한 한편의 황홀한 사랑의 속삭임 같았다.

지연은 맛을 볼 때마다 매번 그 느낌이 다름을 느낄 수 있었다.

공간 속에는 자신과 가재 요리만이 있었다. 지연은 그 감각에 전신을 떨었다. 멀리서 그런 지연을 은밀히 노려보는 한 사내가 있었다.

사로트 전용 저격 복합궁의 스코프에는 지연의 모습이 잡혀 있었다.

"쓰벌!! 저년이군. 각하께서 내게 맡긴 목표가. 젠장! 하지만 지금 방아쇠를 당기면 십중팔구는 빗나갈 거야. 아쉽지만 훗날을 기약해야겠군. 뭐, 지금만이 기회는 아니니까.'

디카 반자이였다. 그는 복합궁을 슬며시 내렸다. 경거망동은 재앙만 불러올 뿐이었다. 하마터면 활을 당길 뻔했지만 그는 가까스로 그 욕망을 참아냈다.

실패하게 되면 자연스레 지연의 주위에는 엄청난 보호망이 펼쳐질 것이었다.

그것을 감당할 자신이 없었던 디카는 이를 갈았다.

"조금만 기다려라. 네년의 목 줄기에 서늘한 화살촉의 감촉을 느끼게 해줄 테니까. 하하!!"

그는 혹여나 자신의 행적이 발각될까 염려했는지 조심스레 몸을 움직여 그 자리에서 사라졌다.

오필리어의 거처.

날이 갈수록 피폐해지는 그녀의 모습. 살아야 다음을 기약할 수 있다고 생각했는지 식사를 거르지는 않았다. 하지만 상황이 상황인 만큼 그녀의 모습은 안타까움 그 자체였다.

멍하니 창밖을 바라보며 자유의 그날을 기다리던 오필리어의 귀에 한 소녀의 목소리가 들렸다.

"잘 감시하고 있나?"

"물론입니다, 지연 공작 각하. 들어가 보시겠습니까?"

지연이 고개를 끄덕이자 지키고 섰던 병사는 최대한의 예의를 갖춘 뒤, 오필리어가 머무는 방의 문을 열어젖혔다. 지연이 방 안으로 발걸음을 내디뎠다. 그런 지연의 모습은 오필리어의 눈에 선명하게 들어왔다.

첫 만남이었다. 하지만 좋은 감정이 담겨 있지 않은 만남이었다.

오필리어의 살기 넘치는 눈빛이 그것을 증명했다. 이전의 그녀는 저러한 살기 넘치는 시선을 갖지 못했었다.

하지만 인간은 환경에 적응하는 동물이라고 했던가. 포근하고 부드럽던 그녀의 모습은 간데없고, 마치 전쟁터를 전전해 온 뛰어난 전사와 같은 모습으로 바뀌어 있었다.

"……."

"오필리어 왕비 전하, 뵙게 되어 영광이옵니다."

"영광? 호호. 네년이 날 이렇게 만들어놓고도 영광 따위를 운운하다니."

"호호. 그런가요? 들어가도 되겠지요?"

이미 들어와 놓고 저런 말을 내던지는 지연에게 달려가 뺨이라도 한 대 날려주고 싶었지만, 그래 보았자 그 쾌감은 잠깐일 것이 분명했다.

그 뒤는 생각하기가 싫었다.

오필리어는 크게 한숨을 내쉬어 마음을 가다듬었다. 이곳에서 살아나가 사로트로 돌아가려면 최대한 자신을 보호해야만 했던 것이다.

"매우 총명하십니다, 오필리어 왕비 전하. 호호!!"

"무슨 일이냐? 내 비참한 모습이라도 보고 즐기고 싶었던 것이냐?"

"호호! 그 무슨 섭섭한 말씀이세요! 소녀는 단지 왕비 전하께서 이곳 생활이 힘드실까 봐 위로라도 해드릴까… 한번 발걸음을 한 것일 뿐이랍니다."

저 여우 같은 계집의 목 줄기에 당장이라도 단검을 박아 넣고 싶은 마음뿐이었다. 하지만 오필리어는 그저 시선을 다시 창밖에 둘 뿐이었다.

"자리도 권하시지 않는군요. 뭐, 당연하신 태도입니다만. 호호!"

지연은 무례하게도 오필리어의 앞에 놓인 쇼파에 허락도 없이 앉으며 삐쳤다는 말투로 아쉬움을 토했다.

기가 찼던 오필리어는 할 말을 잃고 그녀를 한 번 쏘아보고는 다시 고개를 팩 돌려 버렸다.

"호호! 버림받은 여자의 모습이란 이렇게나 비참한 것이로군요. 뭐, 당연한 것일지도 모르지만 말이죠."

"……"

짝짝.

지연은 박수를 쳐서 밖에 대기하고 있던 한 시녀를 불러들였다.

"차를 내오너라."

"예, 각하."

원래 주인이 손님에게 대접하는 것이었지만 오필리어가 얄밉기만한 지연에게 차를 대접할 리 없었다. 또 그럴 처지도 아니었고 말이다.

잠시 후 시녀가 차를 내오자 지연이 한 모금 들이켰다. 물론 오필리어는 손도 대지 않았다.

"우리 사랑스러운 오필리어 왕비 전하. 어쩌다가 이 지경이 되셨을까. 호호!"

자신을 희롱하는 지연의 모습을 더는 봐주고 있기가 힘들었던 오필리어. 그녀는 몸을 돌보지 않고 그대로 몸을 일으켜 지연에게 다가갔다. 그리고는 있는 힘껏 그녀의 뺨을 후려쳤다.

찰싹.

"간사한 년 같으니라고. 네년은 인간도 아니다."

"후우. 손이 정말 맵군요. 각오는 하고 손을 쓰신 거겠죠? 버림받은 미천한 년 주제에!!"

몸을 일으킨 지연은 비웃음을 흘리며 손을 놀렸다. 지연의 손놀림은 오필리어의 그것보다 더욱 날쌔고 매서웠다.

찰싹! 찰싹! 찰싹!

"아악!!"

결국 그 아픔을 이기지 못한 오필리어는 그대로 차가운 바닥에 쓰러졌다. 지연은 짐짓 놀란 듯 말했다.

"어머! 죄송해요. 아이를 가지신 몸인데. 제가 너무 심한 것 같네요."

과장된 몸짓. 오필리어는 쓰러진 자신에게 손을 내밀며 일어서라고 권하고 있는 지연의 행동에 처절한 비참함을 느꼈다. 그리고 마침내 뜨거운 눈물을 흘리며 속으로 외쳤다.

'전하, 진정 저를 버리신 것이옵니까. 전하!!'

오필리어의 눈물에 지연이 몸을 숙여 그녀와 시선을 나란히 맞추었다. 그리고는 천천히 다시 입을 열었다.

"호의를 거절하시는군요. 호호! 뭐, 당연하……"

지연은 채 말을 맺지 못했다. 자신의 볼에 느껴지는 찝찝한 액체의 감촉 때문이었다. 오필리어가 그녀에게 침을 내뱉은 것이다.

기분이 상한 지연은 그 자리에서 벌떡 일어서서는 뒤도 돌아보지 않고 방문을 빠져나갔다. 물론 고개를 조아리고 있던 시녀에게 이 말을 잊지 않았다.

"아직도 정신을 덜 차린 것 같아. 자네가 손 좀 써야겠어. 무슨 말인지 알아듣겠어?"

"무, 물론입니다, 각하."

지연이 방을 나선 후, 이번에는 시녀가 오필리어를 향해 다가갔다. 잠시 후 방 안에서는 한 가련한 여인의 비명 소리가 들려왔다.

찰싹. 찰싹.

"아악!!"

눈에 띄게 강성해지는 세아 왕국과 마찬가지로 사로트 또한 국력의 신장을 위해 모든 힘을 쏟아 붓고 있었다. 특히 경제 개혁을 도모하여 막강한 부를 축적하려 했다.

그런 의미에서 엘란드 산맥은 매우 중요했다.

지금도 그곳에서는 고대의 보물이 간간이 발견될 뿐 아니라 금광과 은광, 철광을 채굴하여 얻는 자금이 상당했기 때문이다.

하지만 이것은 언제 바닥날지 모르는 유한한 것이었다.

현재 그것에 의존하다가 어느 순간부터 그것이 바닥을 드러낸다면 과연 그 다음은 어떻게 되겠는가. 불 보듯 뻔한 일이었다. 그랬기에 민한은 경제 개혁을 도모한 것이다.

그리고 실제로 현재 상당한 결과가 목전에 이르렀다.

조조의 집무실.

사로트 고위급의 관리들이 모두 모여 있었다. 수십여 명의 사람들이 모여 있으니 넓던 방도 상당히 좁아 보였다. 조조의 음성이 방 안에 울려 퍼졌다.

"비잔 왕국과 케스로아 놈들과의 크고 작은 접전 이후로 국력이 상당히 피폐해진 것이 사실이오. 비록 지금 많은 부분에서 재차 개혁을 거듭하고 힘을 모아가고는 있지만 당분간 힘의 공백은 분명한 사실이오. 하지만 무엇보다 현재 가장 큰 문제는 인재가 부족하다는 것이오."

그의 말에 모두 고개를 끄덕였다. 이곳에 있는 모두가 몸으로 직접 느끼고 있는 일이었다.

국력의 신장에 박차를 가하고 있어 처리할 일들은 곳곳에 산적해 있었고, 어떤 일은 규모가 커서 많은 일꾼이 필요했다.

쉽게 말해 추수할 것은 많은데 그것을 거두어들일 농부가 절대적으로 부족한 것이다.

물론 시에나와 라스가 상당한 힘이 되고는 있었지만 사실 그들의 몸이 백 개가 되는 것은 아니었고, 계획만 세워놓고 실행은 훗날로 미뤄

놓은 일만 수십 건이나 되었다 .

"지당하신 말씀이십니다. 그동안 두 차례에 걸쳐 과거를 치루기는
했지만, 그것으로는 너무도 부족하지요."

"무슨 좋은 생각이라도 있소, 파천?"

"빈라디움 마법 학교와 오러 블레이드 기사 학교처럼 아예 관리를
육성하는 학교를 만드는 것이 어떻습니까? 관리의 자질이 뛰어난 소년
소녀들을 엄선하여 수년간 집중적으로 가르치는 것입니다. 우선 그것
으로 장차 인재들의 공백을 어느 정도 메울 수 있으리라 봅니다. 그것
에 대한 대대적인 지원이 필요합니다."

"파천님의 말씀은 지당합니다. 전하, 당장에 실행하시오소서."

곽가 또한 고개를 끄덕이며 맞장구를 쳤다. 뒤이어 신하들도 모두
동의 했다. 괜찮은 방법이었기에 실행에는 별 무리가 없어 보였다. 하
지만 그것은 역시 최소 3년, 많게는 5년 후에나 효과가 나타날 것이다.
지금 당장 일을 처리할 인재가 부족하다는 것이 문제였다. 그에 대한
묘책은 과연 없는 것일까.

"하위 관리들이야 과거를 자주 치루고, 폐단이 있긴 하지만 과거 귀
족들과 그들이 추천하는 사람들을 받아들이면 어느 정도 그 갈증이 해
소될 것일세. 하지만 그들을 다스리고 관리할 고위 관리가 부족한 상
황이오. 이에 대해서는 좋은 방법이 없는 것인가?"

"……."

모두 꿀 먹은 벙어리가 되었다. 설령 그러한 인재를 알고 있다고는
하나 섣불리 추천할 수도 없는 것이 현실이었다. 자신이 추천한다 함
은 자신의 세력을 정계에 들인다는 것으로 주위의 관심과 이목을 끌게

될 것이 틀림없었기 때문이다. 조조가 과연 그러한 점을 이해했는지 그것을 거론하며 재차 다그쳤다.

"여타 다른 생각은 하지 마시오. 능력이 있다면 과감히 쓸 것이니 어서 추천해 보시오. 나 또한 한 사내를 알고 있소. 우연히 알게 된 인물인데 비록 돼지를 잡아 그 고기를 팔아 생계를 유지하는 사람이긴 하지만, 그 가진 지식이 풍부하고 안목도 뛰어난 것이 여러모로 내게 필요한 사람이었소이다. 어서 추천하시오."

"소신 파천, 전하께 아룁니다."

민한이 먼저 칼을 뽑아 들었다.

"신이 예전에 사르 항구로 내려갔을 당시 한 소녀와 청년을 만났는데, 그들의 재주가 실로 범상치 않았습니다. 경험만 부족할 따름이었지 그들이 가진 지식과 재주는 소신과 비교해도 모자람이 없었습니다."

"호오? 그런 일이 있었는가?"

민한의 말에 곽가가 어렴풋이 옛 기억을 떠올렸다. 민한의 요청에 의해 한 소녀에게 시장의 임명권을 내준 적이 있다. 당시에는 절친한 민한의 부탁이었기에 그러려니 했는데, 정당한 실력으로 평가된 임명이었던 모양이다.

곽가는 민한이 자신과 친한 사람에게 호의를 보인 것이 아니라 능력을 보아 쓴 것이라는 사실에 쓴웃음을 지었다.

"일전에 파천님께서 제게 한 소녀를 사르 항구 시장으로 임명하겠다는 말씀을 하신 적이 있었습니다. 그 소녀의 이름이… 아! 시에나였죠?"

지금 이 자리에 앉아 있는 차가운 시에나와 동명이라는 사실에 모두 눈을 동그랗게 뜨며 호기심을 표시했다.

"호오. 그런 일이 있었군. 시에나라……. 하하! 이름도 똑같은 것이 저기 앉아 있는 시에나와 마찬가지로 굉장한 인재일 것 같군. 좀 더 자세히 말해 보시오, 파천."

"아직 채 스물이 되지 않은 소녀입니다. 일전에 일이 있어 사르의 한 여관에 머물다가 시에나를 만나게 되었지요. 그리고 인연이 닿아 그녀와 오랫동안 이것저것 많은 이야기를 나누었고, 그것을 통해 그녀가 평범한 소녀가 아니라는 것을 알았지요. 그의 오빠 또한 상당한 능력을 갖춘 인재였습니다. 남매가 모두 뛰어났지요. 결국 저는 사르 항구를 떠나기 전, 그녀의 재주를 높이 사 훗날 전하께 도움이 되고, 더나아가 우리 사로트에 도움이 되게 하고자 항구의 시장 자리를 내주었지요. 그의 오빠에게도 그녀를 보좌하는 임무를 맡겼습니다. 부족한 경험을 쌓게 하도록 말입니다. 신, 감히 장담하건대 그들이 전하께 큰 도움이 될 것이라 생각됩니다."

메사슈미트와 루시페르는 그의 말을 듣고 있다가 민한이 뭔가 모종의 결정을 내렸음을 눈치 챘다. 사르 항구의 시장이 어떤 자리인가. 비록 겉으로는 일개 지방 도시에 위임을 받았을 뿐이지만 실상은 그게 아니었다.

시작 단계를 넘어 간신히 안정권에 이르렀지만 사로트의 해군력이 거기에 있었고, 더 나아가 이제는 네 개로 늘어난 군단마저 배치되어 있었다. 다시 말해 사르 항구의 시장은 유사시에 4만의 정규군과 해군까지 동원할 수 있는 것이다.

그러고 보면 곽가가 이 사실을 모를 리가 없었을 텐데 두말 않고 민한의 말을 받아들인 것을 보면 둘의 사이가 어떠한지 알 만했다.

민한은 자신의 세력을 불리지 않고 시에나와 그 오라비를 중앙으로 불러 올렸다. 분명 뭔가 뜻이 있을 터였다.

"하하! 파천의 장담이라니? 정녕 그 정도란 말인가. 좋소! 내 당장 그녀를 불러들여 한번 만나보도록 하지."

"하옵고 전하, 디카 반자이라는 이름을 들어보셨는지요?"

"들어보았지. 실력이 좋은 마스터라고 했던가? 인재가 부족한 차에 그를 받아들여 첩보 조직 푸른 달빛의 단장으로 임명했다니, 잘한 일이오."

민한은 그의 섣부른 결정을 조조가 책망이라도 하면 어쩌나 하고 있었는데 오히려 그는 시원스레 그의 결정에 힘을 실어주었다.

"그래, 봉효. 이번엔 그대가 말해 보게. 그대가 아는 사람들 중에 내가 쓸 만한 인재가 없는가?"

"…황송하오나 신에게는 그러한 인물이 없사옵니다."

"흠, 아쉽군. 어쩔 수 없지."

곽가는 무의식 중에 머리 속으로 추천할 만한 사람을 떠올렸지만 무슨 생각에서인지 그들을 드러내지 않고 숨겼다. 그는 안타까워하는 조조의 모습에 씁쓸한 미소를 지어 보였다.

'아무리 세상 돌아가는 이치에 밝다 하더라도… 전하께 몸 파는 여인을 추천해 올릴 수는 없는 노릇 아닌가. 하지만 그 가진 능력이 너무나도 빼어나니 포기하기도 쉽지 않은 일이지. 어찌한다……. 아무래도 파천님과 한번 상의를 해봐야겠어.'

지연은 미운 놈 떡 하나 더 주자는 심정으로 앞으로 오필리어에게 몸조리 잘하라는 말과 함께 매일 기름진 음식을 많이 가져다 주라고 시녀들에게 명했다. 그녀가 하는 일에는 언제나 치밀한 계략이 숨어 있었다.

아이를 가진 오필리어이다. 언젠가는 그 아이를 낳겠지만 웬만한 정성과 공을 들이지 않는 이상 이전의 몸매를 되찾기는 힘든 일이다.

편안한 상태에서도 그런 판국에 이렇게 스트레스와 불안감이 휩싸여 있는데다 기름진 음식이라, 아마 모르긴 몰라도 오필리어의 몸이 망가지는 것은 순식간일 터였다.

그렇게 되면 설령 아이를 낳아 사로트로 돌아간다 하더라도 망가진 몸매를 과연 그 조조가 좋아하겠는가? 오필리어의 성격으로 보아 유모보다는 자신이 직접 아이를 키울 것이다.

그런데 조조가 그렇게 변해 버린 그녀를 멀리 한다면 불안감과 실망감, 좌절감이 어디로 가겠는가? 그녀는 정녕 무서웠다.

"호호호!"

한 손에 세아 왕국의 이인자라는 절대 권력을 쥔 지연은 장차 오필리어의 미래를 그려보며 고소한 나머지 왕궁 안에서 큰 소리로 웃음을 터뜨렸다. 불행히도 그녀를 막아설 존재는 없어 보였다.

한편 민한은 조조의 명을 받아들여 빈라디움 마법 학교와 오러 블레이드 기사 학교를 방문했다. 마침 그 두 학교가 공동 수업을 하고 있어 민한은 번거롭게 왔다 갔다 해야 하는 수고를 덜게 되었다. 공동 수업

장소는 역시나 빈라디움 마법 학교였다.

마법을 사용하다 보니 그 규모가 오러 블레이드보다 어느 정도 클 수밖에 없었고, 많은 학생들이 수업하기에는 넓은 장소가 최적이었다. 민한은 수업이 이루어지고 있는 야외 운동장으로 다가갔다. 그곳에는 검과 마법이 난무하고 있었다.

이 아이들이 장차 뛰어난 사로트의 동량들이 될 것이라는 사실에 괜히 가슴이 뿌듯해졌다. 그러던 찰나 갑자기 민한은 장난기가 발동했다. 씨익 웃으며 그는 뭔가를 준비하기 위해 잠시 어디론가 사라졌다가 이내 다시 나타났다.

그의 손에는 뭔가 알 수 없는 얼굴 껍질이 있었다. 마법으로 만들어진 마법 가면이었다. 자신의 정체를 숨기고 모종의 일을 수행할 때 굉장한 도움을 주는 것이 바로 저것이었다. 민한은 마법 가면을 쓰고는 망설임없이 학교로 잠입하는 척했다.

그러다 그들에게 일부러 걸리는 척해서 한바탕 소란을 떨 작정이었던 것이다. 무엇보다 학생들의 실력이 궁금하기도 했고 말이다.

휘릭.

불명확한 뭔가가 학교 담장을 가볍게 넘어 건물로 숨어들려 했다. 물론 그 정체는 민한이었다. 하지만 학교 선생들과 학생들은 그가 이곳에 왔다는 것을 알 리 없었다.

"……."

마법사의 탑에서 초대 된 마법사들은 과연 폼이 아니었다. 이미 그들은 민한의 존재를 눈치 채고 곁에 있던 검사 선생들에게 눈짓했다.

끄덕.

"자, 지금부터 도둑고양이 한 마리를 잡는 훈련을 하겠다. 가장 먼저 잡아오는 녀석에게는 이번 시험에 가산점을 주마."

"너희 오러 블레이드도 마찬가지다! 가장 먼저 잡아오는 녀석에게 특별히 가산점을 부여하마."

"우리가 너희를 지켜볼 테니 걱정 말고 나가라!!"

가산점.

학생들이 꿈에도 바라고 그리는 최고의 단어. 이미 학생들의 눈에서는 뭔지 모를 현기가 번뜩이고 있었다.

스스슷.

그들은 매우 빠른 속도로 움직였다. 민한은 기대 이상의 행동력에 이채를 발했다. 그의 주위에는 이미 빈라디움의 선생들이 마법으로 결계를 쳐놓아 그가 도망가지 못하도록 조치를 취한 상태였다.

오러 블레이드를 뽑아 올려 결계를 가격한다면 순식간에 부수고 도망가는 것은 쉬운 일이었지만 그러지 않았다. 언제까지나 그의 목적은 학생들의 실력 테스트였기 때문이다.

일부러 허점을 많이 보였고, 실력도 없는 것으로 보였기에 선생들은 학생들에게 경험을 줄 겸 직접 나서지 않고 있었다. 여차하면 자신들이 직접 나서서 민한을 잡아버리면 되는 일이었으니까 말이다.

촤아악.

역시 민첩성은 오러 블레이드 학생들이 훨씬 빨랐다. 마법사를 지망하는 빈라디움의 학생들로서는 그들의 체력과 스피드를 따라가기란 하늘의 별 따기보다 힘든 일이었기 때문이다.

바삐 마법에 대해 공부하고 연구하며, 또 수식을 풀기에 바쁠 테니

체력이나 민첩성을 기를 만한 여유가 없는 것이다.

'뭐, 꼭 그런 것만은 아니로군.'

저 눈앞에 있는 소년은 실로 괴물이었다. 달리면서 마법 캐스팅을 하는 것으로도 모자라 오히려 오러 블레이드 학생들보다 빨랐으니 말이다. 그는 자신에게 검을 내지른 소년의 일격을 피하며 캐스팅을 마친 소년의 일격을 기다렸다.

"화염의 공포, 불타오르는 욕망의 불길이여…… 파이어 필드!!"

'우아악! 말도 안 돼!!'

민한은 비명을 지르며 마법을 피했다.

쿠아아앙!

파이어 필드가 시전되며 조금 전까지만 해도 민한이 서 있던 자리에 거대한 구멍이 뚫려 버렸다. 화염계 3클래스 최고의 마법 '파이어 필드' 라니 어이없는 일이었다.

케이아느도 이제 갓 6클래스에 올라 마법에 매진하고 있건만 저 어린 소년이 3클래스 마스터나 펼치는 마법을 펼친단 말인가. 기껏해야 파이어 애로우나 파이어 볼이 날아올 줄로만 알았던 민한은 방심하고 있다가 하마터면 불에 구워질 뻔했다.

연이어 날카로운 기세로 검 서너 자루가 한꺼번에 날아들며 민한의 급소를 노렸다.

'이, 이거 장난이 아닌데? 실력들이 보통이 아냐!!'

괜히 장난을 쳤나 하고 식은땀을 흘리던 그는 체면 때문이라도 물러설 수 없게 되었다. 나중에 정체를 밝힐 때 얼마나 쪽팔리겠는가. 영웅으로 추앙받는 소드 마스터 파천이 일개 학생들에게 형편없이 밀렸다니 말이다.

'암! 암! 그러면 안 되지!'

그렇다고 오러 블레이드를 뽑아 올렸다가는 당장에라도 저 선생들이 뛰어올 것만 같았기에 그러지는 못하고 순수한 검술로만 학생들을 상대해 나갔다. 역시 민한은 민한이었다.

"윽!"

"악!"

검을 들고 있던 한 소년 소녀가 외마디 비명을 지르며 바닥을 굴렀다. 그러나 그들은 끝내 가산점의 특권을 포기하지 못했는지 재차 고함을 지르며 달려들었다.

민한의 화려한 검무가 이어지고, 그는 왼손으로는 아예 마법까지 펼치며 학생들을 상대해 나갔다. 오랜 시간이 지나도록 민한은 단 일 격도 허용하지 않았다. 그제야 멀리서 뒷짐만 지고 있던 선생들도 사태의 심각성을 알았다. 저 눈앞의 사내가 마음만 먹는다면 학생들을 피흘리게 만들 수 있음을 말이다.

"이얍!"

우선 오러 블레이드의 선생들이 검을 뽑아 달려나갔다. 그 뒤를 강력한 마법들이 뒷받침하고 있었다.

'헉!'

민한은 더 이상 사고를 치다가는 큰일이 벌어질지도 몰라 학생들 사이에서 몸을 빼내어 달려오는 그들을 향해 섰다. 그리고 마법 가면을 벗어 들었다. 마법 가면의 효과는 엄청난 것이었다.

녹색으로 바뀌어 있던 그의 머리색과 눈동자 색이 원래대로 돌아왔고 얼굴 또한 본래의 수려함을 되찾았다. 달려오던 선생들은 그의 정체를 대번에 알아차렸다.

"가, 각하!!"

선생들은 당황하며 한쪽 무릎을 꿇었다.

"외성부 수장이신 민한 파천 각하를 뵈옵니다."

그 말을 들은 빈라디움과 오러 블레이드의 학생들은 어리둥절했다. 하지만 이내 곧 그 말의 의미를 깨달았다. 자신과 손속을 나눈 저 인물이 바로 사로트의 영웅 파천이었다는 말이기 때문이다.

"헉!"

민한은 이번엔 다른 뜻에서 헛바람을 들이켰다. 학생들이 무서운 기세로 달려오고 있었는데, 조금 전과는 달리 각기 펜과 종이를 들고 달려오고 있었기 때문이다. 당황하는 민한과 선생들에게 어디선가 쾌활한 웃음소리가 들려왔다.

"하하하! 이거 파천의 인기가 하늘을 찌르는군. 괜히 부러운걸?"

다름 아닌 조조였다. 전위, 허저, 곽가와 시에나, 라스 등 여러 신하를 거느린 그는 당당하게 빈라디움의 정문을 통과하여 모습을 드러냈다. 일국의 왕이 직접 발걸음을 할 줄은 몰랐던 모양인지 모두 식은땀을 흘려댔다. 조조가 그들에게 입을 열었다.

"그렇게 당황할 것 없소이다. 난 미래의 아국을 떠받칠 작은 영웅들을 보고 있으니 말이오. 오히려 내가 저들에게 감사를 해야 할 것 같소. 하하하!!"

"화, 황공하옵니다."

학생들은 저마다 고개를 조아리며 조조에게 최대한의 예의를 표했다. 그는 나직한 목소리로 마음에 담았던 말들을 풀어놓았다.

"미래의 기둥들이여, 수고가 많구나. 너희가 있어 우리 사로트는 영원히 번영할 것이다. 하나 배움에는 끝이 없는 법. 지금의 현실에 안주하지 말고 보다 더 나은 미래를 향해 달려나가거라. 최고의 미래를 향해 달려나가 단번에 그것을 움켜쥐어라. 너희 미래는 나보다도 밝다. 알겠느냐?"

"예!"

조조는 학생들에게 다가가 밝은 미소와 함께 그들을 하나하나 몸소 일으켜 주었다.

제2장

마리와 죠세핀, 그리고 노바

마리와 죠세핀, 그리고 노바

"당장 대군을 일으켜 사로트를 쳐야 합니다!"

"옳소이다!!"

케스로아 왕국의 수도 케니트의 왕성에서는 한창 열띤 토론이 벌어지고 있었다.

내용을 보아 지난번 조조에게 당한 치욕을 설욕하자는 복수전을 벌이려 하는 모양이다.

비록 케스로아 왕국이 사로트와 모고르 왕국의 협공에 어이없게 무너졌지만 그들은 아직도 건재했다.

당장 명을 내리면 수십만의 대병이 창검을 쥐고 메지안 성을 넘어설 터였다. 거대한 회의장에는 족히 백여 명의 귀족이 모여 웅성거리고 있었는데, 그 소리가 문밖까지 흘러나올 정도였다.

사로트 왕국에 복수한다. 목적과 이유는 분명했지만 문제는 그럴 힘이 있느냐 없느냐 하는 것이었다.

하지만 대부분의 귀족들은 그 점을 간과하고 우선 대병을 일으켜야 한다는 주장을 펴고 있었다. 일부 소수의 깨어 있는 귀족들만이 현실을 인정하고 복수는 후일로 미루고 먼저 힘을 길러야 한다고 입을 모았다.

신경전을 넘어 말싸움을 벌일 정도라면 응당 회의를 주관하는 귀족이 있어 그들을 중재해야 마땅하건만, 그러한 존재는 어째 눈 씻고 찾아봐도 없었다.

흰 수염을 그득하게 가슴까지 드리운 한 노귀족이 일어나 시끄러운 회의장의 탁자를 내려쳤다.

쾅!

굉장한 힘이었기에 그 타격음은 엄청나 저 거대한 탁자가 혹여나 금이라도 가지 않았을까 하는 걱정마저 들 정도였다.

"전쟁을 주장하시는 여러 귀족 분들, 그대들은 과연 제정신이오? 전쟁을 일으키자니, 가당키나 한 소리냐는 말이오!!"

당연히 여러 귀족들이 그를 걸고넘어졌다.

"그렇게 시끄럽게 떠들지만 말고 타당한 이유나 설명해 보구려."

"옳소! 목소리만 큰 사람은 필요없소이다."

"연세도 연세인데, 이제 쉬실 때도 되지 않았소이까?"

"흥!"

일어섰던 노귀족은 코웃음을 쳤다. 자신이 누구인가. 지난 40년간 전쟁터를 전전하며 혁혁한 공을 세운 기사였다. 비록 흘러가는 세월을 잡지 못해 나이 60이 훌쩍 넘었다 하나 전쟁의 기본마저 까먹을 치매는 아직 오지 않았다.

아니, 오히려 그 경험을 바탕 삼아 전쟁에 대해서는 누구보다 잘 안다고 자부했다. 그런데 저 살만 찐 돼지 같은 귀족들은 단 한 번도 전투의 최전선에 나서 본 적도 없으면서 저런 소리를 하고 있는 것이다. 당연히 황당하고 화가 날 수밖에 없었다.

"지금 사로트는 명실공히 서대류 최강이오이다. 알아듣겠소이까? 그들의 사나운 기세를 현재 아국으로서는 감당하지 못한다는 말이오!!"

"흥! 겨우 그런 이유로?"

"병사 수가 적고 훈련이 되지 못한 군대로도 적을 크게 이긴 예가 역사적으로 수없이 많소. 게다가 이번엔 강한 군대가 있는데 무엇이 문제요? 더군다나 가용 병력도 우리가 훨씬 많소이다!!"

"후우."

이들은 정말 구제불능이었다. 노귀족은 그저 한숨만 쉬었다.

전쟁의 기본도 모르는 저런 어리석은 자들하고 말을 섞는다 는 것이 부끄러울 지경이었다.

전쟁을 반대하는 소수의 귀족들은 적어도 여러 차례 전쟁터를 경험한, 나름대로 실전 경험이 풍부한 존재들이었다.

이것만 보아도 사태가 얼마나 심각한 것인 줄 정녕 모른다는 말인가.

군대를 일으켜 전쟁을 수행하여 이기려면 여러 가지 준비가 필요하다. 엄청난 자원과 재력이 퍼부어지는 것은 물론이요, 수많은 젊은이들이 죽어가는 인적 자원 낭비의 결정체인 것이다.

노귀족은 그러한 점에 있어서는 별 방법이 없다고 생각했다. 큰 이득을 취하기 위해서는 때로 작은 이익은 버릴 줄 알아야 하니까. 하지만 이건 아니었다.

저 사로트의 군대는 현재 마치 날이 잘 선 날카로운 검과도 같은 사기를 자랑했다. 어디 그뿐인가. 나날이 안정되어 가는 내정과 하루가 다르게 변모하는 도시들.

특히 그 끝을 알지 못하는 엄청난 경제력은 케스로아가 사로트를 정면으로 이길 수 없음을 잘 말해 주었다. 노귀족은 당연한 일이라고 생각했다.

국가와 개인, 지배층과 피지배층이 어우러져 든든한 결속을 자랑하는 사로트와는 달리 케스로아는 과연 어떠한가?

겉으로만 단단하고 막강하지 속은 이미 썩어 있었다.

평민들은 귀족들을 증오하고 귀족들은 그런 그들을 착취하다 못해 즙을 짜내는 즙 틀처럼 한 방울의 기름마저 짜내려 하고 있지 않은가. 답은 뻔했다.

말재주가 없던 노귀족은 이렇게 뻔히 보이는 결과를 조목조목하게 저들에게 쏘아줄 수 없음을 하늘을 우러러 통분했다.

그렇게 양쪽으로 나뉘어 서로의 이익과 실리를 챙기기 위한 말다툼이 벌어지고 있을 때, 시종의 외침이 들렸다.

"죠세핀 르 케스로안 제1공주 전하 드십니다."

놀랍게도 그 외침 한마디에 시장터를 방불하던 회의장이 쥐 죽은 듯 조용해졌다. 과연 케스로아의 권력을 한 손에 쥐고 흔드는 막강한 권력자의 등장이었다.

왕이 병석에 누워 있으니 그녀가 나오는 것이 어쩌면 당연했다. 아니, 왕이 멀쩡해도 오히려 그녀의 발언권이 더 셀 지경일지도 몰랐다.

싸늘한 기세로 달려온 듯한 그녀는 말없이 회의장 한쪽에 놓인 상석에 앉았다. 잠시 뒤, 서릿발 같은 그녀의 호통 소리가 들렸다.

"갑자기 이런 회의를 하시는 이유가 뭡니까? 말을 해보세요!"

"고, 공주 전하, 신 시메라드 드 폰살라트 공작 아룁니다. 다름이 아니오라 지난번 사로트 왕국에 겪은 참패를 설욕하자는 뜻에서……."

"닥치세요! 모두 노망이라도 나신 겁니까? 하! 사로트를 건드려요? 저 나날이 강성해지는 강국을요!!"

"고정하십시오, 공주 전하."

라쇼테 빌베이우스 후작이었다. 그는 강력하게 전쟁을 주장하는 주전파로서 공주를 설득하기 위해 나섰다. 이미 한참을 외웠던 대사는 그녀를 보는 순간 다 까먹고 말았지만 말이다. 죠세핀이 가까스로 분기를 가라앉히며 그의 발언을 허락했다.

"말해 보세요, 라쇼테 후작."

"예, 전하. 사실 사로트가 나날이 강성해져 가는 것은 사실입니다. 얼마 전까지만 하더라도 서대륙은 크샤센 제국을 제외한 전 국가가 엇비슷한 국력으로 서로를 견제했습니다. 하지만 지금은 사정이 많이 달라졌습니다. 사로트가 실질적으로 서대륙의 패자가 되었지요."

꿈틀.

죠세핀 공주의 미간이 살짝 일그러졌다. 라쇼테 후작은 그것을 놓치지 않고 다음 말을 이었다.

"흔히들 말하길 사로트가 비잔 왕국을 침공하기 전까지만 하더라도 서대륙은 1강 4중 3약이었다고 합니다. 크샤센 제국이 1강이옵고, 케스로아, 세아, 비잔, 사로트 왕국의 4중과 로아 귀족 연맹, 모고르, 게르 왕국의 3약으로 말입니다."

어이없는 말이었다. 죠세핀 공주는 도대체 무엇을 기준으로 근거한 것이냐고 따져 묻고 싶었다. 하지만 라쇼테 후작의 말은 끝없이 이어졌다.

"하지만 비잔 왕국의 국토가 형편없이 사로트 군대의 말발굽에 짓밟힌 이후 겉보기만 같은 1강 4중 3약이 되었다고 합니다. 크샤센 제국과 사로트 왕국의 위치가 바뀌었고, 모고르 왕국과 비잔 왕국의 위치가 또한 바뀌었지요."

"어이가 없군요."

"사람들이 떠들어대는 내용이야 어쨌든, 이것은 분명히 사로트 왕국의 비약적인 발전을 나타내고 있습니다. 해서 소신은 전하께서 강력히 저들에게 선전포고를 해야 하는 것이 옳다고 생각합니다. 감당하기 힘든 사태가 벌어지기 전에 저들의 기세를 꺾어놓아야 한다고 말입니다."

잠자코 그의 말을 듣고 있던 노귀족 라르 데시빌 백작은 황당함을 금치 못했다. 언제 모고르가 약이었다가 중으로 올라왔단 말인가. 그는 지금 당장이라도 모고르의 기병들이 움직인다면 서대륙은 난장판이 될 것이라고 확신했다.

기병의 무서움을 보통 귀족들은 잘 몰랐다. 어디 기병뿐이랴. 일부기는 하지만 모고르 왕국의 친위대 중에서는 마상에서 활을 쏠 수 있는 부대도 있었다. 그러한 저력을 가지고 있던 그들을 고작 약에서 중으로 올려놓다니.

"쯧쯧."

라르 백작은 혀를 찼다. 사실 그의 말은 백 번 지당한 말이었다.

한때 지구에 존재하는 거의 모든 국가를 공포로 밀어 넣었던 유목민족 몽고.

막강한 기병을 바탕으로 아시아와 유럽에 걸쳐 초거대 제국을 건설한 그들이 동원했던 병력은 얼마나 되었을까.

이것은 역사가들이 흔히 범하는 오류이기도 하다. 스탠리 레인풀이라는 저명한 박사까지도 '바닷가의 모래알처럼 많은 유목민 전사들이 칭기즈칸의 뒤를 따랐다' 라고 묘사했다.

심지어 이슬람 역사가들은 아직도 몽골군의 숫자가 50~80만이나 된다고 과장하는 사람들이 많다. 하지만 당시 몽고의 인구는 약 1백 50만 정도로 동원 가능한 정예 병력을 넉넉하게 잡는다 하더라도 20만에 불과하다.

결론만 말해서 현실은 이러했다.

티베트로부터 카스피 해에 이르는 지역을 평정할 때는 불과 10만 명이, 그리고 드네프르 강으로부터 중국해에 이르는 지역을 제압할 때는 겨우 25만 명 정도가 동원되었다.

그리고 결정적으로 그러한 병력에서 몽골인이 차지하는 비중은 채 절반도 되지 않았다.

어찌 되었든 라르 백작은 모고르를 과소평가하는 후작이 마음에 들지 않았다.

꾸준한 병참만 확보된다면 막강한 기병들이 케스로아의 광활한 평야로 뛰쳐나오는 것은 삽시간이기 때문이다.

"그만 되었습니다. 시메라드 후작이 어떤 말을 해도 난 전쟁을 할 마음이 없어요. 훗날 다시 이야기하죠. 쓸데없는 생각들 마시고 돌아가세요. 이것으로 회의를 파합니다."

죠세핀 공주는 그 말을 끝으로 뒤도 돌아보지 않고 회의장을 빠져나갔다. 회의장에는 멍하니 앉아 있는 귀족들만이 남아 있을 뿐이었다.

그 시각, 마리는 왕궁 정원에서 꽃 향기에 취해 있었다. 이곳 왕궁 정원은 정원사들이 각별히 신경 쓴 곳이었다. 죠세핀 공주와 마리 공주가 자주 와 기분 전환을 하는 곳이기 때문이다.

특히나 죠세핀 공주가 틈틈이 온다는 사실은 정원사로 하여금 한 치의 실수도 없게 만들었고, 그들의 혼신의 노력이 들어간 정원은 아름다움 그 자체였다.

"아, 역시 케스로아의 향기는 너무 감미로워."

번거로움을 좋아하지 않는 마리 공주는 몇몇 시녀들만 거느리고 정원에 온 상태였다.

왕궁에서도 깊은 곳이라 외부의 침입이 힘든 곳이었고, 정원 주위로 많은 병사들이 배치되어 있었기에 그녀의 신변은 안전한 편이었다.

"케스로아의 향기를 맡고 있자면 마치 그리운 첫사랑 같은 느낌이 나지요. 아니 그렇사옵니까, 공주 전하?"

뭔가 이상했다. 자신은 분명 시녀 몇몇만을 대동하고 왔는데 어떻게 이곳에서 부드러운 남자의 음성이 울려 퍼진다는 말인가. 마리는 놀라서 본능적으로 고개를 돌려 목소리의 주인을 찾았다.

"앗! 당신은?"

"마리 르 케스로안 제3공주 전하. 소인 노바 카사이다, 인사 올립니다. 이렇게 다시 뵙게 되네요."

놀랍게도 바로 그였다. 어떻게 왕궁 안으로 잠입했는지 모를 일이었다.

하지만 분명한 것은 그는 당당하게 들어왔다는 것이다. 그것도 귀족의 신분으로 말이다. 위조했는지 아니면 다른 방법을 모색했는지는 몰라도 그는 분명 원하던 케스로아의 귀족 신분을 손에 넣었다.

이렇게 왕궁 안에, 그것도 깊은 곳에 위치한 왕궁 정원까지 왔다면 그것만큼 확실한 증거가 또 어디 있겠는가.

이제 나이 스물이 되었지만 마리 공주는 온실의 화초처럼 순수하고 깨끗했다. 그녀는 노바를 다시 만난 것에 매우 기뻐하며 다가왔다.

"어떻게 이곳에 온 거죠? 병사들이 가만있지 않았을 텐데."

"후후, 비밀입니다."

"치."

어떤 방법으로 이곳에 왔든지 간에 우선 마리 공주가 그를 반긴 이유는 또 재미있는 이야기를 들을 수 있을까 해서였다. 공주는 그를 음유 시인으로 기억하고 있었기 때문이다.

이것은 그에게 있어 분명 관계를 훨씬 진전시킬 수 있는 좋은 기회였다. 주위에는 방해할 만한 그 어떤 것도 없었다. 하지만 그럼에도 노바 카사이다는 결코 서두르지 않았다.

그는 남자와 여자의 차이를 잘 알고 있었던 것이다.

개인의 성격과 취향에 따라 조금씩은 다르겠지만 남자들은 여자의 일부분만으로도 그것에 혹해 작업을 걸거나 상대방과 사귈 수 있다. 단순 명쾌하다고 생각될 지경이다. 그래서 미녀에 끌리는 남자가 많은 것인지도 모르겠다.

하지만 여자는 남자와는 아무래도 많이 다르다. 보통의 여자들은 성격, 외모, 매너, 지식, 재산, 집안 등등 모든 기준을 감안하고 검토하여 자신이 생각하는 기준에 따라 가부를 결정한다.

어디 그뿐이랴. 남자는 자신의 감정에 있어서도 싫어한다, 좋아한다, 사랑한다 이 세 가지로 구분이 가능할 정도로 간단한 편이다.

하지만 여자들은 좋아져 간다라는 복잡 미묘한 단계가 있어, 단순한 호감을 오해한 철없는 남정네들이 종종 실수하게 되는 것이다.

여자들이 흔히 말하는 '나도 내 마음을 모르겠어'는 남자들의 입장에서는 그 무슨 말도 안 되는 소리냐며 미치고 팔딱 뛸 일이다. 그러나 안타깝게도 이 말은 웬만해서는 거짓말이 아니다.

정말로 모르는 것이다. 장차 노바는 이 점을 마리로부터 끌어내서 이용할 생각을 가지고 있었다.

"이번에도 재미있는 이야기를 들려주실 건가요?"

"어이쿠, 공주 전하의 지엄하신 명을 소인이 어찌 거절하겠습니까."

"그거 저 놀리는 거죠? 정말 미워죽겠어."

"하하! 농담입니다. 음… 아! 마침 좋은 자리가 한 군데 있군요."

노바는 둘이 사이 좋게 앉아 이야기를 나눌 만한 좋은 곳을 발견했다. 그곳은 차가운 바람이 불어오지 않고, 햇볕도 잘 드는 최적의 장소였다. 어지간히 그의 이야기가 듣고 싶었던지 마리 공주는 시녀들의 만류에도 불구하고 그들을 물리치고는 노바와 자리를 함께했다.

물론 시녀들은 저 귀족이 혹여나 마리에게 무례를 범하지는 않을까 전전긍긍하며 지켜보았지만 말이다. 노바는 시녀들이 가져다 놓은 쿠키 하나를 집어 들며 입을 열었다.

"와, 정말 맛있군요."

"정말요? 제가 이번에 시녀들에게 배워서 직접 만들어본 것인데……. 이곳으로 기분 전환하러 나오기 전에 갓 구운 것이거든요."

"정말이십니까? 어쩐지 이렇게 맛있는 쿠키는 처음 먹어보는 것 같다 생각했습니다. 달콤하게 사르르 녹아들어 가는데다 한편으로는 그 맛을 눈치 채지 못할 정도로 고소하기까지 했는데……. 과연 공주님의 고운 손길이 닿은 쿠키였군요. 오늘 복이 터졌나 봅니다. 하하하!"

"말이라도 고마워요. 사실 여러 번 망쳤었답니다. 쿡쿡."

작업을 시작하자면 이성에 대한 칭찬은 기본 중의 기본. 그것도 '그저 좋다!' 라는 칭찬보다는 구체적으로 '무엇 무엇이 좋다' 라는 것이 훌륭한 칭찬이다.

역시 기본에 충실해야 보다 높은 고차원적인 기술을 걸기가 수월한 것이다.

예를 들어 수학처럼 말이다. 이러한 기본 공식을 암기하지 않으면 나중에 머리가 부서질 정도로 괴롭게 된다. 노바는 고수답게 기본에 충실했다.

"저도 간혹 쿠키를 만들기도 하지요. 물론 이런 정도의 작품으로 만들어내지는 못하지만 말입니다."

"와아! 정말요?"

"그렇고말고요."

…입에 침이나 바르고 거짓말을 해야 할 텐데, 노바에게서는 조금도 그럴 기미가 보이지 않았다. 어쨌든 음흉한 구렁이 담 너머로 텔레포트하듯 어설프게나마 공통점을 만들어내며 잘도 넘어가는 노바였다.

안타깝게도 마리 공주는 그런 기색을 전혀 눈치 채지 못하고 있었다. 노바의 기반을 다지는 작업을 그저 친절한 사람의 호의로만 생각했다.

"아참, 혹시 여행을 많이 다니셨나요?"

"아!"

마리의 질문에 노바는 향긋한 미소를 지음과 동시에 친절하게 이것저것을 설명했다. 보통 대화라고 하는 것은 자신을 주체로 하고 중심이 되어 펼쳐져 나가기 마련인데 그는 그렇지 않았다.

그의 말은 오로지 마리를 위해 태어난 것처럼 보였다.

그녀의 관심사를 정확히 파악하고 그것에 맞추어 마리에게 맞장구까지 쳐주는 노바. 덕분에 웃음꽃이 만발한 마리였다.

"하하! 그렇군요. 그래도 죠세핀 공주 전하께서 잘해주시잖아요. 그런데 혹시 사로트 왕국에서 제작하는 영화들은 보셨는지요?"

"아! 그 영화들이요? 나름대로 재미도 있고, 종종 기회가 생기다 보니 지금까지 나온 영화들을 모두 다 보았답니다."

"하하! 역시 공주님이십니다. 역시나 외모만큼이나 문화적 감각도 매우 뛰어나시군요."

"호호호! 농담 마세요."

"농담이라니요. 제가 태어나 세상을 본 이후 처음으로 다가온 가장 찬란한 빛이 바로 공주님이신걸요. 마리 공주님께선 저 노바에게 있어

갓 태어난 아기가 본 세상만큼이나 눈부신 빛이랍니다."

재수없는 자식, 완전 버터다. 혹은 식용유를 한 드럼 원샷했냐고 정중히 물어보고 싶을 정도로 한느끼 하는 노바였다.

하지만 이 사실을 알아야 한다. 과거 역사적으로 이름을 남긴 유명한 바람둥이들에게 빠져든 대부분의 여성들이 그들의 그 느끼한 말에 넘어갔음을 말이다.

이렇게 낯간지럽게 속삭이는 말이 남자 특유의 무심하고 거친 것보다 훨씬 효과적임을 노바는 잘 알고 있었고, 그랬기에 시기 적절하게 사용한 것이었다.

노바가 마리에 대해 좀 더 알아가며 그녀와 가까워질수록 그의 목적인 케스로아는 그의 수중으로 점점 다가오고 있었다.

지난 한 달간 노바는 많은 노력을 해왔고, 드디어 그 결실을 맺었다. 죠세핀의 주관으로 열린 왕궁 파티에서 마리의 요청으로 에스코트 역할을 맡게 된 것이다.

위조이긴 하지만 어쨌든 귀족 신분이었기에 파티에 가는 것은 무리가 없었다.

하지만 이건 예상 밖이었다. 마리가 직접 그에게 에스코트를 요청했으니 말이다. 노바는 의외의 수확에 매우 기뻤다.

거의 스토커하다시피 마리 근처에 맴돌며 자신을 어필했는데, 그게 주효했던 모양이었다.

그때부터 노바는 슬슬 그녀와 거리를 둘 때가 되었다고 생각했다. 너무 가까이도, 그렇다고 멀리 있지도 않은 딱 보기 좋은 적당한 관계를 말이다.

그의 목적은 결코 마리의 마음만을 빼앗는 것이 아니었다. 그랬다면 이미 목적 달성은 눈앞에 다가와 있었다.

그의 최종 목적은 케스로아 왕국의 멸망이다. 그러기 위해서는 마땅한 후사가 없는 케스로아 왕실을 뒤흔들어야 했다.

그래서 그가 이렇듯 마리에게 환심을 얻고 조만간 죠세핀의 마음 또한 얻으려고 하는 것이 아닌가.

'후후, 둘의 마음만 얻어낸다면… 게임은 끝이다.'

사악한 생각을 하면서도 그는 누가 봐도 정말 순수하다고 감탄할 미소와 함께 어떻게 하면 보다 깊은 죠세핀의 관심을 받을까 고심하고 있었다.

비록 사랑하는 동생이 마음에 둔 남자여서 어느 정도 관심을 가지고 있겠지만 그것으로는 역부족이었다.

곰곰이 죠세핀의 마음을 흔들어놓을 방법을 생각하면서 그는 즐겁게 파티에 참석했다.

이미 상당수의 귀족들이 몰려와 왁자지껄 이야기를 나누고 있었다.

"여어! 리스본 자작 잘 있었는가?"

"나야 뭐, 언제나 잘 지내지. 그러는 자네는 잘 지냈는가?"

"물론 난 잘 지냈네. 하하!"

민한이 있었다면 부담없이 그들의 대화를 들으며 기억의 저편으로 숨어버린 영어의 한 기본 회화 공식을 떠올렸겠지만 노바는 그렇지 않았다. 날카로운 눈빛으로 파티장의 이모저모를 염두에 두고 있는 것이다.

그런 그에게 아무도 관심을 가지지 않았다. 왜냐하면 귀족이긴 했지만 영지도 없는 단지 이름뿐인 귀족이었기 때문이다.

"노바님~!"

'아차!'

노바는 자신의 세계에 빠져 있는 바람에 그만 마리를 깜박했다. 새침하게 토라진 듯한 표정의 그녀는 정말 귀엽고 아리따웠다. 그는 마리에게 듣기 좋은 말로 달래며 미소 지었다. 역시 즉효였다. 단지 조건이 있을 뿐이었다.

"저랑 춤춰요!"

"하하! 알겠습니다, 공주 전하."

"쳇!! 그냥 마리라고 부르라 했는데, 또 공주 전하래."

"예, 공.주. 전.하."

"흥! 정말 못됐다니까."

마리가 노바가 귀족임을 알고도 그저 노바님으로 부르기까지는 그리 많은 시간이 필요하지 않았다. 그리고 또 얼마 지나지 않아 마리는 자신의 이름을 불러주길 원했다.

물론 호칭은 부르는 사람 마음이었지만 말이다. 노바는 적당한 곡조가 흘러나오자 마리의 손을 잡고 에스코트하여 무대로 나갔다.

마리를 에스코트하는 미청년.

조금 전과는 달리 많은 귀족들이 관심을 가지는 것이 당연했다.

마리가 대단해서라기보다는 물론 그녀의 언니인 죠세핀 때문이었다. 복이 될 수도, 어쩌면 불호령이 떨어질지도 모를 마리 곁의 미청년.

그의 이름은 노바 카사이다였다.

"노바 카사이다라고 하는 귀족이던데?"

"카사이다? 그런 가문이 있었나?"

"흠… 킨사이다 백작 가문은 있지만, 카사이다……."

"이름뿐인 귀족인 것 같군."

처음 노바가 마리 공주를 에스코트할 때는 그의 외모를 보고 그러려니 했는데 같이 춤을 추다니, 게다가 먼저 신청한 것은 마리 공주. 그것은 노바에 대한 명백한 그녀의 관심이었다.

속삭이며 귀를 간질이는 주위의 소리에도 노바는 아랑곳하지 않고 마리 공주의 허리를 끌어안고 춤에 신경을 쏟았다.

그의 춤 솜씨는 가히 경지에 이르러 있었다.

귀족들은 예사롭지 않은 그의 춤 실력에 다시 한 번 놀라움을 감추지 못했다.

따라라.

악사들의 노래는 절정에 이르렀고 노바와 마리의 춤도 최고조에 달했다. 마리를 보니 이미 그녀는 황홀지경에 이른 모양이었다. 하지만 노바의 시선은 한 여인과 맞닿아 있었다.

"……."

물론 그녀는 죠세핀이었다.

'저자는 도대체……. 애초부터 성실한 자라고는 보지 않았지만, 내 동생과 춤을 추면서 나를 쳐다봐? 그것도 야릇한 표정으로?'

노바는 노바대로 자신의 행위에 만족했다.

'이걸로 선전포고는 한 셈인가? 후후, 기대하시구려. 그대의 마음을

내가 가져갈 터이니.'

잠시 후, 댄스 타임이 잠시 소강 상태에 빠졌다. 모두 춤을 멈추고 자신의 위치로 돌아갔다. 노바는 지나가는 시녀로부터 세 잔의 와인을 받아 들었다. 한 잔은 물론 마리에게, 또 한 잔은 자신에게. 그럼 과연 세 번째 잔의 주인공은?

노바는 애초부터 자신이 누굴까 하는 호기심에 마리 공주에게 접근하는 많은 귀족들을 주시하고 있었다. 자신들은 죠세핀이 무서워 그녀에게 접근하지 못했는데 과연 어느 담 큰 귀족이냐 하는 뭐, 그런 생각을 가진 귀족들이었다. 어쨌든 이것은 좋은 기회였다.

"하하, 제가 마리 공주 전하를 독차지하고 있었나 봅니다."

"이거 실례가 된 건가?"

"아닙니다. 그렇지요, 공주 전하?"

"……."

노바가 아닌 다른 남자들이 다가오자 왠지 모르게 거부감이 드는 마리였다. 재빨리 노바에게 눈짓을 했건만 저 눈치 빠른 사내는 이상하게도 오히려 그들의 접근을 허용하며 한발 물러섰다. 마음 한구석에 정체 모를 불안감이 피어올랐다.

자신의 잔과 세 번째 잔을 든 노바는 기회를 틈타 바람을 쏘겠다는 목적으로 왼쪽 발코니로 움직였다. 이미 죠세핀이 그곳으로 나갔다는 사실을 잘 알기 때문이다. 그것을 몰랐던 마리는 대상이 불분명한 세 번째 잔을 바라보며 더욱더 불안감에 휩싸일 수밖에 없었다.

휘오옹.

바람이 제법 매서웠다. 날씨도 꽤나 추웠던 터라 노바는 따뜻한 음성으로 멀리 시선을 두고 있는 죠세핀에게 말을 걸려 했다. 하지만 그녀는 그의 존재를 미리 알아차렸던 모양이다.

"나에게 용건이 있나요?"

"…하하! 이거 들켜 버렸군요. 죠세핀 공주 전하께 소인 노바 카사이다 인사드리겠습니다."

"그대의 이름은 알고 있어요. 그리고 그렇게 예를 차릴 필요는 없답니다."

공주도 다 같은 공주가 아니다. 죠세핀은 케스로아의 권력을 틀어쥐다시피 한 막강한 권력자. 오히려 노바의 예는 부족한 점이 있었다. 하지만 그녀는 그것을 염두에 두고 퉁명스럽게 말을 쏘아붙인 것이 아니었다.

"마리는요?"

"아!"

바로 마리 때문이었다.

"다른 분들과 환담을 나누시고 계실 겁니다."

"후우. 역시 불성실하군요. 마리가 어쩌다 그대와 같은 사람을 좋아하게 되었는지……."

"그렇습니까? 후후."

의미심장한 미소였다. 왠지 불안해지는 죠세핀이었다. 그녀는 쐐기를 박고자 차가운 말투로 노바에게 말했다.

"우리 마리……."

"말씀하십시오, 공주 전하."

"만약 마리를 울린다면… 당신의 목숨은 제가 취할 겁니다. 나 제1공주 죠세핀 르 케스로아의 명예를 걸고."

"하하하!"

강하게 노려보는 그녀의 차가운 태도. 범인이라면 흠칫하며 식은땀이라도 흘려야 정상이건만 노바는 오히려 큰 소리로 웃으며 들고 있던 와인을 죠세핀에게 권했다.

"날씨도 추운데, 와인 한 잔 드십시오."

"……."

와인을 건네준 노바는 나란히 죠세핀 곁에 섰다. 그녀는 천천히 와인의 감미로움을 음미하며 지나가는 말로 중얼거렸다. 바람이 스쳐 가며 죠세핀의 머리카락을 쓸었다.

"그대의 마음을 알고 싶군요. 마리… 우리 마리에 대한 마음을 말이에요."

어느샌가 다시 말투가 부드럽게 바뀌었다. 하지만 노바는 애써 웃음을 지으며 그녀의 질문을 얼버무릴 뿐이었다. 아무리 철면피 노바라 할지라도 '내가 너의 마음을 가져갈 것이다!' 라고 호기롭게 외치지는 못했다. 하지만 할 말은 다 하는 노바였다.

"저는 제 마음에 충실할 뿐입니다. 앞으로도… 물론 그럴 것입니다. 아! 마리 공주 전하께서 기다리고 계시겠네요. 이만 가봐야겠습니다. 좋은 시간 되십시오, 죠세핀 공주 전하."

"그러세요."

노바가 물러 나간 후, 죠세핀은 추운 날씨에 몸이라도 녹여보려는지 남아 있던 와인을 단숨에 들이켰다.

그로부터 며칠 뒤, 마리의 신변에 엄청난 일이 발생했다. 놀랍게도 세 명의 어쌔신이 그녀에게 살수를 가한 것이다. 굉장히 뛰어난 살수들이었다. 일은 마리와 노바가 죠세핀의 허락을 받아 왕궁 밖의 한적한 숲에 나왔을 때 벌어졌다.

기사들과 병사들이 죽음을 무릅쓰고 상대했지만 그들은 어쌔신들이 가져온 스크롤 마법에 순식간에 무력화되었다. 그들은 강했지만 뜻밖의 공격에 허점을 보이며 마리에게 접근했다.

그들은 노바의 사주를 받은 1급 어쌔신들이었다. 사로트의 사주를 받은 것처럼 꾸민 그들은 노바와의 계약에 따라 그의 마법에 당한 것처럼 꾸며 자연스레 물러갔다.

너무 순식간에 일어난 일인데다가 경황이 없었던 기사들과 병사들은 조금도 이상한 점을 발견하지 못했다.

당연하게 산책은 무산되어 버렸고, 마리와 노바는 그곳을 떠났다. 그런데 문제가 발생했으니, 어쌔신들과의 접전 중 노바가 독이 묻은 검에 어깨를 다쳐 버렸다.

"이러지 않으셔도……."

"그게 무슨 말이에요! 이렇게 크게 다쳤는데."

마리의 손에 이끌려 그녀의 깊숙한 침실까지 들어온 노바였다. 그전까지만 하더라도 주위의 이목도 있고 여러 가지 사정이 있어 이곳까지는 들어오지 못한 노바였다. 하지만 그는 분명 현재 그녀의 침실에 들어와 있었다.

자신의 상처를 시녀들과 함께 정성스레 돌보는 모습을 보며 노바는 빙그레 웃었다.

"팔 좀 들어보세요."

"윽!"

"괘, 괜찮나요?"

벌컥.

죠세핀은 마리가 어쌔신들에게 공격당했다는 보고에 크게 놀라 당장 마리의 거처로 달려왔다. 시녀들이 마리에게 고하기도 전에 문을 박차고 들어온 그녀였다.

그곳에서 죠세핀은 마리가 울듯한 표정으로 노바를 치료하고 있는 모습을 보았다. 그것은 그녀에게 놀라움으로 다가왔다. 이 정도로 관계가 진전되었을 줄이야.

아직 노바의 실체를 파악하지 못한 죠세핀은 입맛을 다셨다.

'후후, 안녕하시오? 죠세핀 공주.'

노바는 죠세핀에게 뭔가 야릇한 시선을 한가득 흘려 보냈다. 흠칫하는 죠세핀. 그녀는 여자의 육감으로 뭔가 노바는 아니다라는 생각을 본능적으로 떠올렸다. 자신의 동생은 그에게 속고 있는 것이라는 생각마저 들었다.

"어머, 언니!"

"······."

이제야 죠세핀이 침실로 들어왔다는 사실을 알아차린 마리였다. 그녀는 언니인 죠세핀이 노바를 이상하게 쳐다보고 있다는 사실에 일말의 불안감과 함께 당혹함을 감추지 못했다.

"언니?"

"아! 그래, 몸은 괜찮아? 다친 곳은 없고?"

"응. 나보다는 노바님이 많이 다치셨어. 독이 묻은 검에……."

"그렇구나. 노바 남작, 우리 마리를 지켜주셔서 감사합니다. 이 은혜는 잊지 않지요."

"황공합니다, 죠세핀 공주 전하."

이미 찍혀 버린 노바. 죠세핀 공주는 말은 고맙다 하고 있으나 그녀의 눈은 그렇게 생각하지 않는 모양이다. 하기는 황공하다고 말하는 노바의 눈은 필요 이상으로 끈적끈적했다.

마치 한번 빠져들면 벗어날 수 없는 늪과도 같은 눈빛이었다.

죠세핀은 결국 마음을 다져 먹었다.

'아무리 봐도 바람둥이… 그 전형적인 모습이야. 마리의 행복을 위해서… 그와 좀 떨어뜨려 놓을 필요가 있겠어. 하지만 마리야, 너도 언젠가는 이 언니의 마음을 알게 될 거야.'

하지만 그녀는 노바와 마리를 떨어뜨려 놓는 것이 바로 노바, 그가 원하는 방향임을 꿈에도 몰랐다.

흘러가 버린 첫사랑처럼 결코 돌아올 수 없는 안타까운 세월들이 지나갔다. 노바는 실로 무서운 존재였다. 처음에는 성과가 미미하여 암살 미수 사건이 있은 지 한 달이 지나도록 딱히 눈에 띄는 결과가 없었지만 지금은 달랐다.

바로 자매인 죠세핀과 마리의 관계가 눈에 보일 정도는 아니지만 조금씩 조금씩 그렇게 서서히 멀어지고 있었던 것이다. 노바의 교묘한 공작에 의해 죠세핀은 끊임없이 노바를 견제하도록 만들었고, 이제는 그 수위가 위험할 정도에 이르렀다.

이것은 노바라는 필터에 의해 걸러져 마리에게는 언젠가부터 자신의 남자를 노리는 속 좁은 언니로밖에 보이지 않게 되었기 때문이다.

자신을 오해하는 마리의 불안한 눈동자를 본 죠세핀은 또 죠세핀대로 여러 수를 썼지만 오해와 편견이란 벽은 너무 높았다. 그리고 그 결과, 그것들은 하나같이 죠세핀에게 악재로 작용했다.

제아무리 단단한 사이라도 서로에의 믿음이 없을 때는 낙숫물이 바위를 쪼개 버리듯 간단하게 부서져 버린다. 죠세핀과 마리 자매의 관계가 그러했다.

이렇게 단단한 그들의 사이를 갈라놓은 후, 마리와 죠세핀의 마음을 완벽하게 차지해 버린다는 것이 바로 노바의 계책. 그 끝이 서서히 다가오고 있었다. 노바 카사이다는 이제는 죠세핀의 마음을 차지할 때라고 확신했다.

오늘도 마리는 한 남자를 위해 생전 해보지도 않았던 것을 시도하고 있었다. 추운 겨울을 따뜻하게 보냈으면 하는 간절한 마음을 담은 털목도리였다. 물론 노바에게 주기 위함이었다.

"랄라라~"

그녀는 조금도 자신이 이용당하는 것이라 생각하지 않았다. 오히려 흥겨운 노래를 흥얼거리고 있었다. 그것은 노바의 절묘한 치밀함 덕분이기도 했지만, 마리에게는 그가 자신의 마음을 주는 첫 남자였기 때문이다.

언젠가 절망의 늪에 빠져 허우적거릴 줄도 모르고 노바를 위해 마리는 엉성하지만 최대한 정성껏 손을 놀렸다. 목도리를 둘러 따뜻한 겨울을 보낼 자신의 사랑을 생각하면서.

한편 노바는 차갑지만 한편으로는 폐 속까지 시원해지는 겨울 공기를 가득 품으며 힘차게 마리가 머무는 궁으로 향했다.

"어서 오십시오."

"수고하게나."

경례를 붙이는 병사들에게 따뜻한 한마디를 건넨 노바는 거침없이 궁 안으로 들어섰다. 언젠가부터 그의 위치는 확고해져 마리의 궁을 드나드는 것을 입구를 지키고 선 병사들마저 당연하게 여길 정도였다.

오히려 별 볼일 없는 사람들에게 신경 써주는 노바에게 호감마저 가지고 있을 정도였다. 그것은 시녀들도 마찬가지였다.

"이제 오십니까."

"하하, 마리 공주 전하께서는?"

"마침 안에 계십니다."

"흠, 그렇군. 그나저나 날씨가 상당히 추운데 감기 걸리지 않도록 조심하시오."

"감사하옵니다."

시녀의 인사를 뒤로하고 노바는 마침내 마리의 침실로 들어섰다. 문이 열리며 그녀의 모습이 보이자 그가 눈을 동그랗게 떴다.

"공주 전하, 무엇을 하고 계십니까?"

"앗! 아, 아무것도 아니에요."

도둑질을 하려다 들킨 어린아이처럼 마리 공주는 황급히 짜고 있던 털 목도리를 뒤로 숨겼다. 하지만 노바는 처음부터 다 알고 있었다. 오히려 그런 그녀의 행동을 보며 귀엽다고 느끼는 그였다.

노바가 은근슬쩍 마리의 곁에 앉았다. 그의 숨결이 그녀의 귓가에 선명하게 느껴졌다.

쪽.

달콤한 노바의 입술이 마리의 따스한 볼을 훔쳤다. 부끄러운 듯 고개를 숙이며 얼굴을 붉히는 마리. 노바는 느끼한 말로 마무리 지었다.

"날이 갈수록 아름다워지시는군요."

"……"

말과는 다르게 안색이 어두운 노바. 그는 또 무슨 일을 꾸미는 것일까. 마리는 마리대로 사랑하는 이의 표정이 좋지 않자 정색을 하며 노바를 다그쳤다.

"무슨 일 있으세요?"

노바는 아무렇지 않게 대답했다.

"별것 아닙니다."

"그러지 말고 저에게 이야기해 주세요."

"……"

하지만 속으로 쾌재를 부르는 노바였다. 그는 오늘부터 슬슬 본격적으로 자매의 의를 갈라 놓으려 하고 있었다. 어느 정도 의심을 마음 깊숙한 곳에 불어넣어 준 상태였기에 다음 단계로 넘어가도 별문제가 없으리라 판단했기 때문이다.

"역시… 이런 말은 공주님께 드릴 수가 없습니다."

"노바님!"

"휴우, 말씀드리죠."

노바는 마리에게 마음속으로 생각해 두었던 대사를 읊조렸다. 그것은 죠세핀이 들으면 황당하고 어이가 없을 정도로 말도 안 되는 것이었다. 바로 죠세핀이 노바를 좋아하고 있는 것 같다는 이야기. 하지만 그 말이 되지 않는 것도 노바의 입을 거쳐 나오니 그럴듯해졌다.

이미 노바에게 콩깍지가 쓰인 마리는 그 말에 겉으로는 반신반의하면서도 내심 수긍하며 받아들였다.

"설마… 언니가……. 하지만 정말이라면… 아니, 그럴 리가 없어요."

"하지만 걱정 마십시오. 마리 공주님께서는 그저 가만히 계시면 됩니다. 공주님……."

"노바님……."

노바는 느닷없이 마리를 부축하여 창가로 데려갔다. 창문을 열자 찬 공기가 다가와 그들을 간질였다. 영문을 몰라 의아해하는 마리에게 노바가 입고 있던 코트를 벗어 그녀에게 걸쳐 주었다. 그들의 다정스런 모습에 질투라도 한 모양인지 한차례 강한 바람이 그들을 쓸고 지나갔다. 어지럽혀진 머리카락을 부드럽게 쓸어 넘기며 노바가 입을 열었다.

"공주님, 아름다운 모습이지요?"

"예, 높이 솟아 있는 산도 보이고, 수도를 유유히 흘러가는 강도 보여요. 온 세상이 하얀 눈에 한가득 덮여 있는 게 정말… 정말이지 너무 아름다운 광경이에요."

그러자 노바가 손가락으로 그것 모두를 하나하나 세세하게 가리키며 말을 이었다.

"저 산들이 모두 무너지고 강물이 더 이상 흐르지 않는다 해도, 눈이 영원하여 꽃이 아득한 옛날의 추억이 된다 할지라도 전 공주님에게서 멀어지지 않습니다. 저에게 공주님은 이 모두보다도 훨씬 소중한 존재이니까요."

노바는 마리를 위로하며 살포시 품에 안았다. 그럼에도 약간씩 떨림을 보이는 그녀의 몸. 노바는 진심으로 안타까워하며 그런 그녀의 등을 토닥여 주었다.

그날 밤, 왕궁 정원에서 두 사람이 만났다. 여자는 사랑하는 동생을 위하여, 남자는 자신의 계획을 위해서. 날씨가 몹시 추웠음에도 그들은 아랑곳하지 않는 듯했다. 아니, 노바만큼은 그것을 다소 걱정했다.

"공주님, 날씨가 춥습니다. 감기라도 걸리시면……."

"걱정 마세요. 그것보다… 그대는 왜 내가 이 밤에 보자고 했는지 아나요?"

속으로 짐작 가는 것이 있었지만 노바는 모르는 척 시치미를 뗐다.

"글쎄요……."

"두 번 이야기하지는 않겠습니다. 마리와 거리를 두세요."

"예?"

혹시나 했는데 그의 추측은 빗나가지 않았다. 하지만 이미 그에 대한 대비를 세운 노바였기에 그렇게까지 놀라는 모습은 보이지 않았다.

"놀라지 않는군요."

"뭐, 이미 예상했던 바이니까요."

"마리를 사랑했나요?"

"……."

'침묵은 곧 긍정이다' 라는 말도 있지만 지금 상황은 수긍하는 것인지 부정하는 것인지 도무지 알 수가 없었다. 답답했던지 죠세핀은 입술을 깨물며 다소 언성을 높였다.

"당신이 사랑했든 안 했든 간에 마리의 언니로서 난 도저히 받아들일 수 없어요. 내 말뜻 이해하나요?"

"알겠습니다, 죠세핀 공주 전하."

그날 이후로 마리의 거처 주위에서는 노바의 모습을 찾아보기 힘들었다. 제일 먼저 느낀 것은 당연히 마리. 그녀는 노바의 모습을 벌써 며칠째 보지 못한 상태였기에 매우 신경이 날카로워져 있었다. 마리는 오만 가지 상상을 다 해보았다.

하지만 분명 며칠 전만 하더라도 자신의 귓가에 사랑을 속삭이던 사내가 자신을 배신했을 리는 없다고 믿었다. 그렇다면 무엇이 문제란 말인가. 그제야 정보의 중요성을 안 마리는 시녀들의 힘을 이용하는 법을 배우게 되었다.

제3장

케스로아 왕국의 멸망

케스로아 왕국의 멸망

세월이 흐르면서 점점 더 강성해져 가는 국가를 기념하고 여러 가지 정무로 지친 심신을 달래볼 요량으로, 조조를 필두로 주요 인사들이 수도 사로트 시찰을 핑계로 휴식 시간을 가졌다.

"예, 이것은 시민들에게 풍요로운 귀족들의 삶을 가상이나마 체험하게 해주는 것입니다. 초기에는 그저 결정된 흐름에 몸을 맡겨 구경하는 것에 불과했지만 지금은 기술이 훨씬 발전되었습니다."

"예를 들면?"

조조의 물음에 한 사내가 다급히 고개를 숙이며 말을 이었다.

"예를 들면 전과는 달리 직접 자신이 몸을 움직여 여러 도시들을 여행 다닐 수도 있고, 기사들과 검술 대련을 하는 것도 가능해졌습니다. 체스를 두어도 별문제가 없습니다."

"호오, 그 정도인가?"

상당한 발전이었다. 이 정도면 실로 굉장한 수준이 아닌가. 특히 민한은 감탄을 금치 못했다. 조금만 더 연구한다면 간단한 가상현실 게임을 만드는 것도 가능해질 것이다.

실로 마법의 승리라 아니 할 수 없었다.

그렇게 한차례 수도 사로트의 새로운 문화를 체험한 후, 그들은 대륙에 그 명성을 떨치고 있는 영화도 관람하기 위해 움직였다.

이미 영화는 안정권에 들어 많은 수입을 벌어들였다. 요즘 한참 상영하고 있는 영화는 도합 세 편으로 장엄한 전투신이 압권인 '팔지의 제왕', 소년 마법사의 멋진 모험을 그린 '헬리콥터', 사로트의 건국 이야기를 다룬 '사로트 왕국'이었다.

다른 왕국들도 짭짤한 수익을 노리고 영화 산업에 뛰어들었지만, 선진 노하우를 겸비하고 탄탄한 스토리를 구사하는 사로트 왕국의 그것에 미치지 못했다.

대신 그들의 영화는 음지로 숨어들었고, 그 일대에서는 여러 의미로 그 이름이 유명해졌다.

일행은 저 세 편의 영화 가운데 물론 지나온 과거도 돌아보고 추억도 되새기고자 '사로트 왕국'을 관람했다.

그런데 영화가 너무 선전용의 색이 짙어서인지 당사자인 자신들에게도 낯 뜨거운 대사들로 가득했다.

마차 안에서 그들은 연신 멋쩍은 웃음을 터뜨렸다.

"하하하! 파천이 그랬었나?"

"설마요. 전하, 제가 어떻게 그런 말을 했겠사옵니까?"

"그래도 그 장면에서 '사랑과 정의의 이름으로 너희를 용서하지 않겠다!' 란 대사는 너무 했사옵니다."

곽가의 말에 괜스레 얼굴이 홍당무가 되어가는 민한이었다. 그는 서둘러 화제를 돌렸다.

"우, 우선 식사라도 하지요."

"흠… 시간이 벌써 그렇게 되었나."

민한과 조조의 말에 케이아느 또한 맞장구치며 허저를 이끌었다.

"호호! 그럼 얼른 '사로트 문화타운' 으로 가요."

"그, 그러죠."

영화를 보면서 자잘한 음식들을 몇 가지 먹기는 했지만, 그것으로 배고픔을 달랠 수는 없었다. 이미 해가 중천에 올랐기에 케이아느를 필두로 모두 '사로트 문화타운' 으로 가기로 결정을 보았다 .

"이번 정차할 곳은 사로트 문화타운입니다."

마차에는 일행만 탄 것이 아니었다. 마차는 무려 오십여 명의 사람을 동시에 태울 수 있을 정도로 컸다. 마법으로 증폭된 여자의 목소리가 흘러나오자 민한은 고개를 끄덕이며 일어섰다.

마차 시스템은 현대의 버스 시스템을 본딴 것으로 이미 수백여 대의 마차가 수도 사로트에서 정교하게 맞물려 돌아가고 있었다.

물론 처음에는 다 그렇듯 많은 혼란을 가져왔다.

하지만 민한은 결코 녹록한 인물이 아니었고, 얼마 되지 않아 시스템의 완성을 보았다.

이들은 이러한 마차의 덕을 보며 사로트 문화타운에 도착했다.

역시 발달한 거리였기 때문인지 사람들은 물론 거대한 마차도 여러 대 정차해 있었다. 일행은 조심스레 마차 문을 열고 땅을 밟았다.

맨 꼭대기 층에 위치한 레스토랑은 이미 주요 인사들이 즐겨 찾는 명소가 되어 있었다.

레스토랑의 주인은 국왕 일행이 모습을 드러내자 입이 함지박만 해져서는 일행을 맞아들였다. 물론 그가 안내한 곳은 레스토랑에서도 가장 경치가 좋은 일등석이었다.

따로 주문을 할 필요가 없었다. 얼마 되지 않아 주인이 레스토랑이 자부하는 요리들을 모두 가져온 것이다.

"오래 기다리셨습니다. 저희 레스토랑 최고급 요리들입니다."

"자, 어서 들지."

조조를 필두로 모두 포크와 나이프를 들려는 찰나 조이가 레스토랑에 그 모습을 드러냈다. 한창 철기병 군단을 점검하고 있어야 할 그녀가 이곳에 나타난 이유는 무엇일까. 뭔가 전할 소식이 있었던 모양이다. 조조에게로 다가온 조이는 예를 갖추며 고개를 조아렸다.

"무슨 일인가?"

"예, 전하. 기어코 케스로아 왕국에서 내전이 벌어졌사옵니다."

"정말인가?"

"그러하옵니다."

마침내 노바 카사이다의 절묘한 계략이 빛을 본 것이다. 그의 미남계는 두 공주를 적절하게 구워삶았고, 국가를 분열로 이끌었다. 하지만 그 실상을 자세히 몰랐던 일행은 조이를 다그쳤다.

"내분이 일어날 것 같은 조짐이 보이긴 했지만… 실제로 일어날 줄이야. 제가 느낀 죠세핀 공주는 그렇게 호락호락한 인물이 아니었는데 말입니다."

곽가가 갸우뚱거렸다. 분명 그러했다. 철의 여인이라 칭할 정도로 강한 죠세핀에게 반기를 든 인물이 있다니.

"다크!"

스스슷.

곽가의 부름에 옆에서 귀신처럼 그 모습을 드러낸 다크 1호. 그는 곽가에게 머리를 조아리며 그의 명을 기다렸다.

"내분의 실질적인 원인을 알아보았느냐?"

"예, 각하. 그것은 다름 아닌……."

"다름 아닌?"

일행 모두가 궁금해했다. 그런데 다크의 저 곤란하면서도 미묘한 표정이라니. 평소에도 좀처럼 감정 표현을 하지 않는 다크들이었기에 뭔가 특별한 이유가 있을 것이라 생각되었다. 그의 입에서 흘러나온 이야기는 과연 그러했다.

"사랑 때문입니다."

허탈해질 정도로 어이가 없는 이유였다. 개인의 감정이 국가를 그르칠 정도가 되었단 말인가. 문득 민한은 한 사내의 모습이 스쳐 지나갔다. 바로 노바 카사이다라는, 황당하다고 느꼈던 남자였다.

모두가 사랑이라는 단어에 고개를 갸웃거리고 있을 때 민한이 쓴웃음을 지으며 말을 꺼냈다.

"전하."

"음, 파천 짐작 가는 일이라도 있는가?"

"아뢰옵기 송구하오나 일전에 한 사람이 저를 찾아온 적이 있었사옵니다."

"흠… 그래서?"

"자신을 노바 카사이다라고 소개하며 말하기를 소신의 부하로 삼아 달라고 하더군요. 꽤나 당돌한 남자였지요."

"그런 일이 있었군."

모두 민한의 다음 말을 기다렸다.

"물론 저는 능력도 잘 알 수 없는데다 정체도 잘 모르는 남자를 받아들인다는 것은 말이 되지 않았기에 당연히 거절했사옵니다. 그랬더니 이 노바 카사이다가 케스로아 왕국을 6개월 안에 들어다 바치겠다고, 그래서 자신의 능력을 증명해 보이겠다고 말했지요."

"하하하! 정말 당돌한 사내로구만."

"그런데 그가 마침내 일을 저지른 모양입니다."

황당하다 못해 어이없는 말을 내뱉었던 사내를 무시한 것은 누가 봐도 당연했다. 그런데 그게 빈말이 아니었던 것이다. 한 개인이 기한을 정해두고 국가를 멸망시켜 버리겠다는 말에 코웃음을 치며 대충 알았다고 해줬는데 실제로 이렇게 케스로아가 내전이라는 극심한 혼란에 빠져든 것이다.

"맞습니다. 두 공주 사이에는 그 노바 카사이다라고 하는 남자가 있었습니다. 자매가 이 한 남자를 얻기 위해 내분이 벌어진 것이지요."

다크의 추가 설명에 모두 입맛을 다셨다.

"어찌 일국의 권력을 쥐고 있는 자가 사사로운 감정에 치우쳐 국가를 그런 지경에 빠뜨릴 수 있단 말인가. 알고 보니 죠세핀 공주, 그녀에게는 치명적인 결함이 있었던 게로군."

"그러하옵니다. 국가 권력의 정점에 있는 자는 오직 국가의 이익을 위해서 움직여야 합니다. 그래야 밑에 있는 시민들이 평화로이 자신의 삶을 지켜 나갈 수 있지요. 죠세핀 공주, 그녀는 사사로운 자신의 감정에 치우치는 바람에 결국 수천만의 시민들에게 화를 끼치게 된 것입니다."

"봉효 말이 옳아. 뭐, 권력자도 인간인 이상 사랑을 무시할 수는 없겠지. 아예 사랑을 하지 말라는 것이 아닐세. 단지 그 사랑보다는 권력자로서 할 일이 더 중요하다는 것을 그녀는 몰랐던 거겠지. 그녀가 일반인이면 상관없겠지만 말일세."

죠세핀도 죠세핀이었지만 마리 또한 무시할 바가 못 되었다. 그 순수하고 어리게 느껴졌던 공주가 많은 세력을 규합하고, 또 그들을 이끌어 권력을 차지하려 할 줄이야.

아무도 예상치 못했던 일이다. 하긴 사랑하는 남자가 다른 여자와 약혼식을 올리겠다고 하는데 그저 바라만 보고 있을 여자가 어디 있을까마는. 사실 적극적으로 싸움을 걸었던 것도, 그래서 마리 르 케스로아 공주였다.

"그럼 이 내전은 케스로아에게 치명적인 국력의 약화를 가져다 주겠네요? 그 노바 카사이다의 목적은 가능한 최대의 국력 소모를 안겨다 주는 것일 테니까요."

"케이아느의 말이 맞습니다. 그렇다면……."

"뭐, 우리로서야 굿이나 보고 떡이나 챙기면 되겠지. 아니 그러한가? 하하하!!"

조조의 시원한 웃음소리에 저마다 웃음을 감추지 못했다. 잘만 한다면, 아니, 거의 확실하게 케스로아의 영토를 힘 안 들이고 차지할 좋은 기회였기 때문이다.

이런 좋은 기회를 그냥 흘려 보낸다는 것은 멍청이나 하는 짓이었다. 그랬기에 당연히 조조는 민한과 곽가 및 왕국의 실세들을 모두 모아놓고 회의를 열었다.

사로트 왕궁 대전에서는 많은 인물들이 조조의 명을 기다리며 고개를 조아리고 있었다.

"따로 조취할 것은 아직 없소이다. 괜히 섣부르게 나섰다가는 오히려 그들이 내전을 멈추고 아국에 대항할지도 모르기 때문이오. 하지만 어느 정도의 간여는 괜찮겠지. 자네의 생각은 어떤가, 파천?"

"지당하신 말씀이십니다. 직접적인 간여는 절대 불가하지만 무기나 식량, 소수의 병력 지원은 가능하겠지요."

"파천님 말씀이 옳습니다. 개인적인 생각으로는 양측 모두에 지원을 하는 것이 좋을 것 같습니다."

"아닐세. 우리는 오로지 죠세핀 공주에게 힘을 실어줄 것이야."

"네?"

조조의 폭탄선언에 고개를 숙이고 있던 신하들이 일제히 머리를 치켜들며 의아함을 표시했다. 당연한 일이다. 죠세핀과 마리, 이 둘을 객관적으로 비교하면 당연히 죠세핀의 압승이다. 오히려 양측을 지원하되 마리에게 최대한 지원을 가하여 보다 치열한 내전을 유도하는 것이 옳았다. 하지만 조조의 판단은 이들과 정반대였다.

"내 뜻을 알겠는가?"

"설마… 노바 카사이다의 능력을 시험코자 함이십니까?"

"하하! 역시 파천, 자네는 날 잘 알아. 노바 카사이다가 단지 여자를 홀리는 능력 하나로 이 상황을 만들었음을 난 믿지 않네. 분명 어느 정도의 뛰어난 능력은 가지고 있을 터, 우리는 그저 그의 능력을 보아가며 상황이 바뀔 때마다 적절한 조취만 취하면 되겠지."

곽가는 그제야 빙긋이 웃으며 고개를 끄덕였다. 자신의 주군은 분명 그 노바 카사이다의 능력을 파악하여 등용하려 하는 것이다. 그가 뛰어난 능력을 보인다면 능히 사로트 왕국의 한 축을 담당하는 기둥이 될 것이고, 그렇지 않다면 그저 어느 정도의 공만 인정받고 말 터였다.

하지만 곽가의 예리한 관찰력으로는 이런 상황을 창출한 노바가 쉽게 무너지지는 않을 것 같았다.

"앞으로 한 달 뒤에 움직일 것이다. 곽가는 후방에서 케스로아에 신경을 써주게."

"예, 알겠사옵니다."

"파천과 조이는 병력을 은밀히 준비시키게. 일만 잘 풀린다면 그렇게 힘들이지 않고 거대한 땅덩이를 흡수할 수 있을 것이야."

"명을 받들겠사옵니다."

내전은 곽가의 예견대로 흘러갔다. 노바 카사이다는 사로트의 뒷 공작에도 불구하고 은밀히 최대한 마리를 도와가며 내전을 심각한 지경으로 이끌었다. 마치 조조의 심중을 꿰뚫어 보기라도 하듯 자신의 능력을 유감없이 발휘했다.

한 달이 흘러갔다. 케스로아의 국력은 눈에 띄게 피폐해졌고, 시민들은 계속되는 내전에 치를 떨었다. 마침내 때는 되었다. 이젠 사로트의 군대가 본격적으로 움직일 때였다. 이미 노바 카사이다와는 연락이 끝난 상태였다.

그는 결정적인 순간에 케스로아 왕국을 배신하고 두 공주에게 좌절감을 안겨주어 승리에 큰 기여를 하게 되었다. 지난 한 달간 준비시켰던 10만의 정병이 기다렸다는 듯 순식간에 메지안 성 앞에 집결했다. 온갖 최신 장비를 갖추고 전략 전술 훈련을 받은 그들은 일격에 케스로아를 무너뜨릴 기세였다.

얼마 지나지 않아 그들은 민한과 조이, 새 개 철기병 군단 3만을 앞세워 케스로아 정벌에 나섰다. 그들을 막을 존재는 아무도 없었다.

나름대로 견고하다고 자신했던 대사로트 방어선이 단 이틀 만에 허무하게 주저앉아 버리고, 그 최종 마지노선이라는 세트리아 요새에 파상적인 공격이 몰아쳤다.

콰지지직.

성문이 부서져 내렸다. 영원히 자신들을 보호할 것 같았던 육중했던 성문이 하루도 지나지 않아 박살이 나자 요새를 지키던 수비군은 절망감에 휩싸였다.

"물러서면 안 된다. 죽을 각오로 저항하라!"

지휘관들이 울분에 찬 목소리로 죽기를 각오하고 달려들었으나 불 속에 기름 가마를 지고 뛰어드는 격이었다. 이미 루시페르의 저격 부대의 활약으로 대부분의 지휘관들이 유명을 달리했고, 지휘 체계는 속절없이 무너진 상태였다.

개인의 힘으로는 기울어진 대세를 도저히 어떻게 되돌릴 수가 없었다.

일전에 사신으로 왔었던 크로아르노 레시아 자작은 이미 패배를 기정사실로 받아들였다. 망루 위에서 병사들을 독전하고 있던 그는 침통하지만 비장한 목소리로 곁에 서 있던 부장에게 명을 내렸다.

"비록 패배했지만 나의 혼은 꺼지지 않는다. 여봐라! 말을 가져와라."

"옛."

그는 자신에게 충성을 바치는 친위 부대 3백 명을 이끌고 성문을 뚫고 나갔다.

"결사대인가? 용기가 가상하군. 조이, 여기를 맡아주게."

"예? 각하께서는……."

"어리석은 혼을 불사르러 가야지. 후후."

무너진 성문으로 사로트의 병사들이 꾸역꾸역 밀려들었다. 하지만 레시아 자작의 투혼이 빛을 발했는지 그 숫자는 예상보다 매우 적었다. 그가 성문 앞에서 친위대와 피투성이가 되어가고 있을 때, 밀려들던 사로트 병사들이 양 갈래로 갈라지며 한 기마 부대가 나타났다.

"민한 파천인가? 훗. 최후의 상대로는 부족함이 없는 상대로군."

몸이 성하다 하더라도 그를 이길 자신은 없었다. 하물며 이런 몸 상태로는 더욱 승산이 없다. 하지만 그는 혼신이 담긴 검을 비껴 들고 민한에게로 마주 달려나갔다.

"와아아!"

"나는 크로아르노 레시아 자작. 케스로아의 꺼지지 않는 불꽃이다!"

병사들은 마주 달려가는 자신들의 총사령관을 바라보며 손에 땀을 쥐었다. 그들의 검이 이윽고 대지 한편에서 날카로운 섬광을 뿜었다.

촤아악!

서로에게 일격을 먹인 후, 그들은 검을 늘어뜨리고 미소를 지었다. 잠시 후, 레시아 자작의 목에서 붉은 피가 분수처럼 뿜어졌다. 그는 죽는 와중에도 끝까지 웃음을 잃지 않았다.

목이 땅바닥에 떨어지고 곧이어 목 없는 시신이 말에서 굴러 떨어졌다.

털썩.

"와아아아아!!"

"……."

사로트 병사들이 이 광경에 일제히 함성을 질렀다. 반면 케스로아의 병사들은 앞이 캄캄해지며 두려워 어쩔 줄을 몰라 했다. 그것은 두 국가의 운명을 단적으로 말해 주고 있었다.

사로트 왕국의 군대는 파죽지세였다. 거침없이 케스로아의 성을 무너뜨리며 점점 수도로 진군했다. 사정이 이렇게 되었는데 마냥 내분을 벌일 수 없었던 케스로아의 수뇌부들은 급하게 휴전을 맺고는 힘을 합쳐 대항해 왔다. 하지만 그들은 이미 힘을 잃고 있었다.

"휴우."

작전을 계획하는 사령관의 막사에서는 결코 한숨을 내쉬어서는 안 된다. 부정을 타 불행을 불러들인다는 미신이 있었기 때문이다. 하지만 일반 사람도 아닌 군대를 총 지휘하는 대장이 한숨을 내쉬었다면 그 사정은 불 보듯 뻔했다.

총 대장 라르 데시빌 백작, 그의 한숨을 시작으로 곳곳에서 한탄스런 신음성이 흘러나왔다. 그만큼 상황은 좋지 않았다.

"비록 사로트 놈들의 숫자는 고작 10만에 불과하다고 하나 모두 정예들이오. 그에 비해 아군은 적의 두 배의 병력을 가지고 있지만 수를 제외하고는 그 무엇 하나 저들을 능가하는 게 없소. 게다가 현재 우리는 내분으로 인하여 병사들의 사기가 바닥에 떨어져 있지 않소이까."

"하지만 백작님, 반드시 힘을 내셔야 합니다. 지난 수십 년간 혁혁한 공을 세우신 백작님이 아니십니까."

"후우……"

올해 64세의 노장 라르 백작. 평생을 전투로 보낸 그였기에 오히려 이렇게 자신있게 한숨을 내쉴 수 있는 것이다. 하지만 어쩌겠는가. 무슨 수를 써서라도 이겨야 하는 것이다.

현재 케스로아의 가용 병력은 채 삼십만이 되지 못했다.

더욱 한심한 것은 이런 상황 속에서도 귀족들은 죠세핀 파니 마리 파니 나뉘어 신경전을 벌이고 있다는 것이다.

마리 공주가 심히 불편한 기색으로 죠세핀과 나란히 앉아 있었다. 이 모양이니 수하들이 가만히 있었겠는가.

그나마 죠세핀이 사태의 심각성을 깨닫고 굳은 표정을 하고 있다는 것이 다행이라면 다행일까.

라르 백작은 이런 사태를 가져온 저 가증스런 노바를 한차례 노려보왔다.

흠칫.

그나마 저 노바라는 녀석은 양심은 있던 모양이다. 대번에 고개를 푹 숙이고 자중하고 있으니 말이다. 마리 공주가 그의 시선에 입술을 깨무는 것이 보였다. 허탈할 정도로 어이가 없었지만 개인적인 감정은 뒤로 미루어야 했다.

라르 백작은 고개를 천천히 내저으며 말을 꺼냈다.

"자, 이 지도를 보시오. 이제부터 내가 생각해 둔 작전을 말하리다."

순간 노바의 귀가 번쩍했다.

사로트 정벌군, 제1진의 지휘 막사.

많은 병사들이 경계를 서고 있을 때, 그 안에서 깜짝 놀랄 만큼 큰 웃음소리가 터져 나왔다.

"하하! 하늘이 우리 사로트를 돕는 것인가!!"

다름 아닌 민한의 목소리였다. 그는 너무나 기뻐 춤이라도 추고 싶었다. 이번 전투에서 큰 승리를 거두게 된 사실 때문이었다. 메사슈미트와 루시페르의 웃음소리도 들려오는 것을 보면 정말로 이번 전투는 뻔해진 것이 틀림없었다.

하지만 정보는 생명. 곧 민한이 탐스런 금발을 뒤로 쓸어 넘기며 손에 든 노바의 밀서를 태워 없앴다.

다음날 민한은 휘하의 3만 병력으로 20만에 달하는 적과 대치했다.

물론 이곳에서 얼마 떨어져 있지 않은 곳에서 조조의 본군이 밀려들고 있겠지만, 지금 당장은 3만 대 20만으로 사로트 측이 매우 불리해 보였다.

차앙.

그럼에도 민한은 망설임없이 허리춤의 검을 뽑아 들어 하늘을 찔렀다.

"적군은 오합지졸들이다. 전하께서 당도하시길 기다릴 필요가 없다. 당장 돌격하여 적의 기세를 꺾는다. 철기병 군단은 나를 따라라!"

"와아아아!!"

그의 말이 끝나기기 무섭게 1만에 달하는 철기병들이 대지를 진동시키며 앞으로 튀어나갔다. 경기병과 비교할 때 그렇게 빠른 속도는 아니었지만 그들이 주는 중압감은 대단했다.

차차차창!

얼마 지나지 않아 양군의 기병들이 선두에서 부딪쳤다. 결과는 뻔했다. 말에서 떨어지고 죽어 나가는 이들의 열에 아홉이 케스로아의 병사들이었다. 무시무시한 파괴력이었다. 기병들이 첫 교전을 벌인지 얼마 지나지 않아 보병들도 서로 창검을 맞대기 시작했고, 얼마의 시간이 흘렀다.

"적을 견제하며 후퇴한다!"

강한 군대라 할지라도 이렇게 정면 대결로 승부수를 띄운다면 많은 피해를 볼 것이다. 민한은 이만하면 되었다 생각하고 물러서기를 원했다. 그의 고함 소리에 병사들은 아쉬움에 입맛을 다시면서도 서둘러 물러나기 시작했다.

그 움직임이 신속했기에 철수에는 별 무리가 없었다. 사기가 떨어져 있던 케스로아의 병사들은 이 기회를 놓치지 않았다.

동료들을 살해한 저들을 죽이기 위해 모두 몸을 날렵하게 움직였다. 이미 지휘 계통은 무너져 버렸다. 추격하지 말라는 지휘관들의 명령은 거대한 함성 소리에 막혀 버렸다.

턱.

기병을 필두로 추격을 가하던 케스로아 군대에게 일침이 가해졌다. 미리 파놓아두었던 함정들과 밧줄에 의해 기병들의 전열이 흐트러져 버린 것이다. 들판에 매복하고 있던 궁수들이 그 먹잇감을 놓칠 리 없었다.

"쏴라!"

슈슈슈.

수많은 화살들이 하늘을 뒤덮었다. 막강한 복합궁이었다. 일반 화살의 파괴력으로도 만만치 않건만 하물며 복합궁임에야.

기병들은 결국 그 화살들을 맞고 지리멸렬해 버렸다.

그들을 뒤따라오던 보병들이 움찔하는 순간 이번엔 민한이 말을 돌려 대대적인 추격에 나섰다.

이미 적들은 전열이 길게 늘어뜨려져 있었기에 효과적인 방어를 할 수 없었다.

보병들과 철기병들이 전열을 가다듬는 사이 경기병들을 주축으로 한 날쌘 기병들이 민한의 뒤를 따랐다.

써컹! 싹!

그의 검이 하늘에 아름다운 곡선을 그릴 때마다 피보라가 일었고,

민한이 연주하는 장중한 교향곡 앞에 케스로아의 관중들은 전율감에 휩싸여야만 했다.

이미 전투는 끝났다.

운명을 결정지을 정도는 아니었지만 케스로아군은 상당한 패배감을 맛보아야만 했다.

고작 1천 명의 피해를 입은 사로트에 비해 열 배가 넘는 1만 4천의 병사들을 잃은 것이다.

그들이 전열을 재정비했을 무렵 더욱 충격적인 소식이 날아들었다. 조조의 본군이 그 모습을 드러낸 것이다.

"적이 뒤통수를 치겠다면 우리도 같은 방법으로 상대해 줘야겠지. 맞불 작전이다!"

조조의 이 한마디에 모든 것이 결정되었다. 노바가 미리 알려준 케스로아의 작전은 깊은 밤에 몰래 별동대로 메지안을 최단 시간 내에 기습하고, 일부는 거기서 병력을 되돌려 사로트 원정군을 후방에서 공격한다는 계획이었다.

만약 몰랐더라면 다소 상황이 어지러워졌겠지만 이미 정보는 새어 나간 후였다.

메지안 성에는 이미 5만의 정예군이 주둔하였고, 추가로 일부 병력이 그들이 다가올 길목마다 매복한 상태였다. 이로써 후방은 걱정하지 않아도 되었다.

어디 그뿐이랴. 모고르에 서신을 넣어둔 후라 그들의 2만 기병이 케스로아의 국경 지방에서 무력 시위를 할 것이고, 적들이 당황할 찰나 교묘하게 빠져나간 기습 부대가 도리어 적의 후방을 초토화시키게 될 것이다.

두두두.

적의 후방을 유린하는 임무는 메사슈미트와 루시페르가 맡았다. 그들은 벌써부터 얼마간의 병력을 몰아 전장을 이탈한 상태였다.

역사나 상황은 케스로아가 원하던 방향으로 흐르지 않았다. 지난 며칠간 전투가 숱하게 벌어지긴 했지만 양측 다 대군이라 결정적인 승리를 거두지는 못하고 있었다.

물론 전투마다 사로트의 승리로 끝나기는 했지만 말이다. 진정한 승리는 메지안 근처 숲에서 일구어지기 시작했다.

너무도 고요한 밤이었다. 메지안을 기습하기 위해 라쇼테 빌베이우스 후작은 3만의 병력을 거느리고 진군에 진군을 거듭하고 있었다. 그는 얼마 지나지 않아 메지안을 짓밟을 생각에 부풀어 있었다.

오는 길에 물론 적의 정찰 부대를 몇 차례 만나기는 했지만 그때마다 남김없이 섬멸시켰고 현재까지 작전에 별 무리는 없어 보였다.

"라쇼테 후작 각하, 잠시 후면 메지안입니다."

"그렇지. 후후, 적들은 우리가 후방을 기습할 것이란 생각은 꿈에도 하지 못하고 있을 것이야. 아니 그런가?"

"물론입니다. 코앞에 대군이 있는데 이런 후방에 신경 쓸 턱이 있겠습니까? 뭐, 메지안에도 얼마간의 병력이 있겠지만 경계는 많이 흐트러져 있겠지요."

하지만 그들은 모를 것이다. 설령 작전이 새어 나가지 않았다 하더라도 자신들의 군대는 궤멸당하고 말 것이라는 걸 말이다. 언제나 전투마다 병참을 가장 신경 쓴 조조가 후방을 소홀히 할 리 없음을 알 리 없었다.

과연 근처 얼마 떨어지지 않은 곳에서 매복하고 있는 자신들을 보지 못하고, 그저 어리석게 유유히 지나가는 케스로아의 군대를 바라보는 사내가 있었다. 다름 아닌 허저였다.

"과연 이리로 오는군. 내가 신호를 보내면 일거에 들이친다."

"예, 각하."

마음 같아서는 벌써 창을 비껴 들고 내달리고 싶었지만 민한의 당부가 있었다. 적을 깊숙이 끌어들이고 공격하라는 민한의 말이 연인의 속삭임처럼 그의 귓가에 어른거렸다. 그는 잠시간을 더 기다렸다.

"이때다. 모두 쏴라! 그리고 나를 따라 적을 궤멸시킨다!"

슈슈슈.

화살이 쏟아져 나가고 곳곳에서 함성 소리가 들렸다. 그제야 라쇼테 후작은 매복이 있음을 알아차렸다.

"적이다! 모두 맞아 싸워라!"

그는 본능적으로 허저의 병사들이 수천에 불과한 것을 깨닫고 숫자로 밀어붙이려 했다. 얼마간의 피해는 있겠지만 이 정도 매복 부대라면 충분히 물리칠 수 있다고 생각한 것이었다.

하지만 그것은 그의 치명적인 오판이었다. 그의 생각과는 다르게 점차 밀리더니 결국 허무하게 전열이 무너져 내리기 시작했던 것이다.

얼마 되지 않아 라쇼테 후작은 점점 자신에게로 날아드는 화살들을 바라보며 생각조차 하기 싫은 두 글자를 머리 속에서 선명하게 떠올렸다.

'전멸'

이와 정반대로 케스로아의 후방은 그야말로 사로트 병사들의 천국이었다. 메사슈미트와 루시페르는 거침없이 병력을 이리 몰고 저리 몰아 케스로아의 영토를 휩쓸기 시작했다. 병사들을 만나면 베어버리고 빈 성과 다름없는 성들을 만나면 그대로 불바다로 만들어 버렸다. 얼마 되지 않아 수십 개의 촌락들과 여러 성들이 불타 버렸다.

하지만 역시 메사슈미트와 루시페르가 일군 가장 큰 수확은 케스로아의 수도 케니트에서 하루 거리에 불과한 방위 요새 시움을 점령한 것이었다.

"이익! 말도 안 된다!! 어떻게 이곳에 적군이 출현을 한단 말이냐!"

"자, 자작님. 어, 어찌할까요?"

원래 이곳은 매우 중시되던 곳이라 많은 병력이 주둔하고 있는 곳이다. 하지만 사로트의 대군을 상대하기 위해 거의 모든 가용 병력들이 빠져나갔고, 이곳에 현재 남아 있는 수는 채 1만이 되지 못했다.

비록 메사슈미트와 루시페르가 이끄는 병력 또한 1만에 불과하다고 하나 워낙 요새가 컸기에 방어는 곳곳에서 허점이 드러나 있었다.

결정적으로 대부분의 유능한 지휘관들이 빠져나간 후라 이곳에 남아 있는 자들은 무능력한 이들이 대부분이었다.

"사다리를 놓고 성을 넘어라!"

메사슈미트였다. 그는 공성무기는 없으나 성을 함락시키기엔 충분하다고 보았다. 저 요새에서 가동되는 방어 시스템이 채 삼 할도 가동

되지 않고 있었기 때문이다.

"와아아아!"

전투는 한나절 만에 그 끝이 보였다. 넓은 성벽을 방어하기에는 역시 무리였던 것이다. 성벽 위에서는 치열한 전투가 벌어졌고, 사로트의 정예군을 이기기에는 수비군의 능력이 터무니없이 부족했다.

최고 지휘관이었던 알라무아 자작은 이미 루시페르의 신기에 가까운 화살에 의해 저세상으로 가버린 뒤였고, 그나마 남아 있던 부하들도 메사슈미트의 검에 살아남지 못하였다.

"나는 메사슈미트! 나를 당할 자 있느냐! 으하하!!"

"덤벼라!"

"우아아악!!"

오러 블레이드가 빛을 뿜자 전세는 더욱 기울어졌다. 알라무아 자작의 수하들이 하나같이 차가운 돌바닥에 피를 뿌리며 쓰러졌을 무렵 전투는 막바지에 이르러 있었다.

"항복하면 목숨만은 살려준다!!"

"모두 무기를 버려라!!"

챙그랑.

무기를 내던지는 케스로아의 병사들이 생겨나기 시작했다. 지휘관들이 사라진 이때 그들을 저지할 사람은 아무도 없었다. 손쉽게 얻은 시움 요새의 망루 위에서 메사슈미트와 루시페르가 고소를 머금었다.

"완전히 끝났군."

"고작 케니트에서 하루 거리에 불과한 이곳이 함락당했다. 이미 전쟁은 끝난 거지. 아마 지금쯤이면 전하와 주군께서도 승전보를 울리고 계실 것이다."

한줄기의 바람이 그의 망토를 펄럭이며 지나갔다.

암울한 비가 추적추적 내리는 가운데 한 국가의 운명을 건 한판에서 케스로아 왕국은 대패했다. 유리한 병력 수에도 불구하고 전사자만 9만에 달하는 최악의 상황이 벌어진 것이다.

그리고 불행은 거기서 그치지 않았다. 밀리고 밀려 결국 최후의 보루인 수도에까지 밀리게 되었다.

고작 열흘도 되지 않아 수도까지 밀린 케스로아 왕국은 전국 곳곳에서 귀족들과 사병들, 심지어는 전투에 동원되지 않는 치안군까지 동원되어 분전했으나 잘 훈련되었고, 정예 중의 정예인 사로트 군을 이기기엔 역부족이었다.

마침내 8만의 사로트 대군이 수도 케니트를 물샐틈없이 포위했다. 동원 가능한 모든 사람들이 다 동원되었지만 사로트의 공격을 언제까지 막을 수 있을지는 미지수였다.

그야말로 낙성은 시간문제였다. 포위한 지 삼 일이 지났다.

"하아… 여기까지인가요. 이럴 줄 알았으면 내가 욕심을 부리지 않을 것을……"

"죠세핀 공주 전하, 힘을 내십시오. 반드시 저들을 물리치고 승리를 거둘 것입니다."

"그래도… 그래도 그대가 있어 다행이에요."

"……"

죠세핀은 언제부터인가 사랑하게 된 노바를 응시하며 탁자에 놓인 잔을 들었다. 과연 과한 욕심이었을까. 은은한 허브 향을 음미하는 그녀의 손이 가늘게 떨리고 있었다.

조국의 마지막을 앞둔 사람으로서, 더군다나 그 나라의 공주이자 최고 권력자로서 떨리지 않는다면 그건 거짓말일 것이다.

"마리는 뭘 하고 있나요?"

"그저 방 안에 계시는 것 같더군요."

"괜히 마리에게 미안해지네요. 후우……."

한 모금의 차를 들이킨 죠세핀은 잔을 다시 조심스레 내려놓으며 뭔가를 결단한 표정으로 다시 말을 꺼냈다.

"사로트의 왕에게… 항복하겠어요. 더 이상의 저항은 무의미할 뿐. 후우… 앞이 어찌 될지는 모르겠지만 노바, 같이 아바마마께 가주시겠어요?"

"…그러지요."

노바는 알 수 없는 표정으로 천천히 고개를 끄덕였다. 최고 권력자라고는 하지만 항복이라는 단어는 일국의 공주가 꺼내기에는 너무 무거운 단어였다. 국왕의 승인을 받기 위해 그녀는 앉아 있던 의자에서 몸을 일으켰다.

비틀.

"조심하십시오."

"…괜찮아요. 어서 가요."

국왕은 병세가 더욱 심각해져 하루의 대부분을 침대에 누워 생활하고 있었다. 그런 그에게 절망적인 소식을 전하러 가는 죠세핀의 마음은 찢어질 정도로 아팠다. 이윽고 그들은 국왕이 머무는 곳에 다다 랐다.

"아뢰게."

"예, 공주 전하."

시녀도 왜 그녀가 이곳을 찾아왔는지 본능적으로 느낀 모양이다. 시녀는 떨리는 목소리지만 꿋꿋이 죠세핀의 방문을 방 안에 알렸다.

"국왕 전하!"

"들여라."

국왕은 이미 모두 알고 있었다. 그의 침통한 목소리가 문밖으로 흘러나오자 시녀는 잠시 당황했지만 조심스레 방문을 열었다. 죠세핀과 노바가 방 안 깊숙이 발걸음을 내디뎠다.

곧 일국의 군주라고는 보기 힘든 병에 지친 한 노인이 의자에 앉아 있는 것이 눈에 들어왔다.

허탈… 절망, 그 온갖 미묘한 감정들을 벗 삼아 술잔을 기울이고 있는 한 노인. 죠세핀은 자신도 모르게 주먹을 쥐고 잠시 떨었다.

"죠세핀이냐? 그래, 후후… 결국은 이렇게 되는구나."

"아바마마……. 소녀를 죽여주세요."

"아니다. 그게 왜 네 잘못이겠느냐. 다 세상의 섭리니라. 새것이 오고 옛것은 가는 게지……."

"하온데… 어찌 앉아 계십니까. 어서 침대에 누우시지요. 병세가 악화될까 저어되옵니다."

쪼르륵.

쓸쓸하게 술을 잔에 가득히 따른 국왕은 너털웃음을 터뜨렸다.

"허허! 만약 네가 나였다면 어찌했겠느냐? 그래도 이 술이라도 있으니 마음을 달래는 게지."

"……."

술이라. 그렇다면 노바는 그녀 자신에게 술과도 같은 존재일까. 죠세핀은 괜한 슬픔에 마음이 다시 한 번 미어졌다. 하지만 그녀는 강한 여인이었다.

"…항복하겠습니다."

"그래야겠지……. 그나저나 난 그렇다 치더라도 네가 앞으로 고생이 많겠구나. 허허… 아! 자네가 노바 카사이다인가?"

"예, 국왕 전하."

"국왕 전하… 이제 이 말을 들을 날도 얼마 남지 않았구나. 그래, 죠세핀. 어서 가보거라. 노바, 자네가 죠세핀을 챙겨주게나."

"…아바마마."

"……."

노바는 부녀의 모습에 그 어떠한 말도 꺼내지 못했다.

다음날.

상처투성이의 성문들이 모두 열렸다. 그리고 케니트가 항복을 했다는 표시로 모든 망루에 백기가 달렸다. 병사들은 침울한 표정으로 무기를 버렸고, 시민들은 침묵했다.

그리고 일단의 무리들이 조조 일행이 있는 남문으로 걸어나왔다.

조조가 그 일행을 반갑게 자신의 지휘 막사 앞으로 맞아들였다.

"하하하! 죠세핀 공주를 이렇게 뵙게 되어 영광이오."

"환대에… 감사드립니다."

민한이 주위를 둘러보니 그녀를 비롯하여 마리 르 케스로아 공주, 시에라드 드 폰살라트 공작 등 케스로아의 높은 귀족들이 모두 고개를 조아리고 있었다. 그리고 그 가운데 물론 노바 카사이다의 모습도 보였다.

"항복하시는 거요?"

"그렇습니다. 병석에 계신 아바마마를 대신하여 저 죠세핀 르 케스로아 제1공주가 사로트의 지존이신 당신께 항복을 청합니다."

"…고맙소. 자, 연회가 준비되었으니 어서 이리로 오시구려."

항복 사절들을 위하여 이미 조조는 연회를 준비해 놓은 상태였다. 비록 장소가 좋지 못해 그리 성대하지는 못할지라도 최대한의 준비를 갖춘 연회였다.

죠세핀과 마리, 그리고 케스로아의 모든 귀족들은 복잡한 마음에 이 연회가 뭔가 이상한 것임을 알아차리지 못했다.

비록 사면초가에 빠졌다고 하나 항복을 할지 결사 저항을 할지 모르는 와중에, 그것도 이렇게 날과 시간을 정확하게 맞추어 따뜻한 술을 내올 수 있음을 무심코 넘어간 것이다.

케스로아의 항복 의사를 제일 먼저 조조에게 넌지시 알려주었던 노바는 누구보다도 그 사실을 잘 알고 있었다.

하지만 그는 이미 마음을 모질게 먹은 상태였다. 자신은 분명 자신의 소신대로 자신이 원하는 것을 했을 뿐이었다.

"자, 어서들 앉으시오."

"감사하옵니다."

막사를 개조하여 거대한 천막을 꾸며놓은 곳엔 갓 만들어진 음식들과 따뜻한 술들이 상다리 부러질 정도로 가득 차려져 있었다.

군중에서 이 정도 연회라면 성대한 것임을 전쟁을 경험했던 대다수의 귀족들은 잘 알고 있었기에 고개를 끄덕였다.

항복 사신의 대접은 왕왕 있었던 일이니까 말이다. 하지만 얼마 지나지 않아 죠세핀을 비롯한 대부분의 케스로아 일행이 무언가 이상하다는 것을 용케 알아차렸다.

'술잔이 따뜻하다? 바로 준비했다는 말인가? 이 모든 것을?'

시메라드 공작을 필두로 모두가 고개를 갸웃거리며 자신들의 자리를 찾아 앉았을 때, 빙긋이 웃고 있던 조조에게 노바가 천천히 다가갔다.

"소인 노바 카사이다, 한 잔 올리겠나이다."

"좋지, 자 넘칠 정도로 부어주게나."

이 무슨 해괴한 일이란 말인가. 영문을 알 리 없는 사람들은 어안이 벙벙해져 의아함을 감추지 못했다. 이윽고 노바 카사이다의 입에서 청천 벽력 같은 말이 튀어나왔다.

"케스로아를 얻으신 것을 진심으로 경하드립니다."

"하하하! 고맙네. 그대가 아니었으면 내 어찌 이곳에서 그대의 술잔을 받고 있겠는가? 아니 그러한가, 파천?"

"지당하십니다. 솔직히 말해 일전에 자네가 케스로아를 들어 바치겠다고 했을 때는 농담으로 치부했는데, 이런 날이 올 줄이야."

"……."

경악, 그 자체였다. 영문을 알 리 없던 사람들이 그제야 헛바람을 들이켰다. 노바 카사이다는 사로트의 사람이라는 것을 이제야 깨달았던 것이다. 모두 충격에 휩싸인 표정이었는데, 특히 죠세핀과 마리의 충격은 다른 이들에게 비할 바가 아니었다.

"노, 노바님!!"

"……."

이미 마리는 진실을 알고 이성을 잃어가고 있었고, 죠세핀은 넋을 잃고 충격에 몸을 내맡긴 채 그저 멍하니 앉아만 있었다.

"용서하시옵소서, 두 분 공주 전하."

노바가 고개를 숙이려는 찰나 그의 머리 위로 술잔이 매섭게 지나갔다. 죠세핀이었다. 용서해 달라는 말에 충격에서 헤어 나온 그녀가 분노를 터뜨린 것이다.

"다, 당신이!! 당신이 어째서!!"

그에게 모든 것을 걸었다. 내전이 벌어지려는 조짐 속에서도 노바를 포기하지 않았다. 처음 다가온 사랑에 마음을 연 것이다. 그런데 그 대가가 고작 이런 것이라니.

이미 실신해 버린 마리의 곁에서 죠세핀은 연신 고함을 질러댔다.

지독한 배신이었다.

그 배신 속에서 그녀는 한없는 눈물을 흘리며 그 자리에 주저앉았다.

시녀들이 어느샌가 달려와 죠세핀과 마리를 연회장에서 데리고 나가려 했다. 하지만 죠세핀은 격해진 감정을 다스리지 못하고 시녀들의 손길을 뿌리치며 노바를 뚫어지게 노려보며 물었다.

"나를… 나를 진정으로 사랑하긴 했나요?"

"……."

노바는 말이 없었다. 죠세핀은 입술을 깨물었다. 어느샌가 눈에서는 피눈물이 흘렀고, 입술은 찢어져 피가 흥건했다. 하지만 그럼에도 노바는 아무런 대꾸가 없었다.

노바는 죠세핀을 외면했고, 그녀는 시녀들의 손에 잡혀 연회장을 빠져나갔다.

제4장

의문의 사고

의문의 사고

꽃이 그 아름다움을 과시할 따스한 봄. 사로트에서는 봄을 사랑하는 대부분의 사람들이 거리로 나온 상태였다. 이 아름다운 날들을 모두 즐기며 사랑하기 위해서였다.

사실 사로트에는 도시 건설 계획에 의하여 조경 시설도 잘 갖추어져 있었다.

거리마다 가로수가 심어져 있었고 화단과 정원, 공원 등도 심심찮게 찾을 수 있었다. 식당과 가게마다 사람들이 붐볐다. 실로 도시가 살아 움직이는 것 같은 분위기였다.

특히 그 분위기는 영화관에 집중되어 있었다. 새 영화들이 줄줄이 개봉한 것이다. 오랜만의 가족 나들이에 사람들은 흥겹게 웃고 떠들어 댔다.

"흠… 나의 최후를 장식할 곳으로는 부족함이 없군."

로브를 뒤집어쓰고 있는 한 마법사. 그는 눈앞에 보이는 거대한 건물, 사로트 문화타운을 바라보며 섬뜩한 미소를 지었다. 그는 이미 이 건물에 대해 분석을 마친 상태였다. 그가 움직인 곳은 4층 쇼핑 구역이었다.

"자, 쌉니다! 새봄 맞이 폭탄 세일~!"

"명품들을 절반 가격에 팝니다. 어이쿠, 사모님. 어서 오십시오. 한번 잘 둘러보세요. 정말 놀라실 겁니다."

"거기 마법사님~ 스태프 구경하고 가세요!"

"……."

점원들의 말에도 아랑곳하지 않고, 그는 목표를 향해 발걸음을 멈추지 않았다.

"여기인가… 좋아. 그럼……."

어떤 곳에서 걸음을 멈춘 마법사는 손을 하늘 위로 치켜들고, 주문을 외우기 시작했다. 일견에도 공포스럽고 음산한 주문이었다. 사람들은 소름이 돋았지만 감히 뭐라 그러지는 못하고 조심스레 치안병들이어서 오기만을 기다렸다. 하지만 그들은 오지 못했다.

쾅!!

기다렸다는 듯… 사로트 전역은 일제히 거대한 굉음과 함께 불길에 휩싸이기 시작했다. 정체 모를 마법사들이 자신을 희생해 가며 도시 전역에 자폭 마법을 펼친 것이다.

얼추 세어보아도 족히 30명에 달할 마법사들의 마법은 매우 강력했다.

다행히 주요 건물들과 시설에는 마법 방어진이 항시 펼쳐져 있었기에 큰 피해는 입지 않았지만 일반 서민들의 식당이나 여관, 문화 시설에는 엄청난 인명, 재산 피해를 발생시켰다.

"어서 불을 꺼!"

"시민들을 구조하라!!"

평소 훈련을 게을리 하지 않았던 치안병들은 서둘러 불을 끄고 시민들을 구조하기 시작했다. 하지만 이미 일은 벌어졌다.

시민들은 뜻밖의 사태에 공포에 사로잡혔다.

어느 역사에 이런 일들이 있었단 말인가. 다행히 불길은 얼마 지나지 않아 모두 잡혔지만 곳곳에서 폐허가 되어버린 건물들······.

당연히 사로트의 모든 시민들은 분노했다.

이런 천인공노할 짓을 누가 벌였다는 말인가.

현재 사로트 왕궁의 분위기는 심상치 않았다. 웃는 얼굴에 찬물세례를 받은 격이었기 때문이다.

물론 조조 또한 경악을 금치 못하며 분노한 상태였다.

케스로아의 흡수로 인해 무진장 늘어난 업무를 밤새도록 처리하여 모두 마치고, 봄볕을 벗 삼아 잠자리에 들려고 하는 찰나 벌어진 사태는 말을 잃게 만든 것이다.

야근으로 인해 충혈된 눈에도 불구하고 조조는 대소 신료들을 모두 왕궁 대전으로 불러들였다.

쾅!

조조가 주먹으로 앞에 놓인 탁자를 내려쳤다. 견고한 나무로 잘 제작되었음에도 그의 주먹에 실린 힘이 상당했던지 순식간에 금이 가버렸다. 그는 아랑곳하지 않고 싸늘한 말투로 신하들에게 쏘아붙였다.

"대체 이게 무슨 일이오!! 어서 말들해 보라!"

"……."

왜 이런 일이 일어났는지, 누가 이런 일을 벌였는지 아무도 몰랐다. 하긴 어느 국가의 역사를 찾아보아도 전례가 없던 일이었기에 당연한 일이었다. 하지만 민한은 이러한 짓이 어떠한 의미인지를 잘 알았다.

'테러… 어느 놈들이!'

당장에 떠오르는 후보가 여럿 있었지만 고개를 흔들었다. 섣부르게 판단해서는 오히려 최악의 결과를 불러올지도 모르는 일이었다. 혼자서 굳은 안색으로 고개를 내젓는 민한의 모습을 조조도 보았다.

그가 무언가를 알고 있는 것이다. 당연히 조조는 민한에게 말을 걸었다.

"파천, 자네는 이 일에 대해 아는 것이 있는가?"

"…테러입니다."

"테러?"

"저도 솔직히 말씀드리자면 왜 이러한 일이 일어났는지 자세히 알지는 못합니다. 하지만 이러한 일이 벌어짐으로써 앞으로도 같은 일이 계속해서 생겨날지도 모른다는 것, 그것은 확실합니다."

"앞으로도? 파천, 인명 피해만 무려 삼천에 가깝네. 앞으로 이러한 일이 벌어진다면……."

"걱정 마십시오. 앞으로 다시는 이러한 일이 벌어지지 않을 것입니다."

시에나였다. 그녀는 무엇을 생각하는지 상당히 굳은 표정이었다. 그녀는 흉수가 누구인지, 왜 이러한 일을 벌였는지 알고 있음이 확실했다. 하지만 그 말을 끝으로 그녀는 입을 다물어 버렸다.

하지만 조조는 그녀를 더 이상 다그치지는 않았다. 그의 시선은 다시 민한과 곽가에로 향했다.

"당장 다크와 푸른 달빛을 총동원시키게."

"예!"

다크와 푸른 달빛의 수장은 각각 곽가와 민한. 조조의 뜻은 흉수를 색출해 내라는 말과도 일맥상통했다. 아마 흉수를 찾게 된다면 응징이 가해질 것은 불 보듯 뻔한 일이었다.

'지연인가……? 아니면…….'

민한은 부디 이번 일의 주동자가 지연이 아니었으면 하는 작은 소망을 그려보았다. 하지만 만약 그녀라면 사로트와 케스로아의 전면전이 벌어질 것이 틀림없었다.

민한의 생각을 꿰뚫어 본 것일까, 시에나는 민한을 바라보며 고개를 저었다. 회의는 그 뒤로도 상당 시간 계속되었지만 누가 이러한 일을 계획했는지 모르는 지금 취할 수 있는 조치라고는 범인을 찾으며 경계 태세를 강화한다는 것밖에는 없었다.

한편 세아의 궁전에서는 날아든 한 가지 소식에 발칵 뒤집혔다. 물론 그 소식은 사로트가 처참한 공격을 받은 일이었다. 가장 놀란 것은 물론 지연이었다. 이번 일은 그녀가 계획하지 않았던 것이다.

회의를 앞두고 셀 14세는 지연을 불러 그녀의 생각을 가장 먼저 물었다.

"누구인가?"

"모르겠습니다. 하지만 분명한 것은… 이제 우리 케스로아와 사로트 간의 전면전은 피할 수 없게 되었다는 사실입니다."

기습으로 전쟁을 시작하려 했던 지연은 입술을 깨물 수밖에 없었다. 이렇게 된다면 먼저 전쟁을 벌이기가 난감해졌기 때문이다. 생각하면 당연한 일이다.

이번 사태로 인해 사로트의 경계가 막강해지고 그들이 단합하게 되는 것은 물론이요, 더 나아가 먼저 선전포고를 하게 된다면 오해를 할 수도 있는 일이었다.

수도가 공격을 받았는데 그때 선전포고를 한다는 것은 자신들이 벌인 짓이라고 시인하는 것이나 다름없었기 때문이다.

물론 선전포고를 함으로써 장점도 있기는 있다. 하지만 얻는 것보다는 잃는 것이 몇 배는 더 많았다.

"곧 선전포고를 하려 했는데… 지금은 무리겠지?"

"그렇겠지요. 이 일을 계획한 당사자가 빠른 시일 내에 잡힌다면 모를까……."

"결국 사로트 정벌이 몇 년은 늦어지게 되겠군."

"호호. 전하, 그건 아닙니다. 전쟁은 곧 벌어질 겁니다."

지연의 말에 셀 14세는 어리둥절했다. 지금 선전포고를 하게 된다면 너무 위험 부담이 컸기 때문이다. 그 사실을 잘 알고 있는 그였기에 지연의 이런 말은 의외였던 것이다.

"이번 사로트 사태를 케스로아의 잔존 세력들에게 뒤집어씌우면 되는 것 아니겠습니까? 듣자 하니 노바와 두 공주 사이에 많은 일이 있었다고 하던데… 그녀들을 몰아세우면 저희로서는 결백이 증명되는 셈이고 전쟁에는 별 무리가 없겠지요."

"흐음…그래도 기습의 묘미는 많이 떨어지겠군."

"어쩔 수 없지 않겠습니까? 하온데… 겨우 그 정도에 소녀의 능력을 의심하는 것은 아니시겠지요?"

"오, 내가 그대를 믿지 않는다면 누굴 믿겠는가? 하하하!"

"맡겨만 주십시오. 조만간 좋은 소식을 가져다 드리겠습니다, 전하."

듬직한 지연이었다. 셀 14세는 매번 느끼는 것이지만 그녀를 대단하다고 생각했다. 저 어린 소녀에게서 어떻게 저런 생각과 자신감이 우러나올 수 있는 것인지.

현재 사로트의 강함은 하늘을 찌를 정도였다. 비록 현재 세아 왕국이 아래에 위치한 로아 귀족 연맹을 굴복시켰다고는 하나 케스로아를 흡수한 사로트에 비할 바가 아니었다. 그랬기에 그들의 대군이 케니트로 향했을 때도 사태를 관망만 했지 않던가.

지연은 그럼에도 전혀 밀리는 기색없이 당당하기만 했다. 셀 14세는 저 지연과 함께라면 천하를 얻는 것이 그리 어려운 일만은 아니라는 것을 확신했다.

"그런데 우리 아이는 잘 있는 건가?"

"호호! 궁금하십니까?"

"어디…….."

셀 14세는 지연의 배로 귀를 가져갔다. 현재 지연은 임신 중이었다. 한눈에도 배 부른 것이 보일 정도였으니 말이다.

당연히 셀 14세는 자신의 아이를 가진 지연이 한없이 사랑스러웠다.

많은 자식들이 있지만 이 아이만큼 정이 가는 자식이 없다는 것은 어쩌면 당연한 일이었다.

지연은 자신의 품에 안기다시피한 셀 14세를 내려다보며 미소를 머금었다.

자신은 머지않아 황후가 될 것이고 반드시 아들을 낳아 훗날 왕으로 옹립될 것이다. 틀림없었다. 반드시 그렇게 될 터였다.

죠세핀과 마리는 한없는 상실감에 많이 힘들어하고 있었다. 너무도 힘든 나날들이었다. 옛일도 다 꿈만 같고 노바의 다정했던 모습들도 추억이 되었다.

사로트의 한 저택에 감금되다시피한 그녀들은 정말로 삶의 낙이 없었다. 아마 이렇게 살다가 죽을지도 모르는 일이었다.

"언니… 우리는 어떻게 될까?"

"글쎄… 잘 모르겠어."

마리의 순수했던 모습은 많이 퇴색되어 있었다. 다른 이들을 쉽게 믿고 따랐던 그녀의 옛 모습은 온데간데없었다. 이젠 오로지 자신만을 믿는 의심 많은 마리가 되었을 뿐이다. 그나마 다시 자매의 의를 회복한 것이 다행이라면 다행이랄까.

"마리야, 너 노바 카사이다의 소식은 들었니?"

"……."

"승승장구하더니 벌써 사로트에서 상당한 영향력을 발휘하는 고위 귀족이 되었다는구나. 후우… 그는 그렇게 권력이 좋았던 걸까?"

"그 사람 이야기는 하지 말자. 우리가 이렇게 된 것도 다 그 때문이 잖아? 우리가 어리석지만 않았어도… 조금만 의심했어도 이런 일이 벌어지지는 않았을 거야."

"그렇겠지. 난 지금의 그를 용서할 수가 없어. 나의 모든 것을 앗아가고… 이렇게 버림받았으니까."

"하지만 이전의 노바라는 사람은… 아직도 잊을 수가 없는 거지? 사실 나도 그것은 마찬가지야."

죠세핀은 작은 한숨을 내쉬었다. 마리가 이번 일을 통해 많이 성숙해진 것 같았다. 어린 소녀와도 같은 느낌이었던 그녀는 언니 죠세핀을 오히려 위로하며 다정하게 말을 건네고 있었다.

"언니, 우리 힘내자. 하늘이 무너져도 솟아날 구멍은 있다고 했잖아?"

"그래, 힘내자. 분명 곧 좋은 날이 다시 올 거야."

쾅!!

그녀들이 머물고 있던 방문이 기사의 발길질에 의해 산산조각이 나 무너져 내렸다. 뜻밖의 상황에 죠세핀과 마리는 깜짝 놀라 본능적으로 고개를 돌렸다. 방으로 거침없이 들어오는 무리들이 시야에 들어왔다. 그중에는 노바도 있었다.

척척.

기사들이 절도있는 모습으로 다가와 그녀들의 주위를 에워쌌다. 노바가 천천히 다가왔다.

"무, 무슨……."

"당신들을 역모죄로 체포한다. 순순히 명을 따라라."

노바가 눈짓하자 기사들은 거칠게 그녀들의 손목을 낚아챘다. 역모 죄라니. 자신들이 무엇을 했다고 이러한 대접을 받아야 한다는 말인가. 지연의 농간임을 알 리 없던 그녀는 그저 노바에게 다시금 악을 썼다.

"역모라니! 내가 언제 역모를 했단 말이냐!"

"제대로 조사나 하고 끌고 가란 말이야!!"

죠세핀과 마리가 고함을 쳤지만 기사들은 못 들은 척 거침없이 그녀들을 끌고 나갔다. 탁자들이 쓰러지고 의자가 부서졌지만 아랑곳하지 않았다. 잠시 뒤 그녀들의 모습이 방에서 사라지자 잠자코 서 있던 노바도 몸을 돌려 망설임없이 그들을 따라 나갔다.

사로트 사태의 주동자가 케스로아의 두 공주임이 밝혀졌다. 잔존 귀족 세력들을 충동질하여 사로트의 도시를 공격한 일은 시민들의 분노를 샀다. 끌려간 공주들은 곽가의 심문을 받았고, 그가 그녀들을 흉수로 확정지었다.

당사자들은 어이가 없다 못해 황당했으나 어찌하겠는가. 힘없는 자의 서러움은 당하는 사람이 아니고서야 알 리가 없는 것이니 말이다.

이렇게 사로트가 때 아닌 분노의 늪에 빠져 있을 때, 이와 반대로 세아 궁전에서는 웃음소리가 터져 나왔다.

"하하하! 과연 지연이야. 이렇게 절묘하게 처리를 하다니."

"호호, 과찬이십니다. 이 정도도 못하고서야 어찌 전하의 오른팔을 자처하겠습니까?"

"암, 암, 이 정도는 되어야지. 그래, 이제 전쟁이 벌어지게 되는 것인가?"

"물론이지요. 곧 머지않아 케스로아의 두 공주는 죽임을 당하게 될 것이고, 우리는 그저 명분만 만들어 사로트 정벌에 나서면 되는 것입니다."

지연의 말에 셀 14세가 기분이 좋은 듯 연신 고개를 끄덕이며 애꿎은 수염만 쓸어댔다. 이제 골치 아픈 일이 잘 처리되었으니 남은 것은 사로트를 대대적으로 공격하는 것뿐이었다.

"사로트 정벌에 나서게 될 총 병력은 모두 45만. 막강한 병력이지요."

"응? 45만이라고? 흠… 그렇다면 모고르 왕국은 어떻게 되는 것인가. 그들과 사로트 왕국은 혈맹으로 맺어져 있는데 말이야. 비어 있는 우리 영토에 지난번 케스로아와 사로트 전쟁 때처럼 교란 작전이라도 펼치게 된다면……."

"호호, 그것을 간과할 제가 아니지요. 걱정 마십시오. 우리가 정벌에 나서도 그들은 감히 나서지 못할 것입니다. 믿어주십시오."

"하하! 또 뭔가 절묘한 계책이 있는 게로군. 좋아, 그 일은 그대에게 일임하겠네. 자, 그럼 다시 사로트 정벌에 관한 계획이나 세워볼까?"

셀 14세는 지연의 자신있는 태도에 기뻐했다. 그는 조만간 사로트를 무너뜨리고 일거에 드넓은 영토를 차지하게 될 것이라 믿어 의심치 않았다.

한편 사로트의 감옥에 갇힌 공주들을 안주 삼아 조조와 민한 일행 또한 고급 주점에서 술잔을 기울이고 있었다. 굳이 높은 신분의 사람이라고 밝힐 필요도 없었다.

왜냐하면 주점 주인은 왕은 아닐지라도 꽤 높은 자리에 있는 사람들일 것이라고 어느 정도 간파했기 때문이다. 그로서는 당연한 상술이었고, 그 덕분에 일행은 별 무리 없이 귀한 술과 안주를 맛볼 수 있었다.

챙.

건배를 하자 술잔이 부딪치며 청량한 소리가 울려 퍼졌다. 그것이 마치 어떤 애절한 여인의 비통함으로 들렸던 민한으로서는 마음이 편치 못했다. 뻔히 그녀들의 잘못이 아닌 것을 알지만 어떻게 그것을 증명한단 말인가. 아무리 생각해도 좋은 수가 생각나지 않았다.

그런데 정작 죠세핀과 마리를 심문했던 곽가는 그러한 마음이 조금도 없었던 모양이다.

심지어 조조와 더불어 유쾌하게 웃으며 연신 술을 들이키는 이들에게 일종의 배반감마저 들 정도였다.

그것을 조조와 곽가도 잘 알고 있는 모양이다.

"하하하! 파천, 왜 그렇게 꽁해져 있는 건가? 술이 입에 맞지 않는 것인가?"

"아닙니다."

"하하, 정확히는 파천님께서 공주들을 걱정하고 있기 때문이 아니겠습니까."

"…부인은 않습니다. 하지만 이렇게 허술하게 사건의 열쇠가 될지도 모르는 죠세핀, 마리 공주의 목숨을 앗아간다면 아니 될 것입니다."

민한의 굳은 얼굴에 곽가가 다시 한 번 즐겁다는 웃음을 터뜨렸다.

그리고 짓궂게 민한을 몰아붙였다.

"이거 아무래도 파천님께서 두 공주를 마음에 두고 계신가 봅니다. 호오… 이 사실을 레일렛님께 넌지시 전해 올린다면, 모르긴 몰라도 파천님의 온몸이 남아나지 않을지도… 이크!"

"봉효!"

민한의 일갈에 곽가는 크게 놀란 듯 장난스럽게 물러섰다. 조조가 그런 민한에게 술병을 들어 잔에 술을 가득 부어주었다.

"우선 한 잔 받게나."

"감사합니다."

쭈욱.

"하아… 그래도 술은 맛있군요."

"암, 이게 보통 술이었던가? 무려 오십 년이 넘게 숙성된 최고급 명주니 말이야. 그것보다 그대는 나와 봉효가 왜 이런 일을 벌이는지 아직도 간파를 하지 못했는가? 우리가 그렇게 쉽게 타인의 계책에 넘어가겠는가 말이야."

"그렇다면?!"

민한은 짐작되는 바가 있어 자신도 모르게 탄성을 내질렀다.

둥둥둥.

북소리가 들려왔다. 죽음으로 향하는 아득한 울림이었다. 죠세핀과 마리는 그 앞에 서서 지난날을 돌아보고 있었다. 병사들은 멍하니 서 있는 그녀들을 강제로 무릎 꿇렸다. 이제 조금만 있으면 날카로운 칼날이 목숨을 앗아갈 것이다.

"못된 년들."

"저런 것들은 죽어야 해. 내 사촌 동생도 변을 당했다고!"

왁자지껄한 병사들의 분노하는 소리에 덩달아 끌려온 몇몇 케스로아 귀족들이 몸을 사리며 부르르 떨었다.

하지만 죠세핀과 마리는 아무렇지 않게 순순히 무릎을 꿇은 채 어서 끝나기만을 바랐다.

그러고 보면 다 덧없는 일이었다.

죠세핀은 그 옛날 어떤 왕이 천하와 부귀에 심지어 지혜에 이르기까지, 인간이 중히 여기는 그 모든 것을 얻었음에도 그 말년에 읊조렸던 깨달음이 떠올랐다.

"헛되고 헛되니 모든 것이 헛되구나. 사람이 해 아래서 수고하는 모든 수고가 자기에게 무엇이 유익하다는 말인가. 한 세대는 가고 한 세대는 오되 땅은 영원히 있도다. 이전 세대를 기억함이 없으니 장래 세대도 그 후 세대가 기억함이 없을 것이라……."

"뭐라고 중얼거리는 거야?"

"흥! 무슨 사악한 주문이라도 외나 보지. 신경 쓰지 말라고."

"암, 이미 쇠사슬로 꽁꽁 묶어놨는데 제까짓 게 어쩌려고."

병사들은 그녀의 말에 별 신경을 쓰지 않고 맡은 바 일에 충실했다. 잠시 후 많은 시민들이 보는 앞에서 처형이 시작되었다. 조조와 민한 등 대다수의 신하들도 참가한 상태였다.

처형을 주도한 사람은 다름 아닌 곽가였다. 준비된 의자에 앉기 전, 조조에게 예를 갖춘 그는 지정된 좌석에 앉아 고개를 숙이고 있는 죠세핀과 마리에게 호통을 쳤다.

"마지막으로 남길 말은 없느냐!"

"……."

대답없는 마리 대신 죠세핀이 천천히 고개를 들었다. 많은 고문과 시련을 당했는지 그 고왔던 얼굴이 상처투성이가 되어 있었고, 핏자국으로 얼룩져 있었다.

하지만 여전히 아름다운 그녀의 입술이 열리자 그에 버금가는 아름다운 목소리가 흘러나왔다.

"이제 와서 무슨 할 말이 있을까만은……. 그저 아쉽고 허망할 뿐이다."

"그것뿐이냐?"

"……."

별다른 말이 없자 곽가는 고개를 끄덕이며 의미 모를 미소를 지었다. 그리고 자신의 앞에 놓인 탁자 위를 응시했다. 그곳에는 처형을 알리는 막대기가 놓여져 있었다.

실수없이 완벽하게 일을 처리하기 위해서였다. 곽가는 그 막대기를 손에 집어 들었다. 그러자 망나니 두 명이 칼을 무섭게 휘두르며 바닥에 그것이 떨어지기만을 기다렸다.

탁.

마침내 떨어졌다. 망나니들은 망설일 것도 없다는 듯 들고 있던 커다란 도를 그녀들의 가냘픈 목을 향해 내려쳤다.

촤악.

일순간에 시뻘건 피가 분수처럼 솟구쳤다. 잘려진 목은 정확하게 준비된 상자 안으로 굴렀고, 머리를 잃은 몸만이 힘겹게 자세를 유지하다가 앞으로 쓰러질 뿐이었다.

케스로아 두 공주의 죽음에 그 모습을 지켜보았던 많은 시민들은 환호성을 질렀다.

자신들의 이웃, 아니, 바로 가족을 해친 흉수가 목숨을 잃었기 때문이다.

그 환호성 속에 고개를 끄덕이며 자취를 감추는 자가 하나 있었다. 물론 그는 어김없이 푸른 달빛의 이목에 걸려 감시되고 있던 차였다.

어둠 침침한 한 장소.

이곳은 무엇을 하는 곳일까, 하는 의문은 각종 고문 도구나 감옥 창살들을 보면 대번에 그 해답이 나올 것이다. 분명 이곳은 흉악한 범죄자들을 가두는 감옥이다.

겉에서 보면 그 감옥의 위용에 감탄이 절로 튀어나온다. 이건 마치 일개 감옥이라기보다는 아름다운 이야기가 숨겨져 있는 고성 같은 느낌의 그것이기 때문이다.

사로트 근처에 자리잡은 이곳은 군사 지역으로 지정되어 일반인들의 금지 구역이 되어 있었다.

"으음……."

한 방 안에 두 여인이 쓰러져 신음을 흘리고 있었다. 설마 그녀들이 이곳에 올 정도로 흉악한 범죄를 저지른 것이란 말인가.

비록 상처가 가득하다 하나 그 고귀한 기품은 그녀들이 이곳에 올 신분이 아니라는 것을 잘 말해 주고 있었다.

"마리… 마리? 아! 여기는 어디지?"

뭔가 악몽을 꿨던 듯 자리에서 일어난 여인은 아직 정신을 놓고 있는 여인의 언니쯤으로 보였다.

"아… 언니? 죠세핀 언니야?"

그랬다. 이들은 죠세핀과 마리였다. 그런데 분명 죽었을 그녀들이 어떻게 멀쩡히 살아서 감동의 해후를 하고 있는 것일까.

죠세핀은 힘들어하는 마리를 일으켜 보듬어주며 어째서 이런 일이 벌어졌는지 곰곰이 생각해 보았다.

"언니… 우리 죽지 않은 거야? 그런 거야?"

"응, 아무래도 죽지 않은 것 같아."

"그럼 우리가 죽는 것을 구경하러 온 사람들은 무엇이고, 목에 느껴졌던 지독한 아픔은 뭐지?"

"글쎄……."

죠세핀은 곰곰이 생각하다가 마침내 몇 가지 가설에 이를 수 있었다. 첫째는 노바 카사이다가 마음을 돌려 자신들을 구한 것이라는 것. 가능성은 희박했지만 그녀가 가설에 집어넣을 만큼 간절히 바라는 일이기도 했다. 둘째는 케스로아의 잔존 세력들이나 어떤 세력이 필요와 목적에 의해 이런 일을 벌였다는 것. 마지막은 사로트 왕국이 뭔가 일을 꾸미기 위해 자신들을 이용했다는 것이다.

마지막 가설의 가능성을 가장 크게 보고 있는 죠세핀. 실로 그녀의 능력에 감탄할 수밖에 없었다.

'만약 그런 것이라면… 잘하면 운 좋게 살아날지도 모르겠구나.'

그때 먼 곳에서 어떤 소리가 들려왔다.

끼이익.

그것은 멀리 떨어진 감옥 문이 열리며 내는 마찰음이었다.

누가 이곳에 볼일이라도 있는 모양이었다. 잠시 생각을 멈추고 그 소리에 신경을 썼던 죠세핀은 이내 마리의 등을 토닥이며 다시 눈을 감으려 했다. 하지만 그럴 수 없었다.

"죠세핀."

문 앞에 서서 다소 떨리는 목소리로 두 여인을 내려다보고 있는 남자의 이름은 다름 아닌 노바 카사이다였다.

죠세핀은 자신의 첫 번째 가설이 맞을지도 모른다는 기쁜 감정이 온몸을 지배하려는 것을 간신이 찍어 누르며 일부러 차갑게 쏘아붙였다.

"여기까지 그대가 무슨 일로 왔나요."

"그대가 생각나 이렇게……."

"입바른 말은 하지 마세요. 나와 마리를 이용해 우리 케스로아를 멸망시킨 사실은 가르쳐 주지 않아도 아주 잘 알고 있으니까."

"……."

사실 노바가 이곳에 온 이유는 곽가의 부탁을 받고서였다. 화살의 표적을 세아 왕국으로 돌리기 위해서는 그녀들의 도움이 필요했기 때문이다.

그런데 아무래도 노바는 상당히 힘들어 하는 것 같았다.

저 떨리는 눈동자로 보아 분명 그의 진심이 담긴 것 같아 보였기 때문이다. 하지만 겉으로 보이는 사실에 넘어가서는 안 되었다.

노바는 약간의 인간적인 감정이 담기긴 했지만 그 자신이 오다 마코토라는 사람이었음을 알 리가 없는 분명한 드래곤이었다.

진심스런 눈빛. 죠세핀은 다소 떨리는 것을 느꼈다. 그때 죠세핀의 품에 안겨 잠들어 있던 마리가 깨어났다. 그녀는 깨어나자마자 자신의 앞에 서 있는 남자를 보고 소스라치게 놀랐다.

"다, 당신은!!"

"…마리 공주 전하, 잘 지내셨사옵니까?"

"나쁜 놈!"

단 한 마디를 내뱉고는 고개를 돌리고 언니 품에 안겨 버리는 그녀였다. 죠세핀은 마리의 등을 토닥이며 입을 열었다.

"무슨 일인지는 모르겠지만 더 이상 우리 자매에게 접근하지 말아요. 이미 우리와는 끝난 사이 아니었나요?"

"나는 단지……."

"일단 나가주세요. 그리고 다시는 찾지 마세요. 우리는… 당신이 버린 것이나 마찬가지니까요."

"……."

아무래도 이 상황에서 설득을 하는 것은 제 무덤을 파는 것이나 마찬가지다. 우선 돌아가 다시 오기로 마음을 먹은 노바 카사이다였다.

드래곤이 아무리 강력해도 인간의 정신을 조종하는 능력은 없었고, 설령 현재 그가 그런 힘을 가지고 있다고 하더라도 쓸 수 없는 능력이었다.

그랬기에 노바는 몸을 돌려 방을 빠져나갈 수밖에 없었다.

사라지는 노바의 뒷모습을 보며 죠세핀은 자신도 모르게 한줄기 눈물을 흘렸다.

감정이 격해진 그녀는 자신의 옷이 마리의 눈물에 의해 흥건히 젖어든 것을 알아차리지 못했다.

공주가 처형되었다는 사실은 오래지 않아 지연의 귀에 흘러 들어갔다. 그녀의 입장에서는 이젠 거칠 게 없었다. 모든 악업의 화살은 케스로아의 두 공주에게 날아갔기 때문이다.

지금 당장 선전포고를 한다 해도 명분에 있어서 모자람은 없을 것이다. 남은 건 사로트 왕국과의 한판 전쟁뿐이었다.

세아 왕국 전역에 동원령이 내려졌다.

이미 기습은 공주들의 사건으로 물 건너간 것이라 할 수 있었다. 테러로 인해 한층 두터워진 방비가 그것을 증명했다. 결국 지연은 서두르지 않고 꼼꼼하게 군대를 동원했다.

어마어마한 대군이 사로트 국경에 위치한 여러 집결지에 속속들이 모여들기 시작했다.

첩자들에 의해 이 급보를 전해 받은 조조는 우선 어마어마한 병력에 기가 질렸다.

예비군은 물론 치안군마저 동원이라도 했는지 무려 45만에 달하는 대군이었다.

"족히 45만에 이르는 대군이라니……."

"후우."

조조가 보고서를 집무 탁자 위에 올려놓자 곳곳에서 한숨이 흘러나왔다. 45만 대군. 말이 45만이지 그 숫자를 상상한다면 기가 질릴 정도였다.

사로트의 총 병력은 그보다 다소 적은 40만가량. 그중에 최대한 끌어 모을 수 있는 병력을 합쳐 봐도 채 30만 정도에 불과했다.

분위기를 전환시키기 위해 민한이 먼저 입을 열었다.

"제아무리 45만에 달한다 하더라도 곰곰이 생각하면 그 허실을 알 수가 있습니다. 우선 그 대군을 모으려면 국가의 모든 병력을 모아야 합니다. 귀족들의 사병은 물론 치안군마저 동원해야 될 어마어마한 병력이지요. 우선 이곳에서 의문점이 하나 생겨납니다. 그 대군이 우리 사로트로 침공해 들어온다면 빈 것이나 다름없는 세아 왕국의 영토는 어떻게 되는 것일까요? 게다가 45만 전원이 잘 훈련된 정병일 리가 없겠지요."

"흠… 과연 그렇게 되는 것일까?"

조조의 의문에 곽가가 고개를 조아렸다.

"전하, 소신 봉효 한 말씀 올리겠습니다. 정보에 의하면 세아 왕국의 두뇌를 맡고 있는 지연이라는 소녀가 보통내기가 아니라고 합니다. 제가 감히 단언하건데 45만의 대군을 다크와 푸른 달빛의 감시망을 피해 키웠던 점, 분명 예사롭지 않은 것이지요. 아마 저들은 정예는 아닐지라도 상당량의 훈련을 치룬 병사들일 것입니다."

웅성웅성.

민한도 어느 정도 알고 있는 사실이었지만 그가 이러한 말을 꺼내지 않고 어쩌면 적을 너무 깎아내렸다 싶을 정도로 말을 꺼낸 이유는 따로 있었다.

바로 회의장에 앉아 있는 여러 사람들의 기를 어느 정도 살려놓기 위해서였다. 하지만 곽가는 냉철하게 민한의 말을 반박했다. 현실을 직시하자는 것이다.

"어찌 되었든 방어는 해야겠지. 당장 전군에 동원령을 내리도록 하시오. 그리고 아직 채 정비되지 못한 케스로아 점령지에서 불온한 움직임이 일어나지 않게 잘 감시하도록 하시오."

"예, 전하."

탁상공론은 이것으로 충분했다. 지금은 이렇게 왈가왈부하는 것보다는 직접 대군을 몰아나가 적과 대치하는 것이 훨씬 나은 선택이었다.

명석한 조조는 그 사실을 잘 알고 있었고, 두말 않고 밀어붙였다. 그의 강점은 여기에 있었다.

뭔가 확신이 들면 불도저처럼 밀고 나가는 점. 추진력에 있어서 아마 그 누구랑 비교해도 떨어지지 않을 것이다.

조조의 재빠른 명령으로 사로트의 30개 군단, 도합 30만 2천 명에 달하는 대병력이 세아 왕국과의 국경 지대로 모여들기 시작했다.

이 병력은 현재 사로트가 동원 가능한 최대 병력으로서 케스로아의 주둔군과 어느 정도 질서 유지를 위한 병력을 빼고는 죄다 끌어 모은 것이라고 할 수 있었다.

다만 케스로아 왕국을 무너뜨렸던 여러 전투에서 큰 피해가 경미했던 데다가 일국을 무너뜨렸다는 자신감으로 사기가 매우 높았다는 것이 다행이라면 다행이었다.

케스로아와 사로트의 양측을 합쳐 거의 80만에 이르는 대군이 포진할 장소는 극히 적었고, 지역적으로 포진에 유리한 곳도 아니었다.

그랬기에 양 군은 여러 갈래로 나뉘어 어느 정도의 거리를 두고 군대를 주둔시킬 수밖에 없었고, 이 점은 사로트에게 유리한 점이 되었다.

하지만 지연이 이것을 몰랐으리라고 생각한다면 그녀를 너무 얕보는 것이다.

진즉 그녀는 이 점을 잘 알고 있었고, 각개격파에 대한 충분한 대응책을 준비한 후였다.

민한이 이것을 단번에 알아차렸기에 전투는 양 군 대치 후, 며칠이 흐르도록 개전될 조짐이 보이지 않았다. 먼저 움직이는 쪽이 큰 피해를 입는 것이 자명했기 때문이다.

그동안 사로트는 모고르 왕국의 참전을 유도하기 위해 안간힘을 썼다. 거의 비어 있는 후방을 도발만 하더라도 케스로아의 집중된 전력은 어느 정도 분산될 수밖에 없었던 것이다.

그런데 그리 어렵지 않게 지원을 얻어내리라 보았던 사로트의 수뇌부는 당황감을 감추지 못했다. 모고르가 공식적으로 중립의 입장을 표명했기 때문이다.

쾅!

뜻대로 풀리지 않아 기분이 상했던 민한은 탁자를 주먹으로 내려쳤다. 그의 막강한 힘이 담긴 주먹에 일개 나무에 불과한 탁자는 힘없이 바스러져 버렸다.

"메사슈미트, 이게 어찌 된 일인가?"

"글쎄요……."

루시페르도 그저 꿀 먹은 벙어리였다. 그때 막사의 천막을 들추며 한 인물이 들어왔다. 그는 웃으며 들어와 민한을 다독거렸다.

"하하, 원래 전쟁이란 의외의 변수가 많기 마련이니까 말입니다."

"봉효님이시군요."

"아무래도 결국 모고르 왕국은 참전하지 않을 듯 보입니다."

"결국 그렇게 되는 것입니까……."

"공식적인 입장까지 밝혔으니 이미 물 건너갔다고 보시면 될 겁니다. 하지만 방법은 있지요."

곽가의 입가에서 묘한 미소가 지나갔다. 분명 그에게 묘책이 섰기 때문이리라. 그것이 궁금했던 민한은 덩달아 피식 웃음을 터뜨리며 그것에 대해 물었다.

"뭔가 좋은 방법이라도 있으신 겁니까?"

"험험."

"모두 물러가라. 그대들도 이만 물러가 있게."

민한의 말에 메사슈미트, 루시페르를 포함한 병사들이 군례를 올리고 물러 나갔다. 그제야 곽가는 부서져 바닥에 나뒹굴고 있던 군사 지도를 집어 들었다.

묻어 있던 나무 부스러기들을 무심코 털어낸 그는 건너편에 놓여져 있던 다른 탁자에 그것을 올려놓았다.

"이곳을 보십시오."

그가 가리킨 곳은 다름 아닌 현재 45만 케스로아 군의 최고 보급 기지이자 전진 기지이기도 한 막강한 요새 카스트르 성이었다.

"이곳은 저들의 침략 거점이 아닙니까?"

"그렇지요. 현재 케스로아 군의 대부분은 아군과 대치 중입니다. 이곳 숲과 평야 지대, 하천 유역이 모두 대치 지점이지요."

"흠……."

턱을 매만지며 곰곰이 지도를 내려다보고 있던 민한은 잠시 후 곽가의 의도를 알아차리고 탄성을 터뜨렸다.

"기습입니까?"

"그렇지요. 가려 뽑은 1만의 정예군이 진군이 어려운 이곳 늪지대와 하천 유역을 바로 가로질러 간다면 카스트르 성까지는 고작 삼 일 거리에 불과합니다. 이곳을 지키는 지휘관은 제가 알아본 정보에 의하면 그다지 특출난 점 하나 없는 평범한 귀족일 뿐이지요. 수비군도 채 3만이 되지 못합니다."

"하나, 지연이라는 뛰어난 책사가 그러한 허점을 예상치 못하고 있겠습니까? 제 생각으로는… 다소 부정적이군요. 만약에라도 적이 알아차리고 방비를 튼튼히 한 후, 반격을 가한다면 기습에 나선 아군은 모두 궤멸되고 말 겁니다. 가뜩이나 불리한 병력인데… 그렇게 된다면 그나마 높은 사기마저 바닥에 떨어질 것이고, 더 나아가서는 불리한 병력마저 큰 악재로 작용하여 아군은 며칠 안에 필패할 것입니다."

민한이 고개를 저으며 곽가의 의견에 반대를 표시했다. 너무나도 위험한 계책이었다. 제갈량이 위연의 자오곡 계책을 거절한 심정을 약간이나마 이해할 것 같은 민한이었다.

당시 위연이 내놓은 자오곡 계책도 이렇게 많은 도박성을 가지고 있었던 것이다.

하지만 곽가는 고개를 저으며 자신의 주장에 타당성을 더해갔다.

"그렇게 볼 수도 있습니다. 하지만 지연은 결단코 이곳을 튼튼하게 방어하고 있지 않을 겁니다. 뛰어난 책사일수록 가장 기본적인 부분에 허술하기 마련이니까요."

"그렇게 생각하시는 이유는 무엇인지요?"

"하하! 제 감입니다."

"……."

민한은 할 말을 잃고 멍하니 곽가의 얼굴만 쳐다보았다. 이렇게 중요한 군대의 움직임을 그저 단순하게 감을 믿고 결정 내린다니 어이가 없기도 했다.

그럴 줄 알았다는 듯 곽가는 멋쩍은 웃음을 지으며 말했다.

"오랫동안 지연이라는 인물에 대해 다방면으로 조사했습니다. 제가 내린 결론은 분명 그녀의 안목은 뛰어나고 혀를 내두를 정도로 뛰어난 전략을 구사할 수 있는 책략가라는 겁니다. 하지만 그녀에게도 약점은 있습니다. 큰 것은 잘 처리하고 진행시켜 나가나 작은 부분이나 당연한 것에 있어서는 놀랄 만치 신경을 잘 안 쓴다는 것이 바로 그것이죠."

"글쎄요… 그렇다고 해서 이런 위험천만한 작전을 거리낌없이 사용한다는 것은……."

그 뒤로도 꽤나 오랜 시간 서로의 의견을 조율했지만 좀처럼 이렇다 할 답은 나오지 않았다. 서로의 말을 경청하며 좀 더 완벽한 작전을 꾸미고 있을 때, 밖에서 다급한 병사의 목소리가 들려왔다.

"가, 각하!! 큰일났습니다."

어찌나 다급했던지 병사는 무례하게도 막사에 뛰어 들어와서는 군례를 올릴 생각은 하지 않고 거친 숨을 조절하기에 바빴다. 마침 뭔가 좋은 방법이 떠오를 것 같기도 했던 민한은 다소 언짢기는 했지만 그럴 수도 있다는 마음으로 너그럽게 병사를 용서하며 연유를 물었다.

"무슨 일이냐?"

"루, 루시페르님께서… 루시페르님께서……."

"루시페르에게 무슨 일이 일어났느냐?"

병사가 루시페르를 언급하자 민한은 뭔가 잘못된 일이라도 일어났나 싶어 병사를 다그치기 시작했다. 가까스로 숨을 내몰아쉰 병사는 그의 엽기적인 행동에 대해 늘어놓았다.

"단신으로 말을 몰고 적진 앞에서 일 대 일 승부를 외치고 계십니다."

"뭐, 뭣!!"

루시페르가 사고를 쳤다. 그것도 엄청 큰 대형 사고였다.

푸르륵.

말고삐를 비껴 쥔 루시페르는 한 손으로 자신만의 복합궁을 치켜들며 케스로아의 기사들을 도발하기에 정신이 없었다.

"이 빌어먹을 놈들아! 내가 그리도 무섭더냐?"

웅성웅성.

어떤 정신 나간 머저리가 죽으려고 발악을 하나 싶어 궁금했던 지연은 그 광경을 진채 한곳에 세워진 망루 위에서 내려다보고 있었다. 셀14세 또한 황당하다는 표정으로 루시페르를 멍하니 응시하고 있었다.

"저자는 파천의 심복이라고 일컬어지는 루시페르 아닌가?"

"그렇군요. 그런데 머리가 어떻게 된 것 아닐까요? 저렇게 무모한 행동이라니……."

지연조차 할 말을 잃게 한 루시페르의 괴행은 계속되었다. 아예 화살의 사정거리 안까지 들어가서는 오만 가지 장난을 치고 있었던 것이다.

"엉덩이로 이름이라도 써주랴? 그렇게 진채 안에 처박혀 있으면 재미있더냐? 그곳에 화살이라도 박아줄까?"

한참이나 그러한 모습을 내려다보던 지연은 고개를 절레절레 내저으며 곁에 있는 기사들에게 명을 내렸다.

"그냥 화살이나 몇 대 쏘아 쫓아버리도록."

"알겠습니다."

기사들이 지연의 명을 받아 달려나갔다. 그들의 손에는 하나같이 활이 들려 있었다. 임시로 세워진 나무 방책까지 나아간 십여 명의 기사들은 자신들이 왜 이런 어처구니없는 뒤처리까지 해야 하나 싶어 입맛을 다셨다. 저마다 활에 화살을 메긴 그들은 있는 힘껏 루시페르를 향해 시위를 당겼다.

"훗, 그 정도로 날 쫓아내시겠다? 안 되지, 아무렴."

쐐애액.

십여 발의 화살은 정확하게 루시페르를 노리며 날아들었다. 허공을 가르는 화살촉의 울림이 상쾌했다. 당황하여 허리춤에 있는 검을 뽑아 화살을 튕겨내고 물러설 법한데 그는 그러지 않았다.

끼리릭.

도리어 한 번에 네 대의 화살을 재빠르게 쏘아 보냈다. 무서운 기세로 날아간 네 발의 화살은 날아드는 화살에 비교할 기세가 아니었다.

놀랍게도 네 대의 화살은 비슷한 숫자의 화살들을 하나같이 튕겨낸 것이다. 하지만 그것이 끝이 아니었다. 그 튕겨 나간 화살들이 엉겁결에 나머지 화살들에 부딪치며 그것들의 궤도를 엉뚱한 곳으로 바꿔 버린 것이다.

자신과 한참이나 멀리 떨어진 곳에 힘없이 떨어진 몇몇 화살들을 힐끔 바라본 루시페르는 코웃음을 치며 소리쳤다.

"기사라는 자들이 그래, 활도 제대로 못 쏘냐? 이 머저리들아!!"

놀라운 것은 둘째 치고 기사들은 발끈하지 않을 수 없었다. 자기가 팅겨내 놓고 그 무슨 해괴한 소리란 말인가.

"이렇게 되면 승부밖에 없겠습니다."

"흐음… 하긴 병사를 내보내 죽일 수도 없을 테니까. 그냥 이대로 있자니 사기가 걱정되고, 아니 그런가?"

"그렇지요. 기사 몇 정도만 보내면 충분하리라 생각됩니다."

"후후, 걱정 마시오. 지연의 기대에 부응할 놈들이 마침 몇 명이 있으니."

셀 14세는 머리 속에 누군가가 떠올랐는지 음흉한 미소를 지었다. 영문은 몰랐지만 어쨌든 자신에게는 이로운 일이었기에 지연은 고개를 끄덕일 뿐이었다.

"당장 렐프 삼 형제를 불러 오도록."

"알겠습니다."

기사들은 이번엔 셀 14세의 명을 받아 바삐 움직이기 시작했다.

"우하하! 덤벼라! 덤벼!!"

셀 14세는 또다시 계속되는 루시페르의 괴행에 골이 지끈거려 왔다. 하지만 얼마 지나지 않아 렐프 삼 형제가 달려나가 저 시끄러운 루시페르란 놈의 목을 베어올 것이라 믿어 의심치 않았다.

잠시 후, 세아 진영 전체에서 굉음 같은 함성 소리가 지축을 울렸다.

제5장

화산 폭발

화산 폭발

　루시페르는 눈앞으로 달려드는 세 기사를 보았다. 일견에도 꽤나 쓸 만한 기사임이 분명했다. 검으로 승부한다면 분명 위험에 처할 터였다. 하지만 그는 그런 어리석은 짓을 할 사람이 아니었다.

　"호오, 꽤나 쓸 만한 놈들인걸? 좋아, 내 신기술을 보여주지."

　끼리릭.

　달려오는 세 기사에게 다시 무려 다섯 발의 화살을 겨눈 루시페르. 이번엔 과연 어떠한 신기를 보여줄 것인가. 기사들은 그가 멀리서 활을 겨누는 모습에 흠칫했지만 말을 멈추기는커녕 더욱 날쌘 움직임을 보이며 달려갔다. 비껴 든 검이 햇살에 번뜩이고 있었다.

　퉁.

　드디어 다섯 발의 화살이 섬전같이 세 기사에게로 날아들었다. 하지만 기사는 분명 만만치 않은 실력을 가지고 있었다. 기마에도 능숙했던 그들은 잽싸게 말 옆구리로 붙어서 절묘한 방법으로 검을 휘둘러 화살을 튕겨냈다.

아쉽게도 루시페르의 공격은 무위로 돌아간 모양이었다. 하지만 다섯 발의 화살이 정확하게 그들의 몸을 노리고 날아간 것만 해도 대단한 기술이라 할 수 있었다.

빗나가리라 예상치 못했던지 루시페르는 재빠르게 화살 통에서 마지막으로 남아 있던 두 발의 화살을 꺼내서는 재어 시위를 당겼다.

"후후, 너도 마지막이다!"

"이야아아!"

그런데 뭔가 이상했다. 루시페르의 표정은 걸렸다는 듯 의미심장한 미소를 보이고 있었던 것이다.

"크악!!"

놀랍게도 튕겨 나갔던 화살 가운데 한 발이 되돌아와서는 정확하게 검을 내려치려 하던 한 기사의 목덜미를 꿰뚫어 버렸다.

"죽어라!"

당황하고 있던 두 기사의 미간을 노린 두 발의 화살이 재차 날아갔다. 그들은 엉겁결에 검을 휘둘러 막으려 했으나 차가운 쇠의 감촉이 먼저였다.

퍼퍽!!

두 기사의 투구를 관통하며 미간을 꿰뚫어 버리자 기사들은 그대로 낙마해 버렸다. 주인을 잃은 말들이 잠시 날뛰다가 저편으로 사라져 갔다. 루시페르가 큰 소리로 웃어 젖혔다.

"으하하! 겨우 이 정도냐? 너희 녀석들의 실력도 알만 하구나. 그럼 잘들 있어라! 하하!"

그날 그가 보여준 솜씨는 놀라웠다. 덕분에 세아 왕국의 사기는 바닥에 떨어졌고, 사로트 왕국 병사들은 환호성을 질러댔다. 다만 민한 및 수뇌부들은 명령도 없이 달려나간 루시페르를 질책했다. 물론 그가 세운 공을 감안하여 약간의 꾸중으로 끝났지만 말이다.

사기가 떨어진 상황 속에서 전면전을 벌이는 행위는 도박에 가까운 무리수를 던지는 것이나 다름없었다. 결국 곧 일어날 것 같던 전운도 한풀 꺾이고 말았다. 장기전이 되면 될수록 사실 유리한 건 사로트 측이었다.

물론 양측 모두 막대한 전비와 식량, 무기 등이 소모되지만 궁극적으로 더 큰 피해를 입는 건 당연히 세아 왕국 측이었다.

그 옛날 대제국 고구려에 검을 겨눴던 수나라가 그러했다.

그들은 광개토대왕, 장수왕에 걸쳐 그들이 이룩한 고구려 중심의 세계 질서를 무너뜨리고, 그들의 질서 속에 편입하고자 통일된 중국의 힘을 한데 끌어 모아 세계대전 수준을 방불케 하는 전쟁을 일으켰다.

하지만 두 문명의 대립은 결국 고구려의 승리로 끝났다.

그 이유 중 하나가 막대한 군대를 유지할 만한 식량의 부족이었다. 고구려 군대는 항시 원정군의 최대 약점인 후방 보급 부대를 교란시켰던 것이다. 이에서 볼 수 있듯이 세아 군은 원정군이었기에 그러한 문제점을 가지고 있었다.

"전쟁이 장기전이 된다면… 아국이 분명 유리하겠지요."

"그건 그렇습니다만 피폐해지는 것은 별다를 바가 없을 것입니다."

곽가와 민한의 말에 조조가 수긍하는 표정으로 입을 열었다.

"지나친 장기전은 분명 궁극적으로 국가의 국력 약화를 가져올 것이오. 하지만 지금 상황에서는 봉효 말대로 어느 정도의 장기전이 우리에게 이득을 가져다 줄 것이긴 하지. 그나저나 저들을 깨뜨릴 방법은 정녕 없는 것인가."

일부러 주위 신하들을 돌아보며 넌지시 던진 말이었다. 그 안에 내포된 의미인즉 좋은 계책이 있으면 얼른 내놓으라는 것이다. 하지만 그 말을 이해한 신하들도 별다른 뾰족한 수를 내놓지 못했다. 오직 곽가만이 자신있게 입을 열었다.

"전하, 신에게 좋은 방법이 있습니다."

"봉효, 그대에게 좋은 묘안이 있단 말인가? 그래, 말해 보게."

아무래도 곽가는 지난번, 그 도박 같은 책략을 건의할 모양이었다.

민한이 입을 열어 뭐라고 그를 제지하기도 전에 그는 거침없이 자신의 주장을 조조에게 펴나갔다.

"이곳에서 얼마 떨어지지 않은 곳에 세아 왕국의 원정기지 카스트르가 있습니다. 그곳을 급습하는 것입니다."

"흠? 좀 더 자세하게 말해 보게."

"예, 전하. 현재 적의 머리를 맡고 있는 인물은 여기 계신 분들 모두가 잘 알고 있듯 지연이라는 여자입니다. 무시는커녕 두려울 정도로 뛰어난 책사이기도 하지요. 하지만 그러한 사람일수록 가장 기본적인 것에서 허술하기 마련입니다. 제가 다크들을 풀어 알아본 정보에 의하면 분명 그러했습니다."

"흐음… 그렇다면?"

침을 한 번 삼킨 곽가가 다시 말을 이었다.

"정예 1만을 뽑아 아군의 왼쪽, 다시 말해 이곳 늪지대와 하천 유역을 가로질러 가면 카스트르 성까지는 삼 일 거리에 불과합니다. 현재 정보에 의하면 카스트르 성에 주둔하고 있는 병력은 채 3만이 되지 못하고, 그들을 지휘하는 귀족 또한 별 볼일 없는 자로 밝혀졌습니다."

"흠… 그렇군."

곽가가 가리키는 곳을 지도와 비교해 보던 조조가 일리있다는 듯 대답했다. 그 말에 몸이 달아오르는 민한이었다. 이건 도박이었다. 게다가 승산이 거의 없는 것이다. 어쩌면 저렇게 허술하게 둔 것이 도리어 지연의 함정일 수도 있었다. 민한은 그 점을 거론했다.

"지연이라는 뛰어난 책사가 그러한 점도 파악하지 못하고 있겠습니까? 소신의 생각으로는 다소 부정적입니다. 만에 하나 이곳 카스트르 성이 그녀의 함정일 수도 있는 것입니다. 헤아려 주시옵소서."

하지만 조조는 천천히 고개를 저었다.

"아니, 난 봉효의 계책에 찬성하네. 어차피 전쟁은 도박이야. 비록 가능성은 낮으나 성공만 한다면 일거에 적을 때려잡을 수 있는 절묘한 묘안이 아니던가?"

"하, 하지만……."

말꼬리를 흐리며 반박하려는 민한을 조조가 손을 들어 제지했다.

"기왕 하려면 만반의 준비를 갖추어야 하겠지. 정예군 1만을 추리되 그들의 목적은 급습이 아닌 후방으로 빠지는, 즉 케스로아 지역의 불온한 움직임을 제어하는 지원군으로 병사들에게 넌지시 소문을 흘리게."

"예? 케스로아의 불온한 움직임? 설마 이 상황에 반란의 조짐이 보인다는 말씀이십니까?"

케이아느의 질문이었다. 당황하는 그녀의 모습이, 이 사실이 얼마나 중요한 것인지를 알려주었다. 하지만 그러한 점을 잘 알고 있어야 마땅한 조조 및 곽가는 소리 내어 웃을 뿐이었다.

"하하하! 물론 그러한 움직임은 없지. 하지만 만들어낼 것일세. 별로 위험하진 않을 것이야. 이미 케스로아 지역은 아군이 완벽하게 통치하고 있으니까 말일세. 오히려 그러한 패를 내보임으로써 적이 안심하게 유도하는 것이지."

"아… 그런 것이군요."

"부수적으로 하나 더 이득이 있을 것이야. 설사 기습이 실패하여 전멸한다 하더라도 그 사실을 모르는 병사들의 사기에는 별 영향을 주지 않게 될 것일세."

"……."

일부러 반란을 조작하는 조조의 모습에 그녀는 혀를 내둘렀다. 눈앞의 이들을 보통 사람으로 생각한 자신의 실수를 자책하면서 말이다.

"파천, 그리고 수도에 연락을 넣게."

"예, 무엇을……?"

"두 공주를 이곳으로 불러들이게. 그리고 당당히 밝혀야지. 그녀들은 죄가 없고 진정한 흉수는 케스로아라고 말이야. 그리고 그러한 사실을 사로트 전역에 소문내는 것일세."

"하지만 진정한 범인이 케스로아인지는 아직 밝혀지지가……."

"하하하! 파천, 오늘따라 왜 그렇게 멍한가. 설사 저들이 그런 죄가 없다고 하더라도 저들이 공주들에게 그랬듯 우리도 뒤집어씌워 버리면 그만 아닌가. 아마 그렇게만 된다면 세아 왕국은 전쟁 명분을 잃고 혼란에 빠져들게 될 것이야. 잘만 하면 우리 시민들의 분노도 끌어낼 수 있겠지."

입꼬리를 한쪽으로 슬며시 말아 올리며 연신 수염을 쓸어 내리는 조조의 모습에, 이번엔 민한이 혀를 내둘렀다. 결국 이렇게 되는 것인가.

이건 고작 숫자 2의 원 페어를 가진 사람이 큰 소리를 치며 전 재산을 그것에 올인하는 격이었다. 하지만 명이 떨어지자 신하들은 거침없이 움직이기 시작했고, 민한은 잠자코 앉아 땅이 꺼져라 한숨을 내쉬었다.

'승산은 2, 30퍼센트 정도… 아니, 그 이하. 후우, 암담하군.'

그로부터 얼마 지나지 않아 1만의 정예군은 모두 편성되었다. 전원 기병으로 편성된 이들은 병사들의 응원을 받으며 후방으로 빠져나갔다. 아니, 빠져나가는 척하면서 사실은 늪지대와 하천 유역을 가로질러 나가기 시작했다.

그런데 민한에게 다행인지 불행인지 이러한 은밀한 움직임을 지연은 모두 간파하고 있었다. 사로트 지휘부의 바람과는 달리 그저 병사들이 알고 있듯 케스로아의 불온한 움직임을 억제하는 지원군 정도로만 알고 있지 않았던 것이다.

비록 케스로아의 불온한 분위기를 지연도 입수했지만 허장성세임을 단박에 간파해 버렸다.

역시 가공할 만한 책사가 아닐 수 없는 그녀였다.

한편 기습 부대의 총 대장 조이. 직접 자원해서 나선 그녀는 특유의 기세로 병사들을 휘몰았다. 그리하여 예상했던 시간보다 훨씬 일찍 도착하고 있었다. 바야흐로 사로트와 세아의 전면전이 벌어지는 순간이었다.

카스트르 성의 총 책임자는 알폰소 백작이었다. 그는 검을 다루는 기사였지만 그렇게 대단한 검사도 아니었고, 그렇다고 해서 뛰어난 문재도 아니었다.

그는 직접 명령을 받지 못해 아직 몰랐지만 지연의 명에 의해 카스트르 성의 실질적인 책임자는 이미 카밀 후작으로 바뀐 상태였다.

알폰소와는 달리 그는 뛰어난 검사일 뿐 아니라 시에도 일가견있는 인재였다. 직접 지연에게 모종의 명을 받은 그는 이곳을 염탐하고 있는 존재 다크를 간파하고 휘하 부하들에게 모조리 참살하라는 명을 내릴 정도였다.

'흐음. 과연 지연님이시군. 이러한 적들의 계략을 대번에 간파하시다니. 조만간 적들이 오면 당해주는 척하다가 일거에 때려잡을 것이다. 어서 오거라. 후후.'

불행히도 20여 명에 달했던 다크는 그의 손에 잡혀 대부분이 죽임을 당한 뒤였다. 특히 수정구를 가진 다크가 참살된 것은 최악의 상황이라 할 수 있었다. 통신은 물 건너 간 것이다.

그나마 몇몇 다크가 피투성인 채로 남아 이 사실을 사로트에 알리려 하겠지만 그때는 이미 늦을 것이다. 그들이 달려가는 시간보다 사로트의 기습 부대가 들이닥치는 시간이 더 빠를 테니 말이다.

시간은 유유히 흘러갔고, 강행군 덕분인지 조이는 일찌감치 카스트르 성의 외곽 지역에 매복할 수 있었다. 혹시라도 적에게 발각될까 싶어 꽤나 멀리 떨어진 은밀한 곳에 주둔한 그녀의 행동은 매우 적절한 것이었다.

그렇지 않았다면 다크들을 수색할 때 그녀의 군대 또한 발각되어 버리고 말았을 테니까. 어찌 되었든 계획대로 야밤을 틈타 카스트르 성을 공격하려는 조이였다.

'역시… 봉효님의 작전이 맞아떨어진 것일까? 아군의 대승으로 끝나겠구나.'

뛸 듯이 기뻤지만 그러한 감정을 찍어 누르며 그녀는 다시 무심하게 검을 비껴 들고 거친 숨을 몰아쉬는 병사들을 내려다보았다.

"흐음… 다크들은 모두 제거했느냐?"

"예, 몇몇은 도망갔지만 청소는 끝났습니다."

"그렇군. 이제 슬슬 지휘권을 넘겨받으러 가볼까?"

책상에 두 다리를 올려놓고 레드 와인을 즐기고 있던 이는 다름 아닌 카밀 후작이었다. 범인이었다면 당장 가서 지연의 명령을 들먹이며 지휘권을 넘겨받았겠지만 그는 그러지 않았다. 놀랍게도 다크들을 다 청소한 후에야 이러한 말을 꺼낸 것이다. 카밀 후작의 치밀함이 엿보이는 점이라 할 수 있었다.

그랬기에 그가 현재 머물고 있는 장소는 카스트르 성 내의 일반 민가 중 한곳이었다. 곧 깜짝 놀랄 알폰소의 표정을 상상하며 카밀 후작은 품 안의 명령장을 매만지며 음흉한 미소를 지었다.

그들이 나서자 어둑어둑해진 광경이 눈에 들어왔다. 벌써 초저녁으로 저물고 있었다.

"후우… 오늘 아니면 내일인가? 훗. 어서 가세."

"예, 후작 각하."

그들은 발걸음을 빨리 했다. 목표는 당연히 카스트르 성주인 알폰소 백작이 있는 집무실이었다. 지연은 애시당초 알폰소의 능력을 간파하고 혹여나 정보가 새어 나가지 않을까 하여 이런 방법을 쓰게 한 것이다. 시민들의 틈에 섞였기에 좀처럼 튀어 보이진 않았지만, 그래도 분명 다른 점은 있었다. 그들이 입고 있는 옷.

매우 고급스런 옷이었기에 시민들의 시선은 그들에게 쏠렸다. 하지만 평소 당연히 입고 다니던 옷이었는지라 그 점을 미처 예상치 못한 카밀 후작이었다.

그렇다고 이제 와서 천한 평민들의 옷으로 갈아입고 가자니 끔찍했다. 결국 발걸음을 서둘 수밖에 없던 그였다. 그런데 카밀 후작은 그만 여관 안에서 술을 마시고 있던 누군가에게 딱 걸렸다.

'쓰벌? 귀족이네? 흠… 꽤나 높은 놈 같은데 이곳 카스트르 성주와 관련이 있는 자인가?'

놀랍게도 그는 디카 반자이였다. 지연을 노렸지만 끝끝내 기회를 잡지 못하고 한숨만 쉬다가 도저히 사로트와 대치한 대군 안으로는 잠입할 자신, 설사 성공했다 하더라도 빠져나올 자신도 없던 그였다.

결국 그가 취한 방법은 그나마 어쩌면 지연이 올 가능성이 높은 후방 카스트르 원정 기지에 눌러앉아 기회를 엿보는 것이었다.

'딱 저격하면 좋은 상황인데. 쓰벌, 저걸 죽여, 그냥 놔둬? 쓰벌, 귀

찮아. 죽어서 얼마나 도움이 된다고.'

다시 술잔에 손이 가려던 그는 자꾸 이상한 기분이 들어 숨겨놓은 저격 복합궁을 찾으러 재빠르게 움직이기 시작했다.

디카는 이미 카스트르 성의 지리를 훤히 꿰뚫고 있었기에 그가 성주의 집무실이 있는 곳으로 가려 한다는 것을 단박에 알아차렸다. 그렇다면 그가 이동하고 있을 때, 저격할 만한 최적의 장소는 성안에 자그맣게 솟아 있는 언덕이었다.

그곳에서 내려다보면 집무실로 가는 길이 훤히 보이기 때문이다. 특히 내성에 이르렀을 때, 성문 근처는 주위에 장애물이 전혀 없기에 그야말로 최적의 저격 포인트라 할 수 있었다. 디카는 그곳으로 하기로 최종 낙찰을 보았다.

"쓰벌! 근데 진짜 내가 뭐 하고 있는 짓이래? 지연은 놔두고 저런 쓸모없는 놈이나 제거하려고 하고 있다니."

하지만 결국에는 연습이나 하고 사로트에 작은 공이라도 세워볼 겸 편안한 마음으로 저격 복합궁에 화살을 장전하는 디카였다. 아마 그가 카밀 후작의 중요성을 알았다면 저렇게 마음 편하게 화살을 장전하지는 못했으리라.

철컥.

마침내 모든 준비가 끝났다. 스코프에 눈을 가져간 디카는 오래지 않아 한참 움직이고 있는 카밀 일행을 발견할 수 있었다.

"거리는 대충 사백 미터. 쓰벌, 이 정도면 딱이지."

특별히 마법으로 파워를 최강으로 높인 복합궁이었기에 1킬로 떨어진 곳이라 해도 실력만 좋다면 맞출 수 있겠지만 괜히 위험을 자초하는 것은 바보나 하는 짓이었다.

"좋아, 잘 가거라."

디카는 마침내 카밀 후작이 내성 성문 가에 이르자 망설임없이 복합
궁의 방아쇠를 당겼다.

픽.

화살이 허공을 가르며 세차게 날았다.

고요한 카스트르 성.

정체불명의 무리들이 어둠을 틈타 성에 다가들고 있었다. 이미 늦은
밤이었다. 창을 쥐고 삼엄한 경계를 펴고 있어야 할 병사들은 하나 둘
연신 고개를 끄덕이며 단잠에 빠져들고 있었다.

현재 성안에 주둔하고 있는 병력은 2만 8천.

그 병력의 극히 일부가 성의 초계를 서고 있었다. 윗물이 맑아야 아
랫물이 맑다는 말이 있다.

성주인 알폰소 백작이 허술하기에 병사들의 그 경계 상태 또한 전방
주 보급 기지의 모습이 결코 아니었다. 병법에 일가견있는 자라면 이
곳의 중요성을 알고 강한 군기를 잡았을 것인데, 그는 그럴 만한 위인
이 되지 못했던 것이다.

탁탁탁.

몰래 성벽 근처로 다가간 사로트의 한 병사는 지니고 있던 저격용
복합궁에 화살을 조심스레 재었다. 그와 동시에 전 성벽 주요 보초 병
사들을 향한 저격이 준비 완료되었다.

픽.

바람 빠지는 소리와 함께 화살은 별다른 소음 없이 정확하게 보초병들의 머리를 꿰뚫었다. 어두운 밤이라 성벽 위에 피워놓았던 화톳불이 문제였다. 그 불빛에 노출된 병사들이 하나같이 목숨을 잃었던 것이다.

하나 아무리 기강이 해이해도 병사는 병사다. 수가 적기는 했지만 그 보초병들을 일거에 쓸어버릴 수는 없는 일이었다.

"쳐라!"

이제는 대대적인 공격이었다. 준비는 완벽했다. 기습이었기에 병사들은 별다른 함성을 지르지 않고 재빠르게 성벽을 기어올랐다. 이미 수백 개의 갈고리가 성벽에 걸쳐진 후였다.

당연히 보초를 섰던 병사는 당황했다. 하지만 적을 막는 것보다 성 안에 이 사태를 알리는 것이 중요했다. 미리 준비된 장치를 작동시키려 했으나 성을 넘은 조이의 병사가 먼저였다.

써컹!

"크아악!"

병사가 쓰러졌지만 얼마 되지 않아 성안에는 비상 경고음이 시끄럽게 울리기 시작했다. 다행히 경고음은 제대로 작동했다.

"젠장. 속전속결로 나아가 이곳 성주의 목을 베어버린다."

"옛."

조이가 비껴 든 검에는 피가 흥건했지만 그녀는 아랑곳하지 않고 성주가 머무는 곳을 향해 달려갔다. 하지만 조이의 걱정과는 달리 카스트르 성의 병사들의 방어는 제대로 이루어지지 않고 있었다.

그것은 당연한 일이었다. 제아무리 보초를 섰다 하더라도 먼저 기습을 받았다면 이미 반은 지고 들어가는 것이나 다름없다. 보초가 적의 기습을 알렸을 때는 이미 적은 진영의 한복판에 들어와 있을 것이 분명하기 때문이다.

문제는 이것 말고도 또 있다. 곳곳의 막사에 흩어져 잠을 청하던 병사들이 만반의 준비를 하고 보초병의 알림에 즉각 응전 태세를 갖추기 위해서는 시간이 필요하다. 하지만 지금은 그런 준비는커녕 무장을 풀어둔 채 잠을 자고 있는 병사가 대부분이다.

제대로 전열을 갖추기도 전에 무너질 공산이 큰 것이다.

조이는 뜻밖에도 형편없는 저항과 그러한 병사들의 상태를 간파하고 휘하의 병사들에게 재빨리 명을 내렸다.

"성을 초토화시켜라!!"

"와아아아!"

병사들도 허수아비는 아니었다. 이미 이길 것을 뻔히 알았기 때문에 굉음 같은 함성 소리를 지르며 이곳저곳으로 달려나가고 있었다. 2만 8천에 달하는 병사들이라 할지라도 기습을 받았으니 무용지물이었다.

오히려 그 군대는 성안 중요 시설에 일부 분산 배치되어 있는 마당이었다. 그런 와중에 조이의 기습은 정확하게 먹혀 들어갔다.

챙챙.

병사들끼리 난전이 벌어졌을 무렵 정신없이 검을 휘두르며 부대를 지휘하던 조이는 뜻밖의 인물을 만날 수 있었다.

"앗! 너는!!"

"조이님께서 여긴 웬일이시오? 쓰벌, 이건 또 뭐고?"

"조심!!"

깡!

조이는 디카의 뒤통수로 날아드는 창을 튕겨내며 다급하게 말했다.

"우선 이 싸움이나 이겨놓고 다시 보지요."

"쓰벌, 그럽시다. 지금 이야기하다가는 쓰벌, 내 뒤통수에 언제 구멍이 날지도 모르는 상황이니까."

디카와 조이는 명실공히 소드 마스터였다. 현재 이곳에는 그들을 막아낼 사람이 단 한 명도 없었다. 병사들은 번쩍이는 오러 블레이드에 속절없이 쓰러져 갈 수밖에 없었다.

한편 기습을 받은 알폰소 백작으로서는 정말 죽을 맛이었다. 이곳이 어디던가. 사로트 정벌을 위한 주요 보급 기지가 아니던가. 이곳이 기습을 받아 함락당한다면 수십만의 군대는 당장 혼란에 휩싸이게 될 터였다. 지연도 이 사실을 잘 알았기에 카밀 후작을 은밀히 급파했으나 불행히도 이미 그는 디카의 화살에 저세상으로 간 지 오래였다.

"이, 이놈들을!!"

건물 밖으로 나와 보니 병장기 부딪치는 소리가 보다 선명하게 들려왔다. 이렇게 우왕좌왕하다가는 자신의 목숨도 부지하기 힘들 터였다.

"어서 내 말을 가져와라!!"

"예, 알겠습니다."

알폰소 백작의 부관은 상관의 명령에 정신없이 뛰어나갔다.

스르릉.

백작은 허리춤의 검을 뽑아 들었다. 꽤나 고급 검으로 보이는 롱소드를 굳게 움켜쥔 그는 주위를 경계하기 시작했다. 잠시 후 부관이 말을 끌고 달려왔다.

부관도 도망갈 것을 알았던 모양인지 그 또한 말을 타고 있었다. 지금 이런 사소한 것을 따질 만한 처지가 못 되었기에 백작은 거침없이 말에 올라타 비교적 한산한 곳으로 말을 몰았다.

화르르르.

이미 수많은 군량 창고가 화염에 휩싸이고 있었다. 무기 창고도 예외는 아니었다. 전쟁을 수행할 때 필요한 수많은 보급품들이 빠른 속도로 재가 되어갔다.

그것을 바라보던 조이는 흐뭇한 미소를 지었다. 작전은 대성공이었다.

이제 세아 왕국은 상당히 난처하게 될 것이다. 흐뭇해하던 그녀의 눈에 두 인물이 들어왔다.

다름 아닌 알폰소 백작과 그의 부관이었다.

"허, 성을 놔두고 자신들만 도망치겠다는 건가? 꼴불견들이군."

"조이님, 부관은 내 몫이오! 우하하! 쓰벌, 도망가지 마라!!"

디카가 달려가기 무섭게 조이 또한 곁에 있던 병사의 활을 빼앗아 들고 그 뒤를 쫓았다. 그들은 이제 죽은 목숨이라 할 수 있었다.

두두두.

써컹!

"으윽!"

"저들을 막아라!!"

"비켜라, 이 졸개 놈들아!"

알폰소 백작과 그의 부관이 탔던 말은 매우 빨랐지만 조이와 디카의 추격을 뿌리칠 수는 없었다. 그들을 막아선 병사들의 공로가 컸기 때문이다.

눈앞에서 알폰소의 검에 피를 뿌리며 쓰러진 병사들의 모습에 조이는 분노하며 그의 머리를 노렸다.

쐐액.

사정거리에 들어오자 그녀는 가차없이 활시위를 당겼고, 화살은 정확하게 알폰소 백작의 뒤통수를 박살 내버렸다. 허무한 최후였다. 부관도 그와 거의 동시에 디카가 내던진 검 한 자루에 목숨을 잃었다.

하룻밤 전투의 대가는 매우 컸다. 카스트르 성이 거의 전소하다시피 한 결과를 낳았는데 성 자체가 불탄 것은 그리 큰 피해라 말할 수 없었으나 수많은 군수 물자가 불타 버린 것은 그야말로 치명타였다. 전황은 일순간에 사로트 쪽으로 유리하게 기울기 시작했다.

드르르르르륵.

여진이 계속되더니 어느 순간부터는 사람들이 그냥 서 있는 것도 버거울 정도의 강진이 발생했다. 사람들은 신이 노했다고 생각하고는 비명을 지르며 이곳저곳을 뛰어다녔다. 비잔툼에서 저 멀리 보이는 한 산자락에서 시작된 화산 활동의 결과였다.

화산재가 비 오듯 쏟아지기 시작했다. 돌덩어리가 떨어져 내려 주위를 폭격했다. 이미 비잔툼은 그 초반에도 완전 처참하게 초토화되어 갔다. 사람들은 신의 분노를 피하기 위해 짐을 꾸렸다. 절망 속에서도 생존을 위해 처절하게 몸부림쳤다.

쾅!!

얼마 지나지 않아 화산이 폭발했다. 거대한 회색 구름이 하늘을 뒤덮었다. 화쇄 구름은 거침없이 산 주위를 초토화시키기 시작했다.

현재의 핵무기를 능가하는 거대한 자연의 힘은 인간의 문명을 너무나도 허망하게 초토화시켜 갔다.

"아아악!"

"엄마! 엄마! 죽지 마. 죽으면 안 돼, 흑흑."

아이들의 울부짖음에도 어미들은 피를 흘리며 죽어갔고, 아이들 또한 얼마 후 화산의 공격에 안타깝게 꽃다운 목숨을 잃었다.

한없이 쌓여만 가는 화산재는 사람들의 가슴, 뱃속 모두를 채워 버렸다.

창문과 출입구가 막힌 지는 이미 오래, 사람들은 살길을 찾아 헤매었다.

"모두 지하실로 숨어라!"

"그래, 그곳이라면 괜찮을 거야!!"

어떤 이들은 비교적 차분하게 대피하는 냉정함을 보여주었으나 이 또한 헛된 일이었다. 그들은 산 채로 남김없이 자연 속으로 스며들어 가버렸다.

사람들은 마침내 자연과 하나가 되었다. 저주와도 같은 화산 폭발은 비잔 왕국 중심부를 거의 뒤덮을 정도로 거대했다.

그 옛날 융성했던 발해의 급작스런 멸망 원인을 그들의 왕국 중심부에 있는 백두산의 화산 폭발로 추정할 정도로 화산의 힘은 막강했다.

비잔 왕국은 그 마수를 피해가지 못했다. 이 소식은 얼마 지나지 않아 세아, 사로트 두 왕의 귀에 들어갔다.

조조라고 해서 태연할 수는 없었다. 생전 처음 접하는 거대한 자연의 힘에 경악하면서 거의 초토화되다시피 한 비잔 왕국의 처리를 두고 연일 회의에 들어갔다.

이미 세아 왕국의 후방 보급 기지를 불태운 마당에 망설일 것은 없었다.

"조이의 기습 공격 아래 세아 왕국의 보급 사정은 시간이 흐를수록 최악으로 치닫고 있소이다. 이 상황에서 세아 왕국군은 그저 물러날 수밖에 없다고 보오. 우리는 이 기회를 틈타 군대를 물리지 않고 그대로 비잔 왕국을 흡수 병합해야 한다고 생각하는데, 모두 어떻게 생각하오?"

조조의 하문에 저마다 의견을 피력했다. 그 처음은 곽가였다.

"지당하십니다. 당장 대군을 휘몰아 비잔 왕국을 장악해야 할 것입니다. 천재일우의 기회를 놓치지 마십시오."

"봉효님의 말씀이 옳습니다."

민한의 동의가 이어지자 이미 분위기는 비잔 왕국 점령에 찬성하는 쪽으로 의견이 모아지고 있었다.

"하오나 신의 뜻에 의해 자연에 큰 벌을 받은 저들을 친다는 것은……."

몇몇 신하들이 그것은 인간의 도리를 위배하는 행위라고 반대했으나 조조는 그들에게 옛 '송왕지인'의 고사를 들려주었다.

초나라가 송나라를 침범했을 때 적이 강을 무사히 건너고 난 후에, 무사히 진영을 완전히 설치한 후에야 개전을 명한 송왕의 어리석은 덕을 언급하자 몇몇 신하들은 꿀 먹은 벙어리가 되어버렸다.

"그럼 세아 왕국이 물러나는 대로 우리는 회군하여 곧바로 비잔 왕국을 치러 갈 것이오."

조조의 말에 신하들은 고개를 숙여 예를 표했다.

한편 이와 반대로 세아 왕국은 진퇴양난의 길에 서 있었다. 지연은 자신의 어처구니없는 첫 실수에 처음에는 매우 당황해했지만 이내 정신을 추슬렀다.

셀 14세는 허무하게 주저앉아 버린 대군을 어떻게 처리해야 하나 하는 문제로 계속해서 지연과 상의를 거듭하고 있었다.

"어찌해야 하겠소? 내 생각으로는 회군하여 기회를 엿보는 것이 그나마 최선의 길이라 생각하오만."

"전하의 말씀이 지당하십니다. 보급 기지가 무너진 지금 아군은 더이상 전진이 불가한 상태입니다. 그렇다고 이렇게 있기에는 보급 상태가 최악인 상황이지요. 그저 적의 발목을 묶어둘 수도 없는 상황입니다."

"그렇지… 허참, 기세 좋게 일어났는데 이렇게 허무하게 끝나 버리다니……."

"송구하옵니다. 다 제 책임입니다."

"아니, 자책할 필요는 없소. 그야말로 운이 없었던 것뿐이니까. 이리 오시구려."

"전하……."

셀 14세는 지연을 꾸짖기는커녕 그녀의 실수를 감싸주며 품에 보듬

어안았다. 지연은 짧은 한숨을 내쉬며 그의 품에 몸을 내맡겼다.

"그나저나… 어떻게 군대를 물리느냐가 또 문제로군."

"소녀가 부족하오나 최선을 다해보겠습니다."

"하하하! 지연, 난 여전히 그대를 믿고 따를 뿐이오."

지연은 등을 토닥여 주는 셀 14세의 따뜻한 온기를 느끼며 어떻게 군대를 돌려야 하나 하는 고민에 빠져들었다.

후퇴할 것이 뻔한 세아 왕국의 대군을 그냥 놔둔다는 것은 사로트의 장래를 보아서도 불가한 일이다.

조조는 비잔 왕국의 흡수 병합 작전을 서두르면서도 한편으로는 호시탐탐 세아 대군의 허점을 노렸다. 하지만 지연은 과연 지연이었다.

옛 사마의가 제갈량을 보고 이런 기분이 들었을까. 민한 및 곽가는 용의주도하고 좀처럼 허점을 노출시키지 않는 지연의 모습에 입맛만 다셨다. 날쌘 기병들로 몇 군데 찔러보며 약점을 드러내길 유도해 보았지만 다 부질없는 짓이 되어버렸다.

물론 저들의 퇴로를 차단하고 자웅을 결한다면 능히 저들을 격멸시킬 수 있었다. 45만의 대군을 그야말로 이 잡듯 쓸어서 땅에 묻어버리는 것이 가능했다는 말이다.

하지만 사로트는 움직이지 않았다.

이긴다고 해도 엄청난 피해를 입을 것은 자명한 일, 그리된다면 비잔 왕국을 넘보는 것은 턱도 없는 일이다. 차라리 뒤로 물러나 넓은 비잔의 영토를 흡수한 후 보다 벌어진 국력 차이로 세아 왕국을 눌러 버리는 것이 이로웠다.

그리하여 세아 왕국의 45만 대군은 거의 손실없이 고스란히 돌아갔다.

비잔 왕국의 점령 작전은 민한과 조이가 맡았다. 각기 10만의 정병을 거느린 그들은 거침없이 진군해 나갔다. 민한은 옛 발해가 거란의 침입에 제대로 된 저항 한 번 못하고 왜 그렇게 허무하게 무너졌는지 알듯도 했다. 이렇게 화산이 폭발했다면 그 미스테리가 풀릴 것도 같았기 때문이다.

"보통 때 같았으면 이곳까지 이렇게 쉽게 올 수는 없을 것인데……."

"주군, 자연의 위대함을 어찌 인간이 말할 수 있겠습니까."

"호오? 메사슈미트, 네가 웬일이냐? 괜찮은 말도 할 줄 아네?"

"…저도 바보는 아니죠."

민한은 일부러 굳어 있는 메사슈미트의 표정을 풀어주고자 썰렁한 농담을 던졌으나 오히려 분위기만 더 빳빳하게 만들어 버렸다. 케이아느가 입을 열었다.

"민한, 보고에 의하면 우리 진격 루트에 놓인 비잔의 열여덟 개 주둔군 가운데 이번 사태에 완파된 곳은 열두 군데, 반파된 곳은 다섯 군데, 그나마 기능을 발휘할 수 있는 곳은 한 군데밖에 없다네. 작전 지도를 한 번 봐."

"허, 그야말로 융단폭격을 맞은 셈이군."

"융단폭격?"

케이아느는 작전 지도에 표시된 적 주둔지를 하나하나 지워 나가며 궁금하다는 듯 의문을 표시했다. 민한은 그녀의 물음에 그냥 얼버무렸다.

"아, 그런 게 있어. 뭐, 그렇다면 이곳에서 이곳까지라면… 우리 군대가 수도 비잔툼까지 들어가는 데는 아무리 오래 걸려도 사흘이면 충분하다는 소리군. 이거 말하면 말할수록 실감이 나지 않는걸?"

"그렇지."

민한은 탁자에 놓인 작전 지도를 보고 기가 막혔다. 푸른 달빛을 풀어 조사해 본 결과 거의 무혈입성이나 다름없었던 것이다.

"정말 거란이 발해를 멸망시킬 당시 수도 상경용천부까지 완전 '말 달리자' 속도였다는 것이 이해가 가는군. 뭐, 화산이 터졌는지 어쨌는지는 미지수지만 말이야."

"주군, 군대를 움직이시면서 계속해서 발해와 거란을 거론하시는데 그게 대체 무슨 말씀이신지요?"

루시페르는 도저히 궁금해서 못 참겠다는 듯 입을 열었다. 언젠가부터 민한의 입에서 자주 거론되고 있는 두 의미 모를 단어. 의아해하는 루시페르에게 민한은 별로 어렵지 않게 대답해 주었다.

"아, 어떤 고대 역사에 보면 머나먼 동쪽 대륙에 발해라는 왕국이 있었거든? 해동성국으로 불릴 정도로 위대한 왕국이었대. 그런데 이 왕국이 어느 순간 느닷없이 폭삭 주저앉은 거야."

"뭐, 지도층의 부패와 내분, 잦은 전쟁, 기근 등이 그 원인이 아니었을까요?"

"아, 물론 그러한 점도 있었지. 하지만 난 그게 주요 원인이라고는 보지 않아. 그러한 것이야 어느 왕국에서도 있었던 일이거든."

"글쎄요."

"그러니까……."

민한은 팔짱을 끼며 말을 이었다.

그는 오래 전, 자신이 옛 한국에 있을 때 공부했던 발해사를 어렴풋이 떠올렸다.

'발해의 멸망 시기는 서기 926년. 한데 공교롭게도 백두산의 마지막 커다란 폭발 시점은 지금으로부터 약 천 년 전이다. 그 당시 천지 칼데라를 형성한 백운봉기 화산 활동 절정기에 화산회가 편서풍을 타고 마치 고대 로마의 폼페이처럼 발해 일대를 뒤덮어 버렸다. 이러한 폭발 덕분에 화재와 지진 등으로 인한 막대한 재산 피해가 당시 발해 왕국의 내부 사정과 맞물려 국가 멸망 사태를 초래한 것이다'

일부 학자들이 추정하고 있었던 것이다. 민한은 충분히 가능성있는 말이라고 생각했다. 사실 백두산의 화산 활동이야 조선왕조실록에 여러 번 기록되었을 정도로 종종 움직임을 보였다.

특히 백두산은 중국 화산학자들의 추정에 의하면 2000년에서 2050년 사이에 대폭발이 있을 것이라고 조심스럽게 추정할 정도로 위험스러운 휴화산이 아닌가.

물론 전문 용어는 풀어서 이야기를 해주었고, 루시페르와 케이아느 등은 감탄을 터뜨렸다.

"화산 폭발이 한 왕국의 운명을 좌지우지할 수도 있군요."

"그렇지. 이번 비잔 왕국만 하더라도 일전에 우리 왕국과 전쟁 끝에 수도가 함락당한 전적도 있잖아. 국력이 약해진 상황에서 그런 자연 피해라는 것은 사실상 사형 선고나 마찬가지지."

"아! 이러고 있을 때가 아닙니다. 조이님은 이미 우리보다 훨씬 앞쪽에서 진군해 계신다고 하던데……. 이미 합류 지점에 거의 도달하셨다고 합니다."

"그래? 그럼 우리도 잡담은 그만 하고 슬슬 움직여야겠군. 준비는 다 되었겠지?"

"예, 문제없습니다."

메시슈미트의 자신만만한 태도에 민한은 흡족한 표정으로 무장을 갖추어 막사 밖으로 나섰다. 공교롭게도 민한과 조이가 합류 지점으로 정한 곳은 파천성이었다.

한편 조이는 지난번 사로트와 비잔 왕국이 두 차례의 결전을 벌였던 파천성에 근접해 있었다. 이 보잘것없는 곳에 운명을 걸었던 민한의 마음을 헤아리는 조이였다. 자신이 당시 민한이었다고 해도 패배는 기정사실이었을 것이라 생각했다.

고작 4미터 남짓한 성벽, 거기에다가 그나마도 군데군데 무너져 있는 성벽. 한 번 두드리면 그대로 무너질 것만 같은 허술한 성문. 화산 폭발로 무너진 성벽을 미처 보수하지 못해 성 밖에도 바리게이트가 어느 정도 준비되었지만 눈에 거슬릴 정도는 아니었다.

한차례 이곳에 주둔하고 있는 비잔 왕국군에게 애도를 표한 조이는 검집에서 검을 뽑아 들고 하늘 높이 치켜올렸다. 드디어 공격 명령이 떨어진 것이다.

"전군, 공격하라!! 해가 지기 전, 이곳을 함락해야 한다!"

"와아아아!!"

10만 대군에 외롭게 포위된 파천성. 성안에는 고작 2만 5천가량의 병사들만 있는 상황이었다. 결과는 삼척동자도 알 정도로 불 보듯 뻔했다. 그녀는 오늘 밤 안으로 이 성을 떨어뜨릴 것이라 믿어 의심치 않았다.

"투석기는 뭘 하고 있는 거냐! 어서 쏴라!!"

"쏘아라!!"

철커덕.

투웅, 투웅!

투석기가 쉬지 않고 돌을 쏘아 올렸고, 성문을 공략하기 위한 파쇄차는 무서운 기세로 성문에 부딪쳐 갔다. 이동 망루, 정란들에 질서정연하게 올라선 수천여 병사들은 파천성 안으로 정신없이 화살을 쏘아 댔다.

슈우우우, 펑!

쾅!!

"크아악."

비록 비행기는 동원되지 않았지만 가져온 수백 문의 마나포들은 저들의 간담을 서늘케 하기에 충분할 것이다. 푸른빛을 뿜어내는 막강한 화력이 부딪쳐 올 때면 노련한 사냥꾼에게 사냥당하는 동물처럼 힘없이 무너져 내리는 성벽이었다.

그나마 10만 사로트 왕국군의 진격을 가까스로 저지하고 있던 성벽들이 곳곳에서 비명을 지르며 쓰러져 갔다.

이틀 뒤, 아침.

민한이 이끄는 군대가 조이가 주둔한 파천성 외곽 지대에 도착했다. 도착하기 무섭게 민한은 치열한 전투에 지친 조이를 만날 수 있었다. 자책하며 고개를 수그리는 그녀의 모습은 일견에도 한숨이 나올 만했다.

"각하, 송구하옵니다."

"보아하니… 저항이 꽤나 완강한 듯 보이는군."

민한은 조이가 전신 곳곳에 입은 크고 작은 상처를 보며 혀를 찼다. 굳이 질책하지 않아도 일군의 총사령관이 이 정도라면 전투가 어땠을지 짐작이 갔기 때문이다. 아마도 지난번 자신이 이끌었던 혈전과 비견될 것임에 틀림없을 것이다.

"지난 삼 일간 군대를 나누어 끊임없이 공격을 퍼부었음에도 저 성은 철옹성 같은 모습을 보이고 있사옵니다. 다 소인의 잘못입니다."

"아닐세. 내가 저곳에서 목숨을 걸었던 적이 있기에 저 성은 내가 잘 아네. 조이, 그대는 저 파천성에서 과연 몇 명이나 되는 무고한 목숨들이 뼈를 묻었는지 아나?"

"예? 그, 글쎄요."

"아마 역사상 가장 많은 피를 머금은 대지일 것이야. 족히 수십만 병사들의 원혼이 서린 곳이지. 그러한 곳인데 쉽게 얻을 수 있는 곳은 아니지. 지금도 원혼이 늘어만 가고 있는데 말이야. 아니 그런가? 하하!!"

민한은 호탕한 웃음을 터뜨렸다. 저곳은 언젠가부터 방어하기에 절대 열세임에도 공격 측에서 얻기 힘든 성이 되어버렸다. 그야말로 방어의 수호신이 존재하는 성이라 할 만했다.

그 어느 역사에서 이런 의외의 상황이 수차례 연출되었는가. 공격하는 측으로서는 골치가 아플 수밖에 없었다.

"그래, 피해 상황은?"

"예, 각하. 전사자만 1만여 명. 부상자는 그 배에 달합니다."

"으음. 꽤 큰 피해를 입었군."

"죄송합니다."

민한은 오랜만에 허한 왼손 새끼손가락 자리를 쓰다듬으며 골똘이 생각에 잠겼다. 현재 상태에서는 포위 공격을 한다 해도 문제였다. 승리 아닌 승리를 쟁취하는 과정에서 상당한 피해를 입을 것이 분명한 상황이다. 역시 자살 공격을 퍼부을 수는 없었다. 이 상황에서는 절로 손뼉을 치게 만들 뭔가 묘한 계책이 필요했다.

"금선탈각의 계를 펼쳐 수도를 함락해 버릴까? 옛 방연이 마릉 전투에서 손빈에게 참패했듯 수도를 구원하러 오는 저들을 요격한다면……."

"좋은 계책이오나 이미 수도 및 비잔 왕국의 중심 지역은 화산 폭발에 의해 거의 초토화된 상황입니다. 이곳 파천성 또한 그 영향으로 큰 타격을 입었지요. 별로 효과를 보지 못할 계책입니다."

"그렇다면 그 방법으로는 소용이 없겠군. 흐음……."

조이는 여러 역사서로 역사에 대해 공부한 적이 있는 유능한 사령관이었기에 민한의 의도를 곧바로 알아차렸다. 그녀의 반대에 민한은 작전 회의에 불러들일 수 있는 모든 지휘관급의 수하들을 불러들였다.

둘보다는 여럿이 머리를 맞댄다면 분명 뭔가 참신한 방법이 나올 가능성이 높기 때문이다. 조이도 동의를 표시했고, 일사천리로 회의는 준비되었다.

한편, 세아 왕국이 물러나고 있을 때 디카는 호시탐탐 지연을 노리고 있었다. 그러나 정말 한숨만 나왔다. 용의주도하게 후작을 암살한 것으로 보아서는 아직 익숙하지 않다기보다는 지연이 허점이 없다는 것이 문제였다.

성공을 위하여 디카는 그만한 노력도 열심히 했지만 셀 14세의 총애를 받는 지연의 호위대는 매우 두터웠다. 이 또한 그의 앞길을 막는 장애물 중 하나였다.

"무슨 좋은 수가 없을까. 쓰벌, 이런 돌머리로 무슨 방법을 생각해 낸다."

그나마 기회가 있다면 지금부터 앞으로 며칠 동안뿐이었다. 지연이 수도에 들어가 버린다면 암살하기는 좀처럼 쉽지 않을 것이다. 디카는 이점에 대해 누구보다 잘 알고 있었다. 그렇기에 이렇게 호시탐탐 기회를 엿보고 있는 것이다.

그는 지연의 호위대와 마찬가지로 그녀의 곁에 숨어들었다. 그의 노력이 가상했던 탓일까. 기회는 의외로 빨리 다가왔다.

"허억."

"아아……."

막사 안에서는 한참 열풍이 불고 있었다. 남녀가 서로 뒤엉켜 야릇한 분위기를 연출하고 있는 지금이 천재일우의 기회였다.

이미 그러한 정황을 눈치 채고 막사 근처에서 엎드린 채 저격 모드를 발동한 디카는 음흉한 미소를 지었다. 이미 조이를 만났을 때 마법사로부터 이런 상황이 올까 싶어 스코프에 투시 마법까지 걸어놓은 상태였다.

비록 영구가 아닌데다 발동시 멈출 수 없고, 그 효과도 고작 한 시간 남짓에 불과하다고는 하나 이런 상황에서는 최고의 기술이었다.

"오오! 쓰벌, 죽이는군."

디카는 자신도 모르게 투시되어 고스란히 눈에 들어오는 지연과 셀 14세의 정사를 넋 놓고 바라보았다. 그러나 본목적을 잊지는 않았다. 다만 좀 더 좋은 기회를 엿보고자 하는 그럴듯한 이유로 생방송을 즐길 뿐이었다.

"빌어먹을, 쓰벌 놈들이 자꾸 엎치락뒤치락 해대니 정신이 사나워 쏠 수가 없잖아?"

디카가 아무리 막나가는 사람이라 하더라도 셀 14세의 목숨을 취할 수 있다고는 생각하지 않았다. 단순히 실력만 비교하더라도 자신보다 우위에 있는 사람이었기 때문이다.

'기회는 단 한 번. 둘이 엉켜 있으므로 일어나는 돌발 상황도 감안해야 하는데…….'

디카는 속으로 고심했다. 자칫하다가는 셀 14세에 의해 무력화될 수도 있었기 때문이다. 만반의 준비를 갖추어야만 했다.

"아, 그런 방법이 있었군."

디카는 희생물을 찾기로 결심했다. 이로써 자신이 약간 위험해지기는 하겠지만 저격용 복합궁에 대해 잘 모르는 저들은 자신을 결코 잡을 수 없을 것이다. 디카는 마법 효과가 다하기 전에 서둘러 계획을 수

립했다.

방법은 간단했다. 만약 디카의 화살이 그들의 막사 보초병을 한 명 쓰러뜨려 혼란을 일으킨다면 과연 어떻게 될까?

결과는 뻔했다. 병사들은 당연히 셀 14세와 지연이 막사 안에서 무엇을 하는지 알고 있을 것이다. 덕분에 함부로 막사 안으로 뛰어들기는 힘들 것이 자명했다.

분명 그에 관한 특별한 명도 있을 것이다. 가령 부르기 전엔 들어오지 말라는 명 같은 것 말이다.

어쨌든 그렇게 된다면 밖에서 병사들은 들어가는 대신 소리를 치게 될 것이다.

한편 셀 14세는 소드 마스터이다. 당연히 궁금해서라도 검을 들고 뛰어나올 것이다.

그가 어쌔신이 무서워 막사 안에 숨어 있을 리는 만무하기 때문이다.

자신의 실력에 자신감을 가지고 있으므로 모르긴 몰라도 서둘러 나올 것이 분명하다.

그렇게 되면 남자와 여자의 차이가 드러난다. 남자는 웃통을 벗고라도 나올 수 있지만 여자는 그렇지 못하다.

분명 셀 14세가 나오면, 아니, 설사 그가 나오지 않더라도 지연의 곁에서 다소 떨어지게 될 것이다. 그것이면 충분했다. 화살이 그런 혼란을 뚫고 서둘러 옷을 추스르고 있는 지연의 머리에 박히는 것은 그리 어렵지 않기 때문이다.

분명 일반 활과 화살로는 결코 막사 안을 훤히 들여다보고 정확히 쏠 수가 없다. 쏜다 해도 천을 완벽하게 뚫기는 힘들 것이다. 웬만한 마법으로도 안에 머무는 인물에게 타격을 주기는 힘들다. 하지만 디카가 들고 있는 장비는 매우 특별했다.

"인간의 심리와 뛰어난 무기를 이용한다면 어렵지 않은 일이지. 쓰벌, 간다!"

분명 이전의 디카가 아니었다. 한층 총명해진 눈빛으로 그는 눈을 감고 심호흡을 내쉬었다. 얼마나 초조한 시간이 흘러갔을까. 그의 눈이 다시 떠짐과 동시에 방아쇠는 망설임없이 당겨졌다.

철컥.

픽.

저격용 복합궁 특유의 은밀한 바람 소리를 은은하게 흘리며 화살은 막사 곁에 보초를 서고 있는 한 병사의 머리로 정확하게 날아갔다. 디카는 서둘러 지연의 목숨을 앗아갈 화살을 재장전하며 속으로 기원했다.

'제발 이 화살이 지연의 목숨을 앗을 수 있기를. 쓰벌, 더 이상의 노숙은 싫단 말이다!'

제6장

잦아드는 숨결

잦아드는 숨결

픽!!

"끄윽."

화살은 정확하게 보초를 서고 있던 병사의 머리통에 구멍을 내놓았
다. 비명도 채 지르지 못하고 이승을 하직해 버린 병사의 비명을 곁에
서 있던 동료가 기세 좋은 목청으로 대신해 주었다.

"으, 으악!!"

고요한 밤에는 작은 소리라도 먼 곳까지 이르는 법이다. 이 괴성
소리가 세아 왕국 진영을 발칵 뒤집어놓은 것은 당연한 일이었다.
그 비명 소리에 가장 먼저 반응을 한 것은 당연히 셸 14세와 지연이
었다.

"무슨 일이지?"

"적의 기습이라도 있는 것이 아닐는지요? 하지만……."

"음, 우선 옷이라도 걸치고 있으시오. 어떤 녀석들이 감히!!"

셀 14세는 손에 잡히는 옷 두어 벌을 대충 두른 후, 침대 한쪽에 놓아둔 애검을 집어 들고 서둘러 막사 밖의 동정을 살피러 나가려 했다. 그가 막 발걸음을 떼는 순간 밖에서 큰 소리가 귓가에 들려왔다.

"전하! 보초를 서던 병사 하나가 어디선가 날아온 화살에 목숨을 잃었나이다!!"

이미 들어오지 말라는 셀 14세의 지엄한 명이 있었기에 보초병들은 들어오는 대신 다급한 목소리로 상황을 전달한 것이다. 머리를 굴리며 잠시 생각을 하던 셀 14세는 반문했다.

"기습이냐?"

"그건 아직 파악이 되지 못했사옵니다."

무슨 일이 벌어진 것은 확실한데 그 내막을 모르는 셀 14세로서는 답답했다. 역시 막사 밖으로 나가봐야 할 것 같았다. 그는 아직 겉옷을 걸치지 못한 지연을 뒤로하고 막사 밖으로 뛰어나갔다.

탁.

"전하!"

하지만 이번엔 지연의 손에 의해 그 발걸음이 저지되고 말았다. 고개를 돌려 빙긋이 웃은 셀 14세는 두려워 떠는 지연을 보았다.

"이 정체 모를 불안이… 예감이 좋지 않아요, 나가지 마세요."

"하하! 천하의 지연이 고작 이런 일에 몸을 사린다는 말인가? 걱정 마오. 득달같이 다시 돌아올 것이니."

"……"

지연은 자꾸만 엄습해 오는 이유 모를 불안에 떨었으나 더 이상 셀 14세의 발걸음을 막을 수는 없었다. 거침없는 그의 발은 주인의 명을 따라 순식간에 막사 밖까지 주인을 이끌었다.

그러한 상황을 초조하게 지켜보던 디카는 마침내 다가온 천재일우의 기회를 놓치지 않았다.

"가라!"

퍽.

셀 14세는 이 혼란 와중에 어디선가 들려온 불안한 소리를 들었다. 설마 막사 안에 무슨 일이라도 생긴 것인가? 그는 떨려오는 가슴으로 조금 전 나선 막사의 천막을 다급히 젖혔다.

쿵!

"……."

웬 화살 하나가 지연의 볼을 스치고 저만치 떨어진 탁자에 박혀들어 있었다.

"빌어먹을!"

셀 14세는 지연이 불안해하던 이유를 그제야 알아차렸다. 그녀는 자신을 죽이려는 살기를 눈치 챈 것이다. 본능적으로 말이다.

그것을 왜 자신은 몰랐던 것인가 하고 셀 14세는 자책하며 뽑아 든 검을 비껴 들고 몸을 날렸다. 재차 화살이 날아올 것이 분명했기 때문이다.

지연도 본능에 충실했다. 피가 흘러내리는 뺨을 부여잡고 침대 속으로 몸을 수그렸다. 하지만 하늘은 그녀에게 다시 한 번의 기회는 주지 않았다.

"아악!"

"지, 지연!!"

재차 날아온 화살은 셀 14세의 검이 채 튕겨내기도 전에 지연의 왼쪽 어깨 깊숙이 박혀들었다. 너무 다급하게 쏘아서인지 단번에 목숨을 앗아가지는 못했다. 세 번째 화살이 무서운 속도로 천막을 꿰뚫으며 날아드는 순간 셀 14세의 검이 번개처럼 번뜩였다.

"어딜!"

탁.

깨끗하게 화살을 두 조각 내버린 그는 살기 어린 눈빛으로 주위를 잔뜩 경계했다. 디카는 이제 저격 타이밍을 놓친 것을 깨닫고 아쉬워했다. 하지만 이 정도만 하더라도 만족할 만한 성과였다.

화살은 날카로웠으며 박힌 것을 쉽게 뽑아내지 못하도록 인간의 피부를 파고드는 순간 화학 작용이 일어나 화살촉이 산산이 부서지는 최고의 명품을 썼다.

아마 현재 지연의 어깨는 온통 부서진 자잘한 철 조각들로 가득할 것이다. 어디 그뿐이랴. 화살촉에는 무서운 맹독이 발라져 있었다. 인간의 피부와 반응하여 화살을 산산조각 내는 주원인이 바로 이 맹독이었다. 이제 그녀가 죽는 것은 시간문제였다.

꽤 오랜 시간이 지나도록 화살이 다시 날아오지 않자 셀 14세는 악을 쓰며 밖에 대기하고 있는 병사들에게 명을 내렸다.

"당장 이 일대를 샅샅이 뒤져 천막 안으로 화살을 날린 어쌔신을 잡아들여라! 지금 당장!!"

"옛!!"

하지만 이미 디카는 저만치 달아나고 있었다. 준비한 말을 타고 전력 질주를 하고 있었으니 잡기란 요원한 일일 것이다. 셀 14세는 이미 정신을 잃어버린 지연을 부축하며 악을 썼다.

"어서 일어나라!! 어서 일어나란 말이다!!"

하나 이미 지연의 어깨를 완전 잠식해 버린 맹독은 전신으로 퍼져나갈 기미를 보이고 있었다. 이 독을 어떻게 제거하지 않는다면 그녀는 죽게 될 것이다. 셀 14세는 다급한 목소리로 다시 외쳤다.

"마법사를 모두 불러라! 신관도 불러!! 모조리 다 불러와라!!"

"옛!"

명을 내린 셀 14세는 다시 지연을 붙들고 그녀가 무사하길 간절히 기도했다. 그녀는 현재 세아 왕국에 없어서는 안 될 중요한 사람이었다. 또한 자신의 아이까지 가진 여인을 외면할 남자는 아무도 없을 것이다.

"부디… 부디 무사하길."

그는 눈을 감으며 피로 얼룩진 지연의 볼에 가볍게 입을 맞추었다.

파천성의 포위는 좀처럼 풀리지 않고 있었다. 묘안을 찾지 못해 그러한 것이다. 그러나 의외로 돌파구는 어이없는 곳에서 터져 나왔다.

현재 20만에 가까운 사로트 대군이 보유한 식량 사정은 현재 겨우 한달 남짓 충당할 정도로 그리 좋지 못했다. 하지만 파천성은 더욱 심각했다.

지난 삼 일간의 공방전, 그리고 회의로 인해 포위 상태로 다시 사 일.

이렇게 대략 칠 일의 시간이 흐르자 거의 식량이 바닥난 것이다. 이 사실을 가장 먼저 알아차린 것은 다름 아닌 민한의 개인 첩보 조직인 푸른 달빛이었다.

"좋았어, 그럼 이제는 간단하겠군."

"그렇습니다. 따로 공격을 가할 필요도 없겠습니다."

민한의 흐뭇한 표정에 루시페르가 맞장구를 쳤다. 그렇다면 이제 질풍노도로 수도로 쳐들어가는 일만 남았다.

"아! 케이아느, 성안에 남아 있는 적의 수는 얼마나 되지?"

"대충 1만 2천가량이야. 그중에 부상을 입고 있는 자들도 꽤 되지."

"그래서 말입니다만… 각하, 거의 20만이나 되는 대군의 발을 묶어둘 수는 없는 것 아니겠습니까? 군대를 셋으로 나누어 한쪽은 이곳을 지키고, 나머지 두 군대를 각각 수도와 지방으로 분산 진격케 함이 어떠합니까?"

하지만 민한은 메사슈미트의 제안을 단번에 거절했다.

"그건 안 돼. 셋으로 나누어지게 된다면 자칫 잘못하면 전 병사들의 혼란과 사기 저하를 가져오게 된다. 당장 셋으로 나누는 것은 좋은 생각이나 이곳 파천성은 만만하게 보면 안 되는 곳이야."

메사슈미트는 너무 소심한 작전을 펼치는 것 같다고 투덜거렸으나 반면 조이는 고개를 끄덕이며 찬성을 표시했다.

"각하의 생각이 옳으십니다. 셋으로 나뉜 상황에서 이곳 포위가 풀리게 된다면 최악의 상황으로 치달을 수 있습니다. 저들이 후방 교란을 펼친다면 아군은 보급에 어려움을 겪어 얼마 전의 세아 왕국 꼴이 날 수도 있고, 최악의 상황에는 20만 대군 전체가 고립무원의 지경에 이를지도 모릅니다."

"조이가 내 생각을 정확하게 말해 주었군. 이제 알겠는가, 메사슈미트?"

"그렇군요."

"그런데 파천성 함락까지는 대략 시간이 얼마나 더 필요할 것 같은가?"

"대충 사나흘은 걸릴 것으로 생각됩니다."

"흠……."

민한은 골똘히 생각에 생각을 거듭했다. 그리고 몇 가지 계책을 내놓았다. 메사슈미트, 루시페르, 케이아느, 조이들이 모두 동의를 표시했다. 모두 화색이 만면했다.

그렇게 그 자리에서 결정된 총 공격의 시점은 앞으로 삼 일 뒤 새벽. 그때 파천성은 반드시 민한의 수중에 떨어질 것이다.

그리고 그 물밑 작업을 위해 다음날부터 당장 작전에 들어갔다.

과연 민한의 예상대로 먹을 것이 없어 풀죽과 나무 껍질 등으로 간신히 버틴 파천성 안의 병사들은 죽을 맛이었다.

지난 일주일간 식량 사정도 그다지 좋지만은 않았다.

식량은 원래 나흘치 정도가 있었다. 그 정도를 가지고 삼 일 동안의 공방전과 나흘 동안의 포위를 견뎌냈으니 그것만해도 그들의 정신력은 대단하다 할 것이다.

그런 상황에서 이틀 가까운 시간이 추가로 흘러갔으니 비잔 왕국 병사들은 이젠 뱃가죽이 등에 달라붙을 지경이었다.

"응? 이게 무슨 냄새지?"

"아! 정말 뭔가 향기로운 냄새가 나는데?"

영양 상태가 극도로 부실해진 그들에게 뭔가 달콤한 향기가 흘러 들어왔다. 망루에 섰던 병사들은 건너편의 사로트 진영을 보고 연신 군침을 삼키고 있었다.

"하하하! 그래서 말이야, 내가 그때 그 계집을 차버렸단 말이지."

"웃기고 있네. 저런 헛소리는 그만 듣고 술이나 들자고."

"좋지~! 자자, 모두 건배!!"

"위하여!!"

쨍.

사로트 병사들은 그렇게 진영 곳곳에서 배급받은 술과 돼지 통구이로 흥겨운 시간을 보내고 있었다. 달콤한 술과 보기만 해도 군침이 흐르는 돼지 통구이. 멀리서 돼지의 뒷다리를 뜯는 한 병사의 모습을 비잔 병사가 넋을 잃고 바라보고 있었다.

일명 '염장 작전'이었다. 일부러 굶주린 적들을 자극시키고 병사들의 사기를 북돋우기 위해 실행한 교묘한 심리 작전인 것이다. 민한의 예상대로 작전은 아주 기가 막히게 맞아떨어졌다.

꿀꺽.

"하아, 맛있겠다."

비잔 병사들은 저마다 침을 삼키며 어쩔 줄을 몰라 했다. 그때 음성 증폭 마법이 걸린 케이아느의 낭랑한 목소리가 파천성 일대에 울려 퍼졌다.

"항복하라! 항복하면 술과 통구이뿐 아니라… 고소하고 부드러운 빵과 고급의 게살 수프. 담백한 로스트 비프, 살살 녹는 치킨 프리카세, 좀 느끼하면 신선한 해산물 요리, 둘이 먹다 하나가 죽어도 모르는 케밥, 마카로니도 있고. 어디 보자 그래, 훈제 꿩 요리, 약초로 재운 송어 요리, 후식으로는 달콤한 바닐라가 든 초콜릿도 있다!!"

일부러 아주 하나하나 꼬집으며 음식을 열거하는 케이아느의 말에 비잔 병사들은 하나같이 죽을 맛이었다. 그녀가 음식을 하나하나 거론할 때마다 그 음식이 머리 속으로 스쳐 지나갔기 때문이다.

민한은 일부러 병사들로 하여금 적군들을 약 올리도록 시키면서도 만약의 사태에 대비하여 최전선 요소요소에 매복을 두고 삼엄한 경계를 펴고 있었다.

'혹시라도 멍청하게 이곳으로 기어들어 온다면 매복에 걸려 모조리 개죽음을 당하겠지.'

민한의 예측은 정확했다. 몇백가량의 적 병사들이 이쪽의 먹고 남은 음식을 훔치러 야음을 틈타 몰래 잠입하려다가 절묘하게 매복에 걸려들었다.

슈슈슈.

화살이 수없이 쏟아지는 와중에도 비잔 병사들은 무서운 기세로 달려들었다. 과연 생존을 위하여 먹을 것에 집착하는 인간의 무서움은 엄청났다.

고작 몇백의 병사들에게 무려 1천에 달하는 사로트 병사들이 속수무책으로 밀리고 있었다. 아직 큰 피해는 나지 않았지만 이대로 나가다가는 사기에 영향을 미칠지도 몰랐다.

챙.

"이랴!"

민한의 말이 접전 지역으로 달리기 시작했다. 비껴 든 검이 달빛에 반사되었다. 얼마 지나지 않아 그는 무서운 기세로 병사들의 사이로 뛰어들었다.

"오, 오러블레이드다!!"

"크아악!"

"피, 피해라!!"

제아무리 인간의 본능이 강하다고는 하나 이런 죽음의 기운을 감당할 정도는 아니었다. 죽음 앞에서는 한없이 약해지는 것이 인간의 본성이기 때문이다. 이들도 그러한 점에서는 다를 바가 없었다.

"하앗!"

촤악.

"크윽!"

"아악!"

민한의 오러 블레이드가 번뜩이자 두 명의 병사가 비명을 지르며 숨을 거두었다. 죽음의 기운은 결코 피를 보는 법이 없었다. 그저 음식을 다듬듯 무심하게 인간의 사지를 절단할 뿐이었다. 민한은 더 이상 자신의 병사들이 큰 피해를 입는 것을 바라지 않았다. 더욱 손속이 매워지는 그였다.

타탁.

불화살이 쏘아졌던 모양이다. 불이 거의 꺼져 가는 나뭇가지에서 타닥거리는 소리가 울렸다. 다행히 민한의 적절한 지원이 있었기에 큰 피해는 나지 않았다. 도리어 적이 깊숙하게 파고들었던 상황이기에 그들은 꼼짝없이 전멸당하고 말았다.

"와아아아."

병사들의 함성 소리가 진동했고, 파천성의 병사들은 그 함성의 의미를 알아차리고는 풀이 죽어 고개를 수그렸다. 파천성의 함락은 시간문제일 뿐이었다.

"송구스럽습니다, 전하. 회복하실 가능성은 희박… 하시옵니다."

모든 마법사들과 신관, 의사들이 하나같이 내뱉는 공통적인 말이었다. 모두 고개를 젓는 통에 애닳는 것은 단연 셀 14세였다.

"이 화살촉은 보통 화살촉이 아닙니다. 살상을 최종 목표로 한 치명적인 독 화살촉이지요. 설상가상으로 이 화살을 인간이 맞게 되면 맹독과 인간 피부 조직 간의 화학 작용이 일어나 철촉이 산산조각이 나서 살 속에 흩뿌려지게 되는 것입니다. 그 말은 대는 어떻게든 제거가 가능하나 이미 몸속에 뿌리 내린 촉은 불가능하다는 말이지요. 독 또한 신성력으로 잡기에는 이미 늦었습니다. 아무래도 마음의 준비를 하셔야 할 듯싶습니다."

냉정하게 말을 꺼낸 신관의 목을 검으로 위협했음에도 불구하고 그것 외에는 아무런 조치를 취하지 못한 셀 14세였다.

"그녀가 죽는… 다고? 하하……."

이미 지연을 중심으로 세아 왕국의 미래를 구상해 둔 그였다. 막강한 권력을 휘두르는 자신이라고 해도 세월을 속일 수 없으며 자연의 섭리를 거스르지는 못한다. 당연히 언젠가는 죽음도 찾아오는 법이다.

'내 나이 이미 오십을 넘긴 지 오래다. 죽을 날이 멀지 않았건만.'

그렇다. 그가 죽으면 세아 왕국의 왕위는 당연히 자식들 중 한 명에게 전해질 것이다. 하지만 아무도 마음에 들지 않았다. 똑똑한 녀석은 냉정함이 부족하고 냉정한 녀석은 몸이 약했다. 치명적인 단점이 많은 것이다. 하지만 지연의 아이라면…….

"후우, 그대가 먼저 가면 나보고 어쩌란 말인가. 내가 죽고 우리의 자식이 왕위에 오르면 그대가 뒤를 돌보아줘야 하지 않겠는가……."

꿈틀.

"으, 으음……."

지연의 손가락이 움직이며 신음 소리가 그녀의 입술을 비집고 흘러나왔다. 정신을 차리려고 하는 것일까? 하지만 그녀는 채 눈을 뜨지 못하고 입술을 간신히 들썩이기만 했다. 그럼에도 셀 14세는 기뻐서 어쩔 줄을 몰랐다.

"여봐라! 당장 그를 들여보내라!"

"옛."

"오오… 역시 죽는다는 것은 말이 안 되지. 암!"

막사 밖이 부산스럽게 움직였고, 밖에서 대기하고 있던 신관이 왕의 부름에 득달같이 막사 안으로 들어왔다. 지연의 움직임에 따라 주변이 부산스럽게 움직이기 시작했다.

"으음… 전하."

입술이 들썩이며 몇 마디 말이 흘러나왔다. 셀 14세는 그녀가 무슨 말을 꺼내려 한다는 것을 본능적으로 알아차리고 귀를 그녀의 입가로 가져갔다. 덕분에 진료를 하려던 신관은 엉거주춤 한쪽에 서서 명이

다시 떨어지기를 기다릴 수밖에 없었다.

"전하……."

"난 여기 있소."

말하는 것이 무척이나 힘들었던 모양인지 한마디 내뱉는 것조차 인상을 잔뜩 찡그려야 할 정도였다.

"너무… 너무 어둡군요."

독에 온몸이 중독되었기 때문에 당연히 눈에도 그 영향이 미쳤고, 그녀는 그 여파로 실명을 한 것이다. 그것을 신관으로부터 전해 들었던 셸 14세지만 그는 추상같은 명을 내렸다.

"당장 막사에 마법구, 촛불 등 밝힐 수 있는 것은 모두 가져와라."

"예."

사람들이 우루루 명을 받들어 몰려 나가자 지연이 힘겹게 미소 지었다.

"전 괜찮… 아요."

"지연, 조금만 더 참으시오. 곧 훌훌 털고 일어날 것이오."

"아니에… 요. 제 몸은… 제가 더… 잘… 알아요."

셸 14세는 지연의 힘없는 말에 분통을 터뜨렸다. 벌써 포기하고 죽음을 받아들이려 하다니, 평소의 그녀답지 않았다.

"포기하지 마시오! 어떠한 일이 있더라도 그대를 살리고 말 것이오!"

"네, 전하를 믿… 쿨럭!"

"지, 지연!"

그녀가 기침을 터뜨리는 순간 입에서 검붉은 피가 한가득 흘러나왔다. 셀 14세는 그 피에 소매가 젖어들었지만 아랑곳하지 않고 그녀를 흔들었다. 정신을 잃지 않게 하려는 최대한의 배려였다.

"신관은 무얼 하고 있는 것이냐!"

"죄, 죄송합니다."

신관은 지연에게 다가가 발할 수 있는 최대한의 신성력으로 지연의 몸을 돌보기 시작했다. 막사 안은 일순간 환한 빛으로 둘러싸였다.

마침내 요새 이상으로 그 완강함을 자랑하던 파천성이 무너져 내렸다. 하지만 민한은 착잡함을 감추지 못했다. 항복한 병사는 단 하나도 없었던 것이다.

1만 2천에 달하는 병사들 모두가 끝까지 무기를 들고 분전하다 숨을 거두었다. 덕분에 사로트 또한 적지 않은 피해가 발생했다.

"정말… 정말이지, 이 파천성은 끔찍이도 많은 피를 머금는구나. 후우."

후르륵.

따뜻한 차를 식혀가며 홀짝이는 민한에게 조이가 방문했다.

"아, 자네로군. 그래, 무슨 일인가?"

"세아 왕국에서 큰일이 벌어졌습니다."

"그래, 어떠한?"

"아무래도 디카가 어느 정도 성공한 것 같습니다."

민한은 고개를 갸웃거렸다. 성공은 성공인데 어느 정도라는 것은 또 뭔가. 그리고 또 무엇을 말인가? 도무지 말의 요지를 파악하지 못한 민한은 재차 한 모금의 차를 더 들이킨 뒤 말을 이었다.

"무슨 소리인지 차근차근 자세하게 이야기해 보게나. 우선 이리로 앉게."

"예, 감사합니다."

"여봐라, 여기 따뜻한 차 한 잔……."

"괜찮습니다."

민한은 조이에게 자리를 권하며 차를 대접하라는 명을 내리려 했으나 그녀는 정중하게 사양했다.

"세아 왕국의 지연이 저격을 당해 사경을 헤맨다고 합니다."

"……!!"

디카가 일을 터뜨린 모양이었다. 잠시 놀란 표정을 지었던 민한은 뭔가 만족스럽지 않다는 듯한 표정으로 찻잔을 탁자에 내려놓았다.

"허, 일을 제대로 처리하지 못한 모양이로군. 내가 주문한 것은 그녀의 죽음이지 사경을 헤매는 것이 아니야."

"하지만 곧 죽음을 면치 못할 것이라 합니다. 워낙 상세가 중하여……."

"아무리 그래도 죽었다는 것과 사경을 헤맨다는 것은 큰 차이가 있는 법일세. 뭐, 그래도 그대가 죽음을 거론할 정도면 틀림없겠지."

"감사합니다."

민한은 조이의 철가면을 지긋이 응시했다. 그 묘한 시선에 그녀가 무척이나 당황하는 모양이었다. 그것은 민한도 느낄 정도였다. 갸웃거릴 정도이긴 했지만 수상쩍을 정도는 아니었다.

그 느낌을 그냥 흘리며 고개를 끄덕일 때, 마침 케이아느가 민한의 거처로 들어왔다.

"휴우, 이제야 시체 수습이 끝나고 어느 정도 정리가 끝났어. 하루 종일 걸렸네. 에구, 삭신이야."

"너도 늙었구나? 뭐, 이 정도는 예상하지 않았어?"

"쳇, 능구렁이 같기는. 아함……."

케이아느는 꽤나 피곤해 보였다. 슬슬 병사들에게도 휴식을 줘야 할 것이라 판단한 민한은 조이와 함께 방을 나섰다. 임시로 마련된 장소였지만 꽤나 아늑하고 깊은 곳에 위치한 곳이었다. 중간에 메사슈미트와 루시페르를 만날 수 있었고, 그들은 함께 병사들이 있는 곳으로 나아갔다.

지연의 저격 사건으로 인해 완전히 길 한복판에서 발이 묶여 버린 세아의 대군은 일부 지휘관의 명령 아래 절반가량이 수도로 복귀했다. 그 나머지는 여전히 셸 14세의 곁에 남았다.

"에휴. 언제쯤 집에 돌아가려나."

"나도 모르지. 그런데 내가 알기로는 지연 각하께서 사경을 헤매느라 못 움직이는 거래."

"아아… 어서 돌아갔으면 좋겠… 누구냐!!"

한숨을 내쉬던 병사는 조금 전의 허술한 모습은 온데간데없고 잔뜩 벼린 시퍼런 장검과 같은 기세로 침입자를 겨누었다. 외곽 지역도 아닌 진영의 한복판에 나타난 이 사내는 뭔가 알 수 없는 분위기를 흘리는 자였다.

'배, 뱀파이어 같은 놈이군.'

그를 본 병사들의 공통된 생각이었다. 하지만 느닷없이 나타난 남자는 수중에 검을 지니고 있었음에도 뽑을 생각은 없는 듯 보였다. 최소한 적의는 없다고 봐야 했다.

남자의 입이 열렸다. 지극히 무심하고 냉정한 말투였다.

"지연이라는 여자가 위태롭다고 들었다. 내가 그녀를 치료할 것이니 안내하라."

"어, 어쩌지?"

"우선 상부에다가 보고해야지."

병사들은 뜻밖의 말에 일단 그를 포위한 후, 상부에 보고하기 위해 바삐 움직였다.

"귀찮군. 그렇다고 죽게 내버려 둘 수도 없으니……. 시에나, 그녀의 농간일까?"

그는 지난번 시에나와 무시무시한 결투를 벌였던 남자였다.

천사장 라시엘이라 불린 남자. 뒷짐을 지고 하늘을 바라보고 있는 그의 모습은 무척이나 여유로웠다. 수많은 창검이 그를 겨누고 있음에도 아랑곳 않는 모습은 병사들에게 인상적으로 남았다.

잠시 후, 병사 하나가 헐레벌떡 달려왔다.

"헉헉, 당장 모시라는 전하의 명령이시다!!"

라시엘은 곧장 셀 14세가 머무는 막사로 안내되었다. 평소였다면 이렇게 쉽게 왕에게 접근한다는 것은 말이 되지 않는 일이었다. 하지만 경황이 없던 와중이라 그는 두어 번의 간단한 몸 수색만을 받고 셀 14세 앞에 나아갈 수 있었다.

라시엘은 인간치고는 꽤나 많은 기를 소유한 왕을 만났다. 비록 그 기가 무척이나 불안정한 상태였지만 말이다.

"그대가 지연을 치료한다고 했던 자인가?"

"그렇소."

"예의를 갖추지 못할까!"

"죽고 싶으냐!!"

왕에게 예의를 전혀 갖추지 않고 그저 고개만 까딱이는 라시엘의 모습에 주위 사람들이 호통을 쳤으나 그는 아랑곳하지 않았다. 대범하게도 지연의 근처에 다가가 의미 모를 말만 중얼거릴 뿐이었다.

"흠… 과연 마지막 차원 이동자로군."

라시엘은 현재 지연을 살리기로 마음먹은 상태였다. 주신들과 수많은 신계의 존재들은 그녀를 그냥 내버려 두고 있었지만 그는 그럴 수 없었다.

이렇게 정해진 운명을 거스르면서까지 그가 그녀를 살리려 하는 이유는 무엇일까. 그것은 언젠가 그들의 거대한 파멸 계획을 그가 보았고 느꼈기 때문이다.

그 파멸의 계획이란 사로트라는 인간의 나라를 이용하여 운명의 씨앗을 무수히 심어놓은 후, 수천 년이 지난 어느 날 그것을 일거에 싹틔워 현존하는 인간들을 모조리 쓸어버리고 새로운 인류를 창조하겠다는 창조신의 지고한 뜻이었다.

그것을 그는 정면으로 반박하고 나선 것이다.

'한낱 피조물이라 해도 자유의지가 있거늘……. 제아무리 창조신이라 하나 그것을 줄 때는 언제고 이젠 다시 가져가려 한단 말인가…….'

그는 지극히 피조물의 입장에서 그들을 변론했다.

"어떤가?"

"이미 죽음의 문턱에 발을 들여놓고 있군. 보통의 방법으로는 도무지 살릴 수가 없겠어. 그야말로 절망이지. 손 한 번 정말 제대로 썼군."

"그, 그런……."

"걱정 마라. 내가 살릴 것이다."

라시엘은 셸 14세를 제외한 모든 자들이 밖에서 대기할 것을 요구했다. 지푸라기라도 잡는 심정으로 셸 14세는 여러 신하들의 만류에도 고개를 끄덕이며 그들을 내보냈다.

라시엘은 누워 있는 지연의 정수리와 심장 부근에 손을 가져갔다. 닿을 듯 말 듯한 상황에서 멈춘 손은 얼마 되지 않아 은은한 빛을 발하기 시작했다. 신관들이 쓰는 신성력과 언뜻 보기에는 비슷해 보였지만 분명 그것은 아니었다.

"의지를 가진 자… 그 의지를 지키려 하는 자……."

그는 전혀 알려지지 않은 미지의 언어로 주문을 외웠다. 주문이 유창하게 흘러갈수록 그의 손에서는 찬란한 빛이 터져 나왔다. 셸 14세는 그 황홀한 빛에 빠져 정신을 놓을 정도였다.

탁.

자신의 집무 책상에서 밀린 서류를 처리하느라 정신없던 시에나는 느닷없이 느껴지는 막강한 힘의 존재를 눈치 챘다.

인간은 결코 느낄 수 없는 힘. 이것은 분명 신력이다. 존재하는 모든 힘 가운데 두 번째의 자리를 차지하는 신력은 창조신의 창조력을 제외하면 그야말로 적수가 없는 힘이었다. 그런데 마력도 아닌 이 힘이 어째서 이곳 중간계에서 발하고 있는가.

"후우… 라시엘… 인가. 지연을 살리려 하는군. 어리석은 녀석."

잠시 눈을 감고 뭔가를 생각하던 그녀는 혀를 차며 의지를 담은 시동어를 외쳤다.

"이동."

간단한 한 단어가 외쳐짐과 동시에 시에나의 모습은 집무실 어디에서도 찾아볼 수 없었다.

고오오오.

막사 안에 빛은 하나같이 지연을 중심으로 돌았다. 과연 어느 빛의 정령이 이러한 기운을 내뿜을 것인가. 한동안 돌던 빛이 막 지연의 몸 안 곳곳으로 스며드는 순간 감겼던 라시엘의 눈이 번쩍 뜨였다.

'시에나로군. 빌어먹을… 역시 힘이 너무 컸나.'

스슷.

라시엘 자신의 몸이 흐려지고 있었다. 강제로 어디론가 텔레포트되고 있는 것이다. 몸에 어느 정도 저항력이 있기에 이동하는 속도는 느렸지만 치료할 만한 시간은 남아 있지 않았다.

"이렇게 보낼 수야 없지."

"무슨 일이냐?"

"후우……."

허공에 손을 한 번 흔들자 어두운 공간이 나왔다. 전설에서만 나오는 아공간이었다. 그 안은 시간마저 멈춘다는, 이곳 세상과는 완전 분리된 곳, 다가오는 죽음을 늦추기에는 최적의 장소였다.

라시엘은 그 공간에 지연을 이동시켰다. 손가락 놀림 하나에 인간이 아공간으로 빨려 들어가는 모습은 경악스러웠다.

생전 처음 보는 엄청난 광경에 셀 14세는 뭐라 말도 못하고 넋을 잃고 바라만 보고 있었다.

　지연이 모습을 감추자 라시엘은 다시 한 번 손을 흔들어 아공간을 닫았다. 그 순간 절묘하게 그의 모습 또한 자취를 감추었다.

제7장

세아, 사로트 전쟁

세아, 사로트 전쟁

천사장 라시엘.

그는 한때 휘하에 수많은 천사들을 거느린 지고한 위치에 있던 자였다. 그도 신의 뜻대로 자신을 낮추고, 언제나 신을 경배하는 위치에 만족하며 살아가던 때가 있었다.

하지만 그것은 그에게 무거운 시슬 같은 것이었다.

결국 그는 신을 경배하길 포기하고 정면으로 신의 뜻에 대항하기 시작했다. 결국 그는 타천사가 되었고, 모든 존재들로부터 영원히 저주받는 자가 되었다.

사사삭.

신계에도 자연의 섭리는 다를 바가 없었다. 고요한 바람이 스치듯 지나갔다. 한줄기의 바람이 라시엘의 앞 머리칼을 흩날리며 지나갔다.

그의 시선이 저 머나먼 곳을 바라보다가 곧 시에나에게로 향했다.

움찔.

장난스럽게 그의 이곳저곳을 어루만지던 바람은 갑작스런 그의 섬뜩한 기운에 놀라며 흔적조차 없이 사라졌다. 그 기운의 끝에 시에나가 있었다. 하지만 그녀는 빙글거리며 라시엘에게 말했다.

"이거, 라시엘답지 않군."

"훗… 나다운 것이 과연 무엇이냐?"

"…내가 그 말 할 줄 알았다."

"알면서 왜 물어보나?"

"후후, 그런가?"

"……."

폭풍 전야의 고요였다. 잠시 말장난을 나눈 이들은 그 뒤로도 한참 동안을 그저 말없이 서로를 바라보기만 했다. 짓궂은 바람이 그 틈을 타 언제 자신이 도망갔냐는 듯 다시 돌아와 장난을 쳤다.

"하아!"

고오오.

엄청난 기운이 일었다. 라시엘의 본 기운이 움직이기 시작한 것이다. 족히 대륙 하나는 소멸시킬 만한 거대한 힘이었음에도 시에나의 입가의 미소는 끊기지 않았다.

뭔가 믿는 구석이 있고, 더 나아가 이 정도쯤은 가뿐하다는 이유 모를 자신감이었다.

"이거 옛 시절이 그립군. 페이나님의 명을 받아 너와 싸울 때 말이야……."

"내가 너의 상대가 안 된다는 사실을 말하고 싶은 건가?"

"눈치는 인정해 줘야겠군. 그래, 넌 내게 상대가 되지 못하지. 상급 신과 맞먹는 힘을 가진 내게 도전한다는 것이 무모함 그 자체가 아니냐?"

"한낱 보좌 천사장에게 그런 막강한 힘을 주신 게 의문스럽다. 막말로 페이나님의 머리가 어떻게… 크윽!!"

투다다다.

채 말이 끝나기가 무섭게 시에나의 기덩어리가 날아와 라시엘의 전신을 두드렸다. 그가 어떻게 방어를 하든 무슨 의지를 가졌든 간에 공격체는 라시엘을 무시했다. 공간을 격하며 날아온 기덩어리에 수십 번을 격타당한 라시엘은 쓴웃음을 지었다.

"힘은 여전하군."

"걱정 마라. 네놈 하나 소멸시킬 힘은 넘쳐흐르니까."

"하하! 그렇다면 죽어도 여한은 없겠군. 신마저 소멸시키고 다닌 자에게 최후를 맞이한다면 말이지. 하지만 난 그렇게 쉽게 당하지 않는다. 타앗!"

공간에서 빛나는 검 한 자루가 모습을 드러냈다. 그 광경에 시에나 또한 야릇한 미소를 지으며 허공 속에서 역시 검 한 자루를 뽑아냈다. 바야흐로 두 괴물의 막강한 대결이 시작된 것이다.

써억.

"차앗!"

시에나의 검이 신계의 대기를 찢어발겼다. 중간계와 별다를 바 없는 공간이 너무나도 쉽게 일그러져 터져 나갔다.

콰콰쾅!!

그 바람에 주위의 모든 생물이 비명조차 지르지 못하고 깨끗한 최후를 맞이했다. 거대한 힘의 여파로 인해 그 일대에는 자그마한 블랙홀까지 생겨났다. 간신히 살아남은 생물들이 빨려들어 자취를 감춰갔다. 하지만 그 공격 속에서 라시엘은 무사했다. 아니, 오히려 상처 하나 입지 않고 검을 비껴 든 채 그녀를 비웃고 있었다.

"후우… 겨우 이 정도인가? 첫 공격이었는데 좀 강한 것으로 날리지 그랬나."

"훗. 그 말 진심이냐?"

"당연한 소리를 하는군. 네 정도는 손가락 하나로도 날려 버릴 수 있다!!"

"정말 웃기는군."

시에나는 그런 라시엘이 가소로울 뿐이었다. 비록 예전에 비해 다소 강해진 것 같지만 그것뿐이었다. 아무래도 저 주둥아리를 뭉개주어야 할 것 같았다.

"차앗! 영혼의 떨림, 소울 스톰!!"

그녀가 시동어를 외칠 정도면 그만큼 막강한 공격이었다. 물리적인 공격뿐 아니라 피격자의 정신마저 소멸시키는 강대한 공격이었다.

몇 광년에 달하는 엄청난 크기의 지역, 모든 생물이 죽어 나자빠지기 시작했다. 푸르렀던 초목이 시들고 아름다웠던 꽃들은 고개를 떨구었다. 거대한 나무조차 일 초를 견디지 못하고 앙상한 가지만 내보였다.

파파팟.

수많은 식물들이 순식간에 말라 시들어가는 장면은 정말 대단했다. 라시엘은 그런 놀라운 광경에도 당황하지 않고 이어질 공격에 대비했다. 이미 한 번 겪어본 공격법이었기에 어느 정도 버텨낼 자신이 있었다.

퍼퍼퍼퍼펑!!

"크윽!!"

어느 순간 시들었던 모든 생명체들이 폭발했다. 마지막 잠력을 격발시킨 것이다. 이것이 바로 소울 스톰의 무서운 점이었다. 근처 가시권 내의 모든 생명체들의 생명력을 흡수하여 일순간에 터뜨리는 방법.

보통은 흡수하는 단계가 채 끝나기도 전에 시전자를 제외한 근처의 모든 생물은 사망한다. 하지만 라시엘은 버텨냈고, 연이어진 폭발에도 찰과상만 입었을 뿐이다.

"크으… 여전하군. 하지만 이전의 내가 아니다."

"호호, 이 정도로는 안 된다는 말이군. 많이 발전했어!"

"제길……."

말은 그렇게 해놨지만 시에나와의 싸움은 도저히 승산이 없었다. 제대로 했다면 분명 자신은 시에나의 일검조차 막을 수 없었을 것이다. 그녀가 이렇게 막 나오는 것을 보니 소멸시키라는 명이 떨어진 듯도 싶었다.

창조신도 더 이상 자신을 관조하지만은 않겠다는 뜻인가. 그는 작은 한숨을 내쉬었다.

"후우. 정녕 날… 소멸시키라는 명이 떨어졌느냐?"

"글쎄, 소멸 정도는 아닐지라도 끔찍한 죽음 정도는 맛보여 줄 수 있겠지. 하지만 좋은 말로 할 때, 네가 데리고 있는 차원 이동자를 내놓으면 그냥 곱게 보내줄 수도 있다."

"웃기지 마라. 그렇게 쉽게 내놓을 듯싶으냐?"

"이거 정말 안 되겠군."

시에나는 반항하는 라시엘에게 코웃음을 치며 고개를 좌우로 흔들었다. 더 이상 말로 해서는 안 되겠다고 판단한 것이 틀림없었다. 최선의 방어는 최선의 공격이란 말이 있듯이 가만히 있다가는 죽음을 면치 못할 것 같자 라시엘은 검을 휘두르며 맹렬한 공격을 퍼부었다.

"차앗!!"

투파앗!

슈우우웅.

연이은 공격이 터져 나왔지만 족히 나라 하나는 날려 버릴 정도의 이 공격은 별 소용이 없었다. 일대를 완전 초토화시킨 시에나와는 달리 풀 한 포기도 건드리지 못한 라시엘이었다.

공격이 완전히 펼쳐지기도 전에 단순한 검풍으로 그 자체를 봉인시켜 버리는 시에나식 방어법은 놀라웠다.

한참을 빙긋이 웃기만 하며 라시엘을 가지고 놀던 시에나는 그의 아공간에서 지연을 꺼내기 위해 어느 정도의 타격을 주기로 마음먹었다.

"고요한 운명의 움직임… 가라!"

"……."

라시엘은 그저 멍하니 바라볼 수밖에 없었다. 완전 사기였다. 분명이 공격은 시에나의 주인인 최상급 신 페이나의 공식 기술이나 다름없는 것이었기 때문이다.

말이 고요했지, 그 어느 때보다도 수많은 신계의 운명들은 거칠게 흔들리기 시작했다.

그 중심에는 라시엘이 있었다. 자신의 운명이 거칠게 흔들리기 시작하자 그는 두 발로 몸을 지탱하고 서 있는 것조차 힘들어졌다. 당장 죽어도 별 이상할 것이 없어 보였다.

과거와 현재, 미래가 뒤틀리자 절로 신음이 흘러나왔다.

"크윽… 빌어먹을."

"훗, 페이나님이 날 어여쁘게 여기시고 나에게 주신 선물이지."

털썩.

마침내 라시엘이 한쪽 무릎을 꿇었다. 시에나는 그제야 만족스런 웃음을 터뜨렸다.

스슷.

손을 한 번 내젓자 놀랍게도 라시엘만의 공간이 힘없이 열렸다. 타인의 아공간을 강제로 열었음에도 오히려 그게 당연하다는 듯한 시에나는 그 속에서 눈을 감고 누워 있는 지연을 발견했다.

"죽을 자는 죽어야겠지."

지연이 사라진 세아 왕국은 일순간에 그 확고했던 체계가 흔들려 버렸다. 사로트의 입장에서는 최고의 기회였다. 세아 왕국은 지연의 실종 사실을 숨기려 했으나 정보력에서 따를 자가 없는 사로트의 정보망에서 그 중대한 소식을 놓칠 리가 없었다.

후르륵.

조조는 목이 탔던지 맑은 차 한 잔을 순식간에 비워 버렸다.

"파천, 어떤가? 이번에도 자네가 선봉에 서는 것이?"

"하오나…… 신의 생각으로는 위험이 큰 원정이옵니다."

"아아, 비잔 왕국 말인가?"

조조가 이마를 탁 치며 고개를 흔들었다.

"그들은 걱정 말게. 다시 일어설 힘이 없어. 물론 어느 정도의 병력은 주둔시켜야 하겠지만 말이야."

"그렇지만……."

"어허! 자꾸 내 말을 거스른다면 후방에 가둬놓을 것일세!"

묘한 자신감이 넘치는 조조였다. 민한은 작은 한숨을 내쉬었다. 케스로아를 병합한 지도 얼마 되지 않았고, 저 비잔 왕국은 채 1년도 지나지 않은 상황이었다.

이때 대군이 빠져나간다면 후방은 혼란스러워질 위험이 있었다.

"가용 병력은 얼마나 되는가?"

"케스로아, 비잔 두 곳의 영토에 상당한 대군을 주둔시켜야 하옵고, 지난 수차례의 전쟁에서 아군은 적지 않은 피해를 입었습니다. 소신의 생각으로는 채 20만이 되지 못할 것이라 생각됩니다."

"흠… 그 정도면 충분하네."

"전하!!"

곁에서 있는 듯 없는 듯 잠자코 듣고만 있던 조이가 그만 참지 못하고 말을 꺼냈다. 아무리 세아 왕국이 빈틈을 보인다고 해도 이렇게 도박에 가까운 전쟁을 벌일 필요는 없었던 것이다.

몇 년 내실을 기하며 국력을 신장시킨 다음에 출정을 해도 늦지 않을 것이라 보았다.

"지금이 절호의 기회일세. 셀 14세는 지연의 뒤를 이을 만한 인재를 얻지 못한 상황이야. 제아무리 40만이 넘는 대군이면 무엇 하겠는가? 다 오합지졸이란 말일세. 알아듣겠는가?"

"그렇긴 하지만… 피해는 클 것입니다."

"그 정도는 감수해야 하겠지. 그런데 고작 소수의 병력으로 수많은 비잔 병사들과 굴함없이 맞서 싸웠던 자네가 이 정도에 발을 뺀단 말인가? 어허, 파천답지 않군 그래. 하하! 어서 조이와 함께 출정 준비를 하게나. 이번 세아 원정에는 나도 참가할 걸세."

"후우… 알겠사옵니다."

민한과 조이가 고개를 숙이며 물러 나왔다.

수차례 전쟁에 의해 많은 피해를 본 것은 사실이나 그만큼 사기가 올라 있는 것은 분명 장점으로 작용했다. 곽가와 민한은 며칠 밤을 새워 원정군을 편성했다.

"흠… 아무래도 병력이 너무 적은 것 같습니다."

"글쎄요… 이 정도면 해볼 만하지 않을까요?"

곽가는 조조와 같은 생각을 하는 모양이었다.

"하하, 그렇습니까? 그래도 단 몇 년이라도 기다리셨으면 좋았을 텐데."

"흠… 분명 그렇지요. 하지만 전하께서 서두르시는 이유가 따로 있을 것 같습니다."

"따… 로요?"

"허어, 파천님께서 정녕 모르신단 말입니까? 하하, 이거 재밌네요."

무슨 뚱딴지 같은 소리인지 도무지 알 수 없다는 표정으로 입맛을 다시는 민한이었다. 무심결에 왼손 새끼손가락을 만지며 민한은 골똘히 생각에 빠져들었다.

곽가는 그 모습을 바라보며 피식 웃은 뒤, 다시 탁자에 널려 있는 수많은 서류들을 검토하기 시작했다.

"아!!"

잠시 후 민한이 탄성을 질렀다.

"그렇군요, 그것 때문이로군요."

"역시 파천님이십니다. 금방 알아차리셨군요."

민한은 고개를 끄덕였다. 이런 이유에서라면 분명 조조는 서두를 이유가 있었다. 그것은 다름 아닌 후계자 문제였다. 현재 조조를 젊다고는 할 수 없을 것이다.

벌써 50세를 앞두고 있는 그로서는 안정된 후계를 생각할 수밖에 없었다. 하지만 민한의 생각은 좀 더 멀리 닿아 있었다.

"오필리어 제1왕비 전하… 때문이시군요."

"제 생각도 같습니다. 아무래도 전하의 장남은 그분의 소생이시니까요."

"흐음… 하지만 신하들 사이에서 말들이 많겠군요."

당연한 일이다. 외국에서 오랫동안 포로 생활을 해온 오필리어의 소생. 문제의 소지는 많았다. 하지만 민한은 과연 조조가 그녀의 소생을 후계자로 삼을 것인지에 대해서는 확신을 내리지 못했다. 그것은 곽가도 마찬가지였다.

"원래 장남이 되어야 하지만……. 글쎄요, 두고 봐야 하겠지요."

끄덕.

민한도 말없이 고개를 끄덕이며 동의를 표시했다. 그가 아는 조조를 돌아보면 그는 종잡을 수 없는 사람과도 같았다. 마치 저 하늘에 유유히 존재하는 바람처럼 말이다.

"이런 말씀은 외람되지만… 파천님께서는 어느 아드님을 생각하고 계십니까?"

"글쎄요……."

민한은 얼마 전 왕자를 생산한 사피나 제2왕비를 떠올렸다. 도무지 결론을 내기 힘들었다. 솔직히 말해서 왕비들만의 재량으로 따지자면 사피나가 오필리어를 밀쳐 내고 자신의 아들을 왕위에 올리기 십상일 것이다. 하지만 왕위 계승이란 변수가 많은 법이다.

"저는 당연히 장남이신 오필리어 왕비 전하의 소생이 왕위를 계승해야 한다고 봅니다."

"그렇군요. 뭐, 저도 그렇게 생각합니다. 장남에게 왕위가 가는 것은 당연하겠지요."

"하하!"

민한과 곽가는 서로의 의견이 맞아떨어짐을 알고 유쾌하게 웃었다.

석 달 후 만반의 준비를 갖춘 20개 군단, 18만에 이르는 사로트의 대군이 세아 왕국과의 국경 지대를 거침없이 넘어섰다. 이미 국경 지대의 초소들은 허무하게 무너져 버렸고, 성은 이곳에서 이틀은 더 가야 나올 것이 분명했다.

다각다각.

민한은 별일없는 진군이 심심했는지 말 안장을 발로 툭툭 차는 장난을 하며 말했다.

"국경 지대 방비가 아주 허술하군."

"그렇습니다. 얼마 전 대대적인 침공으로 인해 병력이 부족해졌지요. 결국 그 이유 때문에 얼마간의 틈을 드러내더니 지연이 의문의 실종을 당한 이후로는 내부에서부터 무너지기 시작하여 그 구멍이 꽤나 커진 것이죠."

"흠……."

민한은 첩보 조직 푸른 달빛의 단장 디카를 통해서 이 사실을 알고 있었지만 대답한 메사슈미트는 과연 어떻게 알고 있는지 무척이나 궁금했다.

"자네, 그 사실을 누구에게 알았나? 아무리 지방을 총괄하는 책임자라고는 해도 이 정도의 정보를 옆집 아가씨의 쓰리 사이즈를 말하듯 하다니."

"디카 녀석이 말해 줬죠."

"녀석?"

"하하! 모르셨나 봅니다, 주군. 저와 디카는 사실 친구 먹은 지가 좀 되었습니다."

"호오, 디카랑? 그럼 루시페르와는?"

환하게 웃다가 루시페르 이야기가 나오자 골치가 아파졌는지 메사슈미트는 지끈거리는 머리를 부여잡고 혀를 내둘렀다.

"주군께서 전에 활쏘기 시합을 벌이시고 나서부터 원수지간이지요."

"그, 그렇군."

"지금도 만나기만 하면 싸움질부터 벌이더군요."

뭔가 싸늘한 기운을 내포한 메사슈미트의 시선을 받은 민한은 멋쩍은 웃음만 터뜨렸다.

"아하하!"

쉬이익.

불 화살이 하늘 높이 솟구쳤다.

"공격!!"

"와아아아."

수많은 병사들이 카스트르 성으로 물밀듯이 달려나갔다. 지난번 조이에 의해 허무하게 함락된 성은 이번에도 불운을 당할 것 같아 보였다.

"성안의 적은 채 1만도 되지 않는다. 밀어붙여라!!"

그나마 3만에 달했던 지난번과는 달리 이번에는 삼분지 일의 수준에 불과했다. 동이 트기 전에 점령을 하리라 다짐한 메사슈미트와 루시페르는 최전선에서 검을 휘두르며 병사들을 독려했다.

사정은 조이도 별반 다를 바 없었다.

타탁. 탁!

"에잇!"

오히려 그녀의 활약이 눈부실 지경이었다. 일찌감치 성벽에 걸어놓은 사다리를 타고 용감하게 기어오르고 있었기 때문이다. 날아드는 화살들을 창으로 튕겨내자 수비병들이 당황하는 기색이 역력했다.

"마, 막아라!!"

"그래! 끓는 물을 가져와!!"

"죽어라!"

일부 병사는 다른 방법을 찾기도 하고, 무모하게 창을 내지르는 병사도 있었다. 하지만 그뿐이었다. 그들이 살아남을 방법은 그 어디에서도 찾을 수 없었다.

탁, 휘릭.

"크악!"

"가소로운 놈."

창을 비틀어 찔러드는 창날을 비켜낸 조이는 역으로 거슬러 올라가 병사의 숨통을 끊어놓았다. 수려한 공격에 죽음을 예감한 병사들이 곳곳에서 비명을 질러대며 살려달라고 아우성을 쳤다.

"살려줘!!"

"마, 막아!"

비명만 질러대는 것도 어느 정도 효과는 있었다. 그 소리를 듣고 달려온 일부 병사들이 싸움에 참가한 것이다. 거의 성벽 끝 부분에 올랐던 조이는 발을 내려놓으려는 순간 날아드는 세 자루의 창에 당황했다. 자세가 불안하여 막기 힘들었던 것이다.

타타탁!!

"하아앗!"

그러나 그녀의 사전엔 불가능이란 단어가 없었던 모양이다. 그 자리에서 몸을 뉘여 물구나무서듯 성벽에 매달려 손으로 사다리를 잡은 그녀는 있는 힘껏 성벽에 창을 휘둘렀다.

그 반동에 의해 사다리는 성벽에서 멀어졌고, 그녀는 온 힘을 다해 사다리를 구부렸다.

"이야아아앗!"

한편의 묘기 같은 장면에 성벽 위를 사수하던 병사들은 넋을 잃고 그 장면을 바라보았다. 그것은 그들의 치명적인 실수였다.

"받아라~!!"

사다리가 튕겨지는 순간, 그 힘을 이용한 조이는 대번에 성벽 위로 날아들었다. 그녀의 손에 들린 창이 달빛에 반사되어 번뜩였다.

써컹!!

순식간에 네 명의 병사가 두 동강이 나 그 자리에서 숨졌다. 조이는 의기양양하게 바닥을 딛고는 창 솜씨를 발휘하기 시작했다.

"와아아!!"

그녀의 분투에 의해 그곳으로 사로트의 병사들이 줄줄이 사다리를 타고 올라갔다. 멀리서 그 광경을 보고 있던 메사슈미트와 루시페르는 감탄을 금치 못했다.

"대단하군, 대단해!"

"이봐, 너도 얼른 화살이나 날리지 그래?"

"알았다."

슈숙!

말이 끝나기가 무섭게 루시페르의 화살이 성벽 위의 세아 병사 하나의 목 줄기에 박혀 버렸다.

"나도 본격적으로 설쳐 볼까? 충차는 어디 갔는가? 나를 따르라!!"

다각다각.

말고삐를 낚아챈 메사슈미트는 멀리 성벽으로 다가가는 충차 한 기를 발견하고는 그곳으로 말을 몰았다. 성문만 부순다면 사로트 측의 승리였기 때문이다. 어차피 성벽 한쪽이 무너지고 있다고는 하나 확실히 숨통을 끊기 위해서는 이만한 것이 없었다.

"와아아!"

사령관이 직접 최전선에 나서자 병사들의 사기는 더욱 하늘을 찔렀다. 환호성이 카스트르 성 전역에 울려 퍼져 나갔다. 그 소리에 움츠러든 세아 병사들은 충차가 점점 다가오자 어쩔 줄을 몰라 했다.

"이놈들! 넋을 잃고 뭘 하고 있느냐!"

성문을 맡은 수문장이었다. 힘껏 호통을 친 그는 검을 휘둘러 성벽을 넘으려는 한 사로트 병사의 가슴을 베어버린 뒤, 다시 의기양양하게 외쳤다.

"놈들이 18만이 아니라 180만이 온다 해도 이 성문을 뚫을 수는 없을 것이… 크악!!"

하지만 그의 운명은 여기까지가 한계였다. 루시페르의 날카로운 화살이 그의 미간을 정확하게 꿰뚫어 버린 것이다. 그것으로 수문장은 즉사해 버렸다.

자신들의 상관이 피를 뿜으며 고꾸라지는 장면을 본 병사들이 무슨 경황이 있을까. 덕분에 충차는 이미 성문에 이르러 그 위용을 발하기 시작했다.

쿠웅!

육중한 성문이 단 한 번의 공격에 무너질 리는 없었기에 메사슈미트는 침착하게 공격 명령을 계속해서 내렸다. 그를 노린 화살들이 쏟아져 내렸지만 그는 전혀 개의치 않았다.

"쏠 테면 쏘아라! 어디, 날 쓰러뜨릴 자 있는가 보자. 으하하!"

끼리릭, 퉁!

"가라!!"

오히려 말 안장에 놓인 활을 들어다 성벽 위 병사의 심장을 쏘아버리는 메사슈미트였다. 신들린 듯한 수많은 지휘관들의 분투 아래 성은 순식간에 아수라장이 되어갔다.

한편 성벽 위의 한쪽 망루에서는 심각한 분위기가 흐르고 있었다. 도무지 승산이 없는 전투를 더 이상 벌일 이유가 없었던 것이다.

"아무래도 퇴각해야 할 듯싶습니다."

"어서 퇴각 명령을 내려주십시오."

"으음……. 정녕 저들을 막을 방법은 없단 말인가."

새로 성주로 임명된 칼 자작은 한숨을 쉬었다. 그의 망설이는 태도에 휘하 하급 귀족들이 언성을 높였다.

"저들은 18만, 아군은 1만 남짓에 불과합니다. 아니, 지금도 계속 공격이 퍼부어지고 있으니 채 1만도 되지 않을 것입니다. 어서 결단을 내려주십시오."

"후퇴하셔도 책임 추궁은 없을 것입니다."

"알겠다. 퇴각 명령을 내리도록 하지."

"후위는 제게 맡겨주십시오."

지금 당장 퇴각을 한다면 세아 병사들은 궤멸을 면치 못할 것이다. 하지만 일부가 남아 밀려드는 적을 막는 와중에 나머지가 후퇴를 한다면 무사히 도망갈 확률이 높다. 아크는 그것을 잘기에 고개를 숙이며 피를 토하는 심정으로 외친 것이다.

"아크, 자네……."

"칼 자작님, 그동안 모셨던 30년의 세월… 크나큰 영광으로 생각합니다. 뭘 하고 있는 것이냐! 자작님을 모셔라."

"옛!"

나머지 기사들이 자작을 억지로 끌고 내려가자 아크는 긴 한숨을 내쉬었다. 남은 것은 죽음뿐이다. 남기를 자청했을 때부터 이미 결정된 일이었다.

"그렇다고 곱게 죽어줄 수야 없지."

허리춤의 검을 굳게 움켜쥔 그는 망루 한쪽에 설치된 두꺼운 창문을 열었다. 병사들의 함성 소리와 비명 소리가 보다 선명하게 들려왔다. 성이 무너지기 일보 직전인 상황이다. 바람이 불며 그의 흰 수염을 흐트러뜨리고 지나갔다.

하루도 채 지나지 않아 무서운 기세로 카스트르 성을 함락시킨 사로트 군대는 잠시간의 휴식을 취한 뒤, 곧장 진군을 재개했다.

뒤늦게 사로트의 침공 소식을 들은 세아 왕국은 대책을 강구했다. 하지만 그들은 지연의 부재에도 불구하고 별다른 동요가 없었다.

지난날 사로트를 정벌하러 떠났던 대군이 고스란히 남아 있었기 때문이다.

진중에서 오랜만에 만난 라스와 이야기를 나누고 있던 민한은 헐레벌떡 뛰어 들어오는 메사슈미트 때문에 깜짝 놀랐다.

"무슨 일인가?"

"허억, 허억."

"숨 좀 고르고 천천히 말하게."

"허억, 세아 왕국의 대군이 드디어 움직이기 시작했습니다!!"

"드디어 움직였는가."

별로 이상할 것이 없는, 오히려 기대하던 결과였다. 민한은 고개를 돌려 라스를 바라보았다. 예나 지금이나 불리한 상황에서 무척이나 당황하는 것이 재밌었다.

"무려 40만 대군이라 합니다."

"뭐, 지난번 병력과 비슷하군 그래."

"뭔가 좋은 방법이라도 있으신 겁니까?"

라스는 이상하리만큼 태연한 민한의 태도에 오히려 의아해했다. 이렇게 태연자약할 일은 아니었던 것이다. 메사슈미트에 이어 이번엔 곽가가 진중 안으로 발을 들여놓았다.

"여기 계셨군요. 소식은 들으셨습니까?"

"물론입니다. 40만 명의 세아 왕국군이 움직였다면서요?"

"그렇다더군요."

마치 남 이야기하는 것 같은 둘의 태도에 흥분해서 날뛰는 것은 메사슈미트와 라스뿐이었다. 18만으로 40만을 이기려 하는데 뭔가 뾰족한 수도 없다. 당연히 노심초사해야 하는데 이 모습은 대체 뭐란 말인가.

"현재 세아 왕국은 머리가 없다네. 지연이 죽고 마땅한 인재가 없기 때문이지. 다시 말해서 그들은 오합지졸이라는 소리야. 정예가 오합지졸을 두려워하는 일이 가당키나 한 일인가?"

"그렇지요."

민한과 곽가의 말에도 고개를 갸웃거리는 메사슈미트와 라스였다. 그들이 손자병법을 단 한 번이라도 읽어보았더라면 현재 사로트가 얼마나 유리한 상황인지 알 법도 했지만 불행히도 그들은 알지 못했다.

삼 일이 흘렀다. 다행히 선전포고를 한 지난 시간 동안 케스로아와 비잔의 잔존 세력은 조용했다. 그만큼 사로트가 그들을 잘 흡수했다는 뜻이기도 했다.

뭔가 후방의 교란을 원했던 세아 왕국이었지만 그들은 뜻을 이루지 못했다. 일부러 교란을 목적으로 투입한 조들이 하나같이 실패를 맛보았기 때문이다. 머리의 부재였다.

"눈앞에 보이는 아스피린 성만 함락하면 수도 세아까지는 별 어려움이 없을 것이다! 모두 힘을 내거라!!"

하지만 병사들의 눈동자 속에는 일말의 두려움이 있었다. 그것을 간파한 민한은 다시 검을 치켜들고 고함을 질렀다.

"15만 사로트 용사들이여! 저 안에 셸 14세가 이끄는 10만 케스로아군이 웅크리고 있고, 성의 후방에는 15만이 추가로 주둔하고 있음을 잘 안다. 하지만 너희는 지금까지 연전연승을 거두어왔다. 너희의 기량이 이것밖에 되지 않더냐!! 모두 힘을 내자!"

"와아아아!"

약간의 힘을 얻은 병사들의 함성 소리가 울려 퍼졌다. 민한은 사기를 극도로 높이기 위해 있지도 않은 계책을 들먹이기까지 했다.

"나와 봉효님이 아주 최강의 작전까지 짜놓았다. 모두 두려움없이 나아가자! 내가 선두에 설 것이다~!!"

"와아아!!"

이번엔 조금 전보다 훨씬 큰 함성 소리가 터져 나왔다. 하지만 이 기세를 빌어 공격에 나서기도 힘든 것이 현실이었다. 성안에는 10만 케스로아 군이 있었다. 정면 공격으로는 난공불락의 요새인 것이다. 게다가 아스피린 성은 원래 험준한 지역에 위치한 곳이기도 했다.

다각다각.

곽가가 천천히 말고삐를 죄며 말을 몰아왔다. 민한의 바로 곁에까지 다가온 그는 조심스레 말문을 열었다.

"파천님, 이대로 정면 공격은 승산이 없습니다."

"그렇겠지요."

병사들이 들었다면 자신들을 속였다고 길길이 날뛸 말이었지만 다행히 곽가의 말이 작아 주위에 들릴 염려는 없었다.

"하지만 이 성을 함락시키지 않고는 더 이상 나아갈 수 없습니다. 후방에 계신 전하께서 오시기까지 기다려야 할까요?"

조조는 현재 점령한 세아 왕국의 영토를 수습하고 있었다. 그동안 사로트 측도 아주 피해가 없었던 것은 아니었다. 온전하다고 해도 3만 뿐인 병력이었다. 하지만 그중 절반이 죽거나 다쳐서 전투 불능 상태였다.

겨우 1만 5천의 적은 병력으로는 그 넓은 영토를 점거하기란 사실상 힘든 일이다. 결국 조조는 약간 무리를 해서라도 수도 방위군 두 개 군단을 추가로 투입시켰다. 약 3만 5천의 병력.

그들을 데리고 고군분투하고 있는 그였다.

"오시려면… 흠, 족히 보름은 기다려야 할 터인데……. 보급은 그렇다 치더라도 저들이 그동안 가만히 있을 것이라는 보장이 없군요. 지금이야 연전연승을 통해 기세가 날카로워져 있지만 시간이 지나면 무뎌질 것이고, 적들은 또 적들대로 뭔가 일을 꾸밀 것입니다."

"그렇겠지요."

곽가는 말 위에서 눈을 감고 곰곰이 생각에 빠져든 모양이었다. 결국 민한은 우선 병사들에게 휴식을 명했다. 그동안 휴식을 취할 기회가 드물었고, 점점 밤이 가까워오고 있었기 때문이다.

"아무래도 생각을 좀 더 해봐야 할 것 같습니다."

"우선 막사로 돌아가 쉬시지요. 저도 잠시 눈 좀 붙여야 할 듯싶습니다."

아침의 해가 떠올랐다. 따뜻한 봄의 신선한 공기는 병사들에게도 좋은 친구였다. 특히나 보초를 섰던 병사들은 훨씬 덜 피곤한 상태였다. 그만큼 덜 졸았고 말이다.

아침이 되면 당연히 시작되는 아침 식사. 사로트, 케스로아 양 군 모두 보급에는 별문제가 없었기에 음식을 만드는 연기를 피워 올리기에 바빴다.

한편 민한은 못 먹는 감 찔러나 보자라는 심정으로 약 올릴 작전을 펴고 있었다. 잠시 후 얼마간의 병사들이 아스피린 성으로 용감하게 돌격해 들어갔다.

"와아아아!"

"기, 기습이다!!"

뚜우, 뚜우.

마법 비상벨이 울리며 요새의 성벽 위에는 밥을 먹다 말고 급히 무장을 갖춘 병사들이 즐비하게 늘어섰다. 성의 적정 수용 병사 인원은 5만가량이었는데, 그 두 배에 이르는 병사들이 주둔했으니 약간 활동의 제약까지 받을 지경이었다.

"치사한 자식들, 밥 먹을 때는 개도 안 건드린다고 하던데."

"누가 아니래? 사로트 녀석들 유치한 건 알아줘야 한다니까."

병사들에게는 여유가 있었다. 하지만 곧 사라져 버렸다.

뿌웅…….

절반가량의 병사들이 성에서도 훤히 잘 보이는 장소에서 바지를 내리고 아침 볼일을 보기 시작한 것이다. 뒤에서 코를 막고 선 마법사들은 음흉한 미소를 지으며 마법을 시전하기 시작했다.

"바람이여 불어라, 윈드!!"

바람은 정확하게 성이 있는 방향으로 불었다. 수많은 병사들의 볼일 냄새는 폭풍처럼 성벽을 뒤덮었다.

"큭! 저, 저런!!"

"머, 먹은 게 올라오려고 해."

괴로워하는 세아 왕국의 병사들. 사로트 병사들은 미소를 지으며 손까지 흔들어주었다. 하지만 셀 14세는 그런 엽기적인 광경에서도 섣부르게 공격 명령을 내리지 못했다. 뭔가 매복이나 음흉한 함정이 있을 것이라 생각했기 때문이다.

"당장 명을 내려주소서."

"일거에 쓸어버리겠나이다."

"그만두어라. 적의 대장은 그 이름도 유명한 파천이다. 이렇게 눈에 뻔히 보이는 짓을 할 리가 없어."

"그렇기는 하지만……."

"알면 물러들가게나. 수적으로 우리가 훨씬 유리한 데다가 적은 성을 공격하는 입장에 있어. 우리는 저들이 지치기만을 기다린 후 득달같이 몰아칠 것이야. 단숨에 잃은 영토를 모두 회복하고 사로트까지 밀어닥칠 것일세."

"망극하옵니다, 전하."

그런데 이런 어이없는 모습은 계속되었다. 식사하려는 연기가 보일라 치면 기습을 하는 척하며 볼일을 보고 그 냄새를 피우고 가는 사로트 병사들의 엽기 행각에 세아 왕국의 병사들은 죽을 맛이었다. 음식을 먹으려 하면 기습 공격을 방어하러 뛰어가느라 먹은 게 올라올 지경이었다.

게다가 가보면 설상가상으로 야릇한 냄새만 맡아야 하니 그럴 수밖에 없었다. 일부 융통성있는 하급 지휘관들은 부하들을 둘로 나누어 한쪽은 밥을 먹게 하고 다른 한쪽은 경계를 펴게 했지만, 며칠이 지나고 보니 병사들이 지치는 것은 마찬가지였다.

"하하, 짓궂은 장난이시로군요."

"뭐, 그렇지요. 하지만 이런 장난 가지고 무엇을 하겠습니까?"

"하긴… 기발한 작전이긴 하지만 성을 함락시키는 것은 역부족이지요."

민한은 고개를 끄덕이며 대꾸했다.

"마냥 시간을 끌고 있으면 지루하지 않겠습니까? 연막탄을 쳤으니어서 하루바삐 본 작전을 세워야 하겠지요."

곽가의 입가에 미소가 번졌다. 역시 자신이 본 파천은 남다른 사람이었다. 그는 어젯밤 내내 생각했던 묘수를 이야기하기 시작했다.

무슨 이야기였는지 들으면 들을수록 민한의 표정은 밝아져만 가고 있었다. 이윽고 이야기를 다 끝낸 곽가가 입을 닫자 민한은 막사가 떠나갈 정도의 큰 목소리로 외쳤다.

"당장 회의를 열 것이니라!"

"옛!"

밖에서 씩씩하고 거침없는 대답 소리가 들려왔다.

회의 막사는 그 어느 때보다 긴장감에 휩싸여 있었다. 무려 아스피린 성에 주둔한지 오 일 만에 열리는 회의였다. 모든 이들은 분명 민한과 곽가가 묘수를 들고 나왔을 것이라 생각했다.

언제나 좋은 계책을 내놓았던 그들이었기 때문이다. 모두 잔뜩 기대를 머금고 민한의 입이 열리기만을 기다렸다.

"묘책은 없다."

"우리는 후퇴할 것이다."

하지만 보기 좋게 기대를 배신하는 민한과 곽가였다.

느닷없는 후퇴라는 말에 조이, 케이아느, 메사슈미트, 루시페르, 라스 등을 포함한 수많은 지휘관들이 황당하다는 표정을 감추지 못하고 있었다. 어떻게 싸우지도 않고 후퇴를 한단 말인가.

상황이 좋지 않은 것은 잘 알고 있지만 이렇게 쉽게 물러나는 것은 자존심이 용서치 않았다.

"왜… 어째서 후퇴입니까?"

"조이, 좋은 질문이다."

"파천님, 어서 대답해 주시지요."

아직도 못 알아듣나, 하는 듯한 곽가의 표정에 조이는 울컥했으나 민한만은 뭔가 다를 것이라 생각하고 기다렸다. 하지만 역시 기대를 무너뜨리는 말이었다.

"붙어봐야 승산이 없다. 아까운 병사를 잃을 바에 깨끗이 물러나는 것이 좋지. 아니 그런가?"

"그, 그런!!"

"잔말 말고 모두 후퇴할 준비를 하라."

회의에 참석한 모든 사람들이 한숨을 내쉬며 이러한 결정을 내린 민한과 곽가에게 불만을 감추지 못했다. 하지만 그들의 권위는 절대적이었기에 말없이 그저 따를 뿐이었다.

"이거, 아무래도 손자병법이라도 교육시켜야 하는 것 아닙니까?"

"글쎄요……. 오늘따라 간절하기는 하군요."

모든 이들이 투덜거리며 빠져나가 자취를 감춰 버리자 이번엔 이들이 투덜거렸다.

"와아아아아!!"

지축을 흔드는 거대한 함성 소리의 웅장함을 무엇에 비하랴. 세아 병사들의 고함 소리는 아스피린 성을 내동댕이칠 만큼 엄청난 것이었다.

"와아! 이젠 밥을 마음껏 먹을 수 있다!!"

"저런 치사한 놈들, 꺼져 버려라!!"

상당수의 욕설도 섞이긴 했지만 아무럼 어떠랴. 승리를 쟁취했다는 생각이 든 고위 지위관들은 하나같이 셀 14세에게 달려갔다. 막 차를 들고 있던 셀 14세는 느닷없는 사로트 대군의 후퇴 소식에 놀람을 감추지 못했다.

"후퇴한다는 말이냐?"

"예, 놀라울 정도로 아주 질서정연하게 조직적으로 후퇴를 하고 있나이다."

"과연 사로트 왕국에는 인재가 많군. 그나저나 한 번도 제대로 붙어보지 않은 채 후퇴라니……."

"붙어봐야 시체만 는다는 것을 뻔히 알고 있기 때문이겠지요."

"글쎄……."

아무리 그렇다 하더라도 단 한 번도 부딪치지 않았다는 것이 의심스러울 뿐이었다. 몇 번 심하게 격전을 벌이다가 후퇴를 했다면 밀린 것이라 이해하겠지만 이건 아니었다.

"뭔가 있어."

"어서 추격명을 내려주십시오."

"아니! 추격하지 마라. 괜히 섣부르게 행동했다가는 이쪽이 당한다."

"전하!!"

셀 14세는 쉽사리 군대를 움직이지 않았다. 귀족들은 좋은 기회가 왔음에도 불구하고 소심하게 움직인다며 불평들이 많았다.

하지만 분명 셀 14세는 최선의 선택을 한 것이다. 민한과 곽가의 목적은 분명 어디까지나 세아의 대군을 성 밖으로 유인하는 데 있으니까.

"전하, 어서 추격명을 내려주십시오."

"으음……."

"전하!!"

부하들의 연이은 재촉에 정말 뭔가 실수하는 것은 아닐까 하는 조바심이 내심 들던 셀 14세는 고개를 끄덕이며 말문을 열었다.

"자신있는가?"

"옛! 실패하면 목을 바치겠나이다."

"저도 마찬가지입니다."

"자신있습니다."

그 말이 끝나기가 무섭게 세 귀족이 나섰다. 그들은 각각 세아 왕국에서 어느 정도 명성을 날리고 있는 귀족들이었다. 그중에는 전쟁 경험이 풍부한 귀족도 한 명 껴 있었기에 셀 14세는 결국 추격 명령을 내렸다.

"그럼 각기 1만의 기병을 거느리고 적들을 추격해 보라. 단! 뭔가 조짐이 이상하거나 어느 정도의 피해가 발생한다면 서둘러 아스피린 성으로 귀환해야 할 것이다. 알아듣겠는가?"

"예, 전하. 명심하겠습니다."

세 귀족이 기쁜 표정으로 고개를 숙였다. 이제 사로트 놈들은 독 안에 든 쥐라고 생각했다. 성안에서는 말을 준비하고, 병사들이 이곳저곳으로 뛰어다니느라 바쁘게 움직이고 있었다.

그 모습을 루시페르의 저격 부대는 멀리서 바라보고 있었다. 저격 복합궁의 사정거리는 아니지만 스코프를 통해 흐릿하게나마 성안의 모습이 눈에 들어왔기 때문이다.

"음… 과연, 대단하시군."

"저, 정말로 저들이 움직이고 있습니다."

"놀라울 따름입니다."

"하하, 당연한 일이지. 주군께서 하시는 일인데."

루시페르는 만족한 웃음을 지은 뒤 손을 올려 철수를 명했다. 이제 3만 기병을 도륙 내는 일만 남았을 뿐이다.

제8장

아스피린 공방전

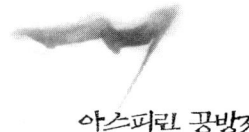

아스피린 공방전

이미 민한은 루시페르를 척후로 보낸 뒤 추격을 확신하고, 매복하고 있는 상황이었다. 물론 다수는 적의 눈을 교란시키기 위해 빠른 후퇴를 거듭하였고, 대신 매복이 용이한 계곡 깊숙한 곳 양편에 각각 1만의 병사들을 배치시켰다.

두두두.

비교적 높다란 언덕에 3만 기병이 도착했다. 그곳에 오르자 사로트의 후퇴 행렬이 한눈에 들어왔다. 세 귀족은 멀리서 자욱이 먼지를 피워 올리며 후퇴 중인 사로트의 병사들을 비웃었다.

"하하, 바보 같은 놈들. 느려 터진 보병이 어찌 기병의 추격을 벗어난다는 것인지."

"그러게 말이오. 도망가다 덜미를 잡힌다면 지친 채로 그대로 죽는 게지. 차라리 나였다면 승부라도 펼쳤을 것이오. 보아하니 기병도 꽤나 있는 것 같은데."

"그렇지요. 하지만 저들은 오랜 원정으로 지쳐 있고, 또 저렇게 강행군을 했으니 지금은 너무 늦은 게지요."

두 귀족은 연신 사로트의 어리석음을 꼬집기 바빴다. 하지만 이론만 나열하는 전쟁 초짜인 두 귀족과는 달리 다른 한 귀족의 표정은 불안하기만 했다.

수많은 전투에서 직접 선두에 나섰던 그는 저렇게 무모한 전술을 펼치는 군대의 장이 민한이라는 사실을 믿기 힘들었다.

'파천이 누군가. 지난날 비잔 왕국과의 전투에서 한 번 지기는 했지만 그것은 신이라고 해도 어차피 이길 수 없는 전투였다. 하지만 그 외에는 패한 적이 단 한 번도 없는 무적의 사령관이 아니던가. 무슨 속셈이지? 뭔가 불길하다.'

"저기, 아무래도 조짐이 이상하니 추격을 멈추고 서둘러 돌아가야 할 것 같소."

히이잉.

말들도 그 소리에 놀랐는지 두 귀족은 느닷없이 날뛰는 말들을 가까스로 진정시켰다. 당연히 그들은 황당한 말을 꺼내는 귀족을 비난했다.

"아크론 자작, 그게 무슨 헛소리요? 우리는 이렇게 맹렬한 속도로 저들을 쫓고 있고, 얼마 되지 않아 일망타진할 수 있을 것인데!"

"그렇습니다. 자작님께서 무슨 생각을 하시는지 모르겠지만 저는 오히려 좋은 기회라 생각합니다. 사실 미아브 자작님도 그렇고, 아크론 자작님께도 절호의 기회가 아닙니까. 이때 공을 세운다면 백작, 후작으로 나아가기에 조금의 부족함도 없게 되는 것입니다."

"르투브레크 남작, 나도 그 생각을 하지 않은 것은 아니야. 하지만 저들의 수장은 파천일세. 게다가 곽가 봉효라는 작자도 있어. 함부로 얕잡아볼 상대들이 아니란 말일세."

"하하, 너무 예민하신 것 아니신지요. 아니 그렇습니까?"

"자네 말이 맞아. 난 서둘러 추격해야겠네. 자네는 돌아가든지 말든지 알아서 하도록 하게. 이랴."

"저도 따르겠습니다. 모두 나를 따르라."

2만의 기병은 다시 먼지 바람을 일으키며 빠른 속도로 달려나가기 시작했다. 한숨을 내쉬며 어떻게 행동할 것인가 망설이던 아크론 자작은 결국 눈을 질끈 감고 명을 내렸다.

"우리도 추격에 나선다!!"

"와아아아!!"

병사들이 함성을 지르며 다시 말을 몰아가고 있었다.

두두두.

멀리서 땅이 울리는 소리가 들려왔다. 이미 계곡 곳곳에 포진한 루시페르 및 3백의 저격 부대는 복합궁에 화살을 장전한 채 추격군이 계곡 안으로 뛰어들기를 기다렸다.

속도로 보아 이미 계곡 부근에 다다른 듯 보이는데 루시페르로서는 기가 찰 수밖에 없었다.

'어떤 정신 나간 귀족이기에 이런 매복의 가능성이 있는 계곡을 조

사 한 번 안 해 보고 돌진을 거듭해 온단 말인가.'

매복하고 있는 입장에서는 정말 터무니없이 편한 전투처럼 느껴졌다. 이미 병사들에게 적들이 완전히 계곡 안에 들어선 후에야 공격하라는 명을 내린 후였다.

"와아아!!"

"놓치지 마라!!"

어느 순간 많은 기병들이 무서운 기세로 계곡을 통과하는 모습이 매복하고 있는 2만 사로트 군의 눈에 똑똑히 들어왔다. 모두 루시페르의 신호만 기다리고 있었다.

스슷.

드디어 때가 되었다.

"쏴라!!"

슈슈슈슛.

일순간에 1만에 가까운 화살이 기병의 대열에 퍼부어졌다. 그 결과는 참담했다. 뜻밖의 기습이어서인지 피해는 점점 커져만 갔다.

콰앙.

이미 거대한 돌덩어리들과 나무들이 계곡 출구를 차단했다. 이제 나가는 길은 다시 왔던 길을 거슬러 올라가는 것뿐인데, 사실 무리라고 보면 될 일이었다.

퍼억!

"커억!!"

화살에 정통으로 가슴이 꿰뚫려 버린 세아 왕국의 한 하급 지휘관이 말에서 굴러 떨어졌다. 저격 부대였다. 그들이 곳곳에 숨어 화살을 효

율적으로 쏘아대고 있었던 것이다.

한편 루시페르는 몇 번 저격을 하더니 감질나는지 직접 검을 빼 들고 병사들과 함께 계곡 아래로 뛰어내려 갔다.

"남김없이 죽여 버려라!!"

"와아아!!"

"크악!!"

원래 기병의 최대 강점은 어느 정도 거리가 확보되었을 때 나오는 돌격력이다. 그 파워에 부딪친 보병들은 열이면 열, 거의 궤멸 상태에 이르게 된다.

하지만 지금과 같은 경우 이미 그 거리가 봉쇄된 것이나 마찬가지였다. 오히려 말 위에 있기에 좋은 표적이 되었음은 물론이요, 싸우기에도 매우 거추장스럽게 되어버렸다.

"크악!"

"으윽."

많은 부하들이 옆에서 죽어 나가는 것을 보고서야 미아브와 르투브레크는 피눈물을 흘리며 말을 버리고 후퇴하라는 명을 내렸다. 하지만 이미 늦었다.

그 짧은 시간 동안 2만 기병은 궤멸 상태에 이르러 있었다. 순간의 망설임이 가져온 최악의 결과라 할 수 있었다. 이미 전투는 막바지에 이르렀기에 계곡에서 활을 쏘아대는 병사들은 물론이요, 아래서 검, 창을 휘두르는 병사들마저 환호성을 지르며 곧 다가올 승리를 점치고 있었다.

바로 그때였다.

두두두.

뒤늦게 따라온 아크론의 1만 기마대가 들이닥쳤다. 그는 멀리서 르투브레크와 미아브가 계곡에 무식하게 들어갈 때부터 이러한 결과를 예상하고 있었다.

'과연 파천이다, 과연 그야. 이런 속셈이었군. 우리를 끌어내어 섬멸할 생각을 할 줄이야.'

하지만 그도 만만치 않은 귀족이었다. 당황하여 쫓아 들어가기는커녕 전투가 막바지에 이를 때까지 기다리고 있었던 것이다.

그 이유야 사로트 군이 방심하고 있다는 것과 약간이라도 더 지친 상태이기 때문이라는 것은 두말할 필요가 없을 것이다.

"와아아!!"

"크윽!!"

그의 노림수는 적중했다. 전투를 벌인 후였고, 또한 방심하고 있던 사로트 병사들은 막강한 기병의 돌격 앞에 추풍의 가랑잎처럼 무너져 내렸다.

"남김없이 베어버려라!!"

몇몇 병사들이 용감하게 아크론을 막아섰으나 무모한 짓이었다. 그들은 피를 뿜으며 나동그라지는 꼴이 되었다. 이젠 막아서기는커녕 그의 앞에서 주춤거리며 물러나기에 바빴다.

그동안 사로트의 병사들은 큰 피해를 입으며 기병들을 상대했다.

두두두.

이번엔 민한의 구원 부대가 몰려왔다. 계곡 위에 그 모습을 드러낸 이들은 놀랍게도 수천에 달하는 철기병들이었다. 그 선두에는 민한이 있었다.

"돌격!!"

가파른 계곡을 그대로 가로질러 내려가는 그들에게는 일말의 두려움조차 없었다. 그저 용감하게 내달릴 뿐이었다. 그 모습에 기가 질린 세아 왕국의 병사들. 이미 전세는 역전되어 버렸다.

"으하하!! 나를 상대할 자 없느냐?"

민한은 오러 블레이드를 줄기줄기 내뿜으며 부대의 선두에서 전쟁터를 종횡무진으로 누볐다. 아무도 그를 막을 수 없었다.

"으아악! 도, 도망쳐!"

"소, 소드 마스터다!! 살려줘!"

그저 무기도 내던진 채 걸음아, 나 살려라 도망을 쳐댔다. 멀리서 그 모습을 본 아크론 자작은 이를 악물었다. 자신은 아직 오러의 기본조차 모르는 풋내기.

상대는 최상급의 마스터라고 불리는 민한 파천이었다. 결과는 뻔했다. 하지만 이럴 때 죽음을 각오하고 나서는 것이 우두머리의 책임이자 결단이었다.

"으아아!!"

고함을 치며 말을 달려오는 그의 기세는 소드 마스터의 그것을 능가할 지경이었다.

"우우."

병사들은 놀라서 뒷걸음질쳤고, 곧은길이 생겨나자 아크론은 피가 흥건한 검을 비껴 들고 민한에게 쏜살같이 달려왔다.

"호오… 대단한 기세로군. 인재야, 인재. 이렇게 죽이기는 너무 아깎군."

"죽어라!!"

고오오.

검풍이 일며 아크론의 검이 민한의 목을 노리며 날아들었다. 하지만 민한이 당할 정도로 허약한 자는 아니었다. 오히려 혼신이 실린 검을 한 손으로 가볍게 막아 뿌리치고는 왼손에 든 검집으로 그의 뒤통수를 가볍게 쳐 아크론을 가볍게 기절시키는 민한이었다.

그리고 기절한 그를 들어 자신의 말에 걸쳤다.

"괴, 괴물이다!! 도, 도망쳐라!!"

"나는 사로트의 민한 파천이다. 누가 날 상대하겠느냐? 으… 응?"

순간 그의 눈에 도망치는 두 사람이 들어왔다. 입고 있는 옷이 화려한 것을 보아 이 군단의 책임자인 모양이다. 그렇게 결론을 지어버린 민한은 코웃음을 쳤다.

죽을 각오로 덤벼도 살려줄까 말까 한 상황에서 저렇게 나 몰라라, 도망을 친다면 오로지 죽음뿐이었다. 민한은 안장에 놓인 활과 화살 두 대를 집어 들었다.

그가 검을 놓았음에도 달려드는 병사는 아무도 없었다.

끼리릭.

"지휘관 주제에 도망을 치다니……. 저세상으로나 가버려라!!"

고오오, 파앗!!

동시에 두 대를 쏘아버린 민한은 입가에 비릿한 미소를 머금었다.

"응?"

순간 자신의 화살들보다 먼저 저들에게 날아드는 두 대의 강한 화살을 본 민한. 그는 대번에 그것이 루시페르가 쏘아 보낸 것임을 눈치 챘다.

"쳇, 이거 화살로는 녀석을 당할 수 없단 말이야. 에휴. 검이나 들고 설쳐야지."

결국 미아브와 르투브레크는 루시페르와 민한의 화살을 연이어 맞고 즉사해 버렸다. 반면 용감하게 싸웠으나 패한 아크론은 민한에게 포로로 잡혀 생명을 보존할 수 있었다.

3만 기병의 궤멸.

셸 14세는 이 소식을 접하자마자 인상을 구겨 버렸다. 역시나 함정이었던 것이라고 자책하는 그에게 병사들이 연이어 보고를 올렸다. 두 병사는 피투성이가 된 채 간신히 목숨만을 보존하고 있을 정도였다.

"미아브 자작님과 르투브레크 남작님은 적의 화살에 맞아 운명을 달리하셨고, 아크론 자작님은 적장 파천의 손에 포로가 되셨습니다."

"그렇군… 아크론이라, 꽤나 아까운 사람이었는데."

셸 14세는 추격을 보낸 3만 명이 지리멸렬해 버리자 다시 한 번 뼈저리게 군대의 두뇌 역할을 하는 군사의 필요성을 느꼈다. 하지만 당장 어떻게 해결이 되는 문제도 아니었다.

민한은 또 민한대로 한숨을 내쉬었다.

"겨우 3만인가? 최소한 5만은 올 줄 알았건만. 아쉽군."

"하하, 3만이라는 숫자가 문제가 아니라 우리 군의 대승으로 사기가 오른 것, 적의 사기가 바닥에 떨어지고 혼란에 휩싸인 것, 이 두 가지만 하더라도 큰 이득이라 할 수 있지요."

"뭐, 그렇기는 하지요."

민한은 그날로 전군을 다시 돌려 아스피린 성 밖 코앞에다가 지어 놓았던 진채로 고스란히 다시 들어왔다. 예상 외로 진채 안에는 어떠한 함정도 설치되어 있지 않은 상태였다.

다시 지루한 신경전이 시작되었다. 삼 일이 흘러갔다. 셀 14세는 초조했던지 예비군 형식으로 수도에 주둔시켜 놓았던 15만 명 가운데 5만 명을 아스피린 성으로 불러들였다.

사실 15만 전원을 불러들인다 해도 별문제는 없었다.

왜냐하면 소수라면 모를까 수천 명 이상의 군대가 움직이는 길은 이곳 아스피린 성을 지나치는 것밖에 없었기 때문이다.

"고로 반드시 함락시킬 성인데……. 5만 명이 추가로 지원 왔다고 했나? 빌어먹을. 3만이 죽어 나갔지만 오히려 2만이 더 는 셈이군. 도합 27만인가. 어서 전하께서 오셔야 뭔가 묘수가 생길 것 같은데 말이지."

"파천님! 파천님!!"

그때 막사 안으로 다급한 목소리로 뛰어 들어오는 이가 있었다. 다름 아닌 곽가였다. 뭔가 좋은 소식을 들고 온 모양이었다.

"무슨 일이기에 그렇게 다급하신……."

"전하께서 10만의 대군을 거느리시고 이곳으로 삼 일 안에 당도하신다 합니다."

"예? 그게 정말입니까?"

"그렇고말고요. 정말 잘되었습니다."

민한은 이제야 숨통이 어느 정도 트이는 것 같았다. 고작 15만도 안 되는 병력으로 27만에 이르는 적을 압박하고 있자니 보통 힘든 일이 아니었다.

하지만 이제 그 병력이 25만으로 대폭 늘어난다니 분명 좋은 결과가 있을 것이다.

조조는 10만 대군뿐 아니라 2천 문에 달하는 마나포까지 추가로 가져왔다. 저 마나포들은 비잔 왕국 첫 정벌 이후, 지방에 분산 배치되어 치안 유지용으로 쓰이고 있었다.

특히 공성 무기로 이만한 무기도 드물었지만 몇 년 사이에 두 국가를 병합한 탓에 대대적으로 원정에 동원될 틈이 없었기 때문이다.

이렇게 조조가 많은 수의 마나포를 가져왔다는 뜻은, 그만큼 이제 국가가 안정적인 상태로 접어들었다는 뜻과 일맥상통했다.

'계속되는 전쟁 속에서도 이렇게 나날이 발전할 수 있다니 놀랍다.'

히이잉.

"하하, 파천이로군."

조조가 고삐를 잡자 말이 한바탕 울부짖고는 걸음을 멈추었다.

"어서 오십시오. 모두 기다리고 있었사옵니다."

"어서 오십시오, 전하."

곽가와 여타 많은 신하들이 일제히 고개를 숙였다. 조조는 우선 진채를 아주 훌륭하게 설치한 민한을 칭찬한 후, 회의 막사에 먼저 들었다. 모두 그를 따라 막사 안으로 발걸음을 옮겼다.

한 병사가 가져온 세숫물로 행군 중에 더러워진 손과 얼굴을 닦아낸 조조는 다시 좌정하고 앉아 모두를 굽어보았다.

"여기 올 무렵에 아주 좋은 소식을 하나 들었소. 파천과 봉효가 합심하여 아주 좋은 결과를 이끌어냈다고 했던가?"

"망극하옵니다. 그것은 봉효님께서 생각해 내신 것으로 소신보다는 봉효님의 공이 큽니다."

"하하, 아닐세. 책략은 봉효가 내었지만 그것을 결정한 사람은 자네였지 않은가? 올바른 결정을 내린 총사령관의 공도 큰 법이지."

"망극하옵니다."

"그나저나 저 아스피린 성은 무척 견고하다고 하던데, 어떤가?"

"아직 본격적으로 공격에 들어간 적은 없었습니다."

조조는 봉효의 말에 수염을 쓸며 고개를 끄덕였다. 보고만 받았을 때는 잘 몰랐는데 직접 와서 아스피린 성을 확인하는 순간 그럴 법도 하겠다는 생각이 들었을 정도였다.

양측에 나지막한 산들과 계곡, 하천을 잘 끼고 세워진 아스피린 성은 실로 천연의 요새였다.

"으음… 공격할 만한 곳이 정말 세 군데뿐인가?"

"보신 바와 같습니다. 직접 한 번 순찰을 나갔던 적이 있었습니다만……. 정말 저 성은 정면과 오른쪽 측면, 그리고 저쪽 비교적 낮은 언덕을 끼고 있는 곳, 이렇게 세 군데를 제외한다면 어렵습니다."

"흐음… 그렇군. 정면 승부로는 오히려 아군이 불리하겠어. 아무리 마나포를 두들긴다 해도 저 정도의 요새라면 꿈쩍도 않겠군."

"그렇사옵니다, 전하. 보통의 성이라면 계속 이어지는 마나포의 타격을 견디기 힘겹겠지만 아스피린 성처럼 크고 견고한 성이라면 무리일 것입니다."

"후우… 아스피린 성이 이 정도라면 세아의 수도 세아 성 같은 경우에는 무척 힘들겠군."

조조의 말에 곽가가 고개를 저었다.

"아닙니다, 이곳에서 적을 완파해 버린다면 세아 성은 허망하게 무너질 것입니다."

"그 궤멸시켜 버릴 방법이 지금은 전무하군요."

민한의 뒷말에 곽가는 쓴웃음을 지었다. 민한은 괜한 말을 한 것 같아 멋쩍어하면서 화제를 돌리려 했다. 마침 생각나는 것이 비행기였다.

"아, 그런데 비행기는 어떻게 된 것이옵니까?"

"비행기 말인가? 내가 수도에서 빼내온 병력이 처음에 2만, 나중에 추가로 3만, 도합 5만일세. 사로트 성의 수비가 허술해질 수밖에 없지. 그래서 결국 이전의 마나포와 같이 부족한 병력 수를 기술력으로 메우는 수밖에 없었네. 비행기는 그 기술로 대체된 것이지."

병력이 더 필요했다. 일반적으로 성을 함락하기 위해서는 수비 측보다 세 배 이상의 병력이 필요했다. 이런 강한 요새라면 다섯 배의 병력이 필요할지도 몰랐다. 그렇다고 백만 대군을 동원시킬 만한 능력이 있는 것도 아니었다.

'새로운 병력… 새로운 돌파구. 전 대군을 돌려 아스피린 성 후방을 공격할까? 아니지. 돌아가는 데에만 일주일이 넘게 걸린다. 성공할지도 모르고. 아! 맞아! 모고르 왕국. 이런 정신을 봤나.'

"전하, 모고르 왕국은 어떻게 된 것입니까?"

"모고르 왕국?"

"아… 모고르 왕국!"

모두가 감탄을 터뜨렸다. 이렇게 간단한 방법도 떠올리지 못한 이들이 전부 자신의 머리를 의심하며 허망한 탄식을 내뱉었다. 생각해 낸 민한이나 곽가 또한 계속해서 자신의 힘만으로 해보려고 한 어리석음을 자책하고 있었다.

"그런 방법이 있었군. 허, 정말 까마득하게 잊고 있었군. 그래, 어찌하면 좋겠나, 파천?"

"모고르 왕국에 지원군을 요청해야지요. 거절하지는 못할 것입니다."

"너무 오래 걸리지 않을까요? 제가 볼 때, 적어도 모고르 군대가 파견된다 하더라도 그들이 이곳까지 오려면 족히 일주일 이상 걸릴 것 같은데요."

"아, 굳이 그들을 이곳으로 불러올 필요가 없지요."

"무슨 말씀이신지……."

조이의 이의 제기를 민한은 가볍게 받아넘겼다. 민한 대신 이번엔 곽가가 대답했다.

"다시 말하자면 모고르 왕국은 이곳에 올 필요가 전혀 없다는 것이죠. 27만이나 되는 세아 왕국 대군의 먹을 것, 마실 것은 대체 어디서 나오는 것일까요?"

"……!!"

곽가의 말에 조조, 민한을 제외한 거의 모든 인물이 탄성을 질렀다.

그의 질문에 대한 대답은 간단했다. 세아의 수도 세아와 그 일대의 부유한 도시들에서 오는 것이었다.

모고르 왕국이 대군을 동원할 필요도 없이 소수의 병력으로 이 병참선을 교란만 해도 사로트 군의 승리가 눈앞에 보이게 되는 것이다.

"오오, 과연!!"

"어서 모고르 왕국으로 통신을 하시지요."

그제야 모든 사람들이 탄성을 지르며 서두르자고 말했다. 조조의 입장에서도 지체해서 좋을 일이 아니었다.

"마법사들은 무엇을 하고 있는가. 어서 그들을 불러다가 통신을 전개시켜라."

"예, 알겠사옵니다."

그는 당장 마법사들을 풀어 모고르 왕국과 통신을 전개시키라 명했고, 저들에게 이 사정을 전하고 지원군을 약속받는 문제는 모고르 왕의 사위이기도 한 민한이 맡았다.

모고르 왕국에서는 두말 않고 흔쾌히 지원군 4만을 파견해 주기로 약속했다. 대신 그들의 요구 조건이 있었는데, 사로트 측에서는 사실 아무것도 아닌 조건이었다.

부족한 왕실 재정을 위해 약간의 자금과 함께 민한이 레일렛을 데리고 모고르 왕국으로 한번 놀러오라는 것이었다. 딸을 보고 싶다는 왕의 말도 흘러나왔다.

"모고르 왕국이 후방을 교란하기 시작했습니다."

과연 모고르 왕국의 군대가 투입되면서 전황은 사로트 측에 유리하게 흘러가고 있었다.

"그런데 겨우 오 일 만에 그들의 후방을 교란하기 시작하다니…….
실로 놀라운 진군 속도가 아닌가."

"그렇사옵니다."

하지만 더 유리한 점이 생겼으니 27만이나 되었던 아스피린 성의 병력이 17만으로 확 줄었다는 것이다.

"그래, 모고르 왕국 군대에 대한 셀 14세의 대책은?"

"예, 아시다시피 아스피린 성에서 기병 2만, 보병 8만. 도합 10만의 원군이 파견되었고, 수도 세아에 남아 있는 10만의 병력 가운데 5만이 합류를 위해 빠져나갔다는 첩보이옵니다."

케이아느의 보고에 라스는 다소 걱정스럽다는 표정을 지었다.

"전하, 모고르 왕국이 좀 불안합니다. 고작 4만의 병력이 15만의 대군을 상대로 이겨낼 수 있을 것 같지가 않사옵니다."

"하하하!!"

라스의 말에 조이와 민한이 큰 소리로 웃음을 터뜨렸다. 나머지의 대부분도 이렇게 대놓고 웃지는 못했지만 킥킥거리며 분위기를 더욱 풀어주고 있었다. 곽가가 라스를 바라보며 빙긋이 웃었다.

"라스, 자네 정말 세아의 15만 군대가 모고르 왕국의 정예 기병들을 무찌를 수 있을 것이라고 보나?"

"그, 그게 무슨 소리입니까?"

국가의 방대한 전략이나 정치에는 능한 라스였지만, 세세한 군대의 상식에 대한 것은 잘 몰랐던 모양이다. 사실 그는 전쟁을 위해 따라온 것이 아니라 세아 왕국 점령 후, 이곳을 다스리기 위해 일종의 총독 같은 개념으로 온 것이었다.

군대를 움직일 권한은 분리하여 총사령관이 될 조이에게 가게 될 터였다.

"내가 단언하지만 뛰어난 지휘관도 없는 15만의 병력으로는 날쌘 모고르의 4만 기병을 상대할 수 없다네. 고작 그들의 이동을 가로막고 견제할 수 있는 정도밖에 안 되지. 일반 군대로 저들을 상대하려면 족히 30만에 가까운 대군이 필요하다네."

"곽가님의 말씀이 옳아. 라스, 이거 아무래도 자네에게 손자병법을 가르쳐야겠군."

"손자병법?"

조조가 민한의 느닷없는 말에 눈을 동그랗게 떴다. 곽가가 곁에서 뭐라고 속삭이자 그가 큰 소리로 웃음을 터뜨렸다.

"하하! 그랬었군, 그랬어. 아무래도 전 신하들에게 손자병법을 배우고 익히게 하는 것이 어떠한가? 마침 내가 심심풀이로 손자병법을 이곳 언어로 번역하게 한 것이 있다네."

"정말이십니까?"

"그렇다네. 왜, 믿지 못하겠는가?"

민한은 놀라움을 금치 못했다. 이미 손자병법을 번역했다니 믿을 수 없는 일이었다.

"이 전쟁만 끝난다면 우리 사로트는 부국 강병할 것이네. 기대해도 좋아. 하하하!!"

후방을 교란했던 모고르 기병들은 놀랍게도 모고르 국왕이 직접 이끄는 최강의 부대였다.

모고르 최강 기병들의 활약은 계속 이어졌고, 민한과 곽가의 기대 이상으로 그들은 완벽하게 보급을 차단시켜 버렸다. 운명을 건 한판 승부에서 15만 세아의 대군은 추풍낙엽처럼 무너져 버렸다.

"후우, 이제 저 아스피린 성만 함락시키면 세아 왕국은 손쓸 힘도 없겠군."

"그렇습니다만… 아직 멸망시키기엔 시기 상조가 아닌가 합니다."

"시기상조?"

곽가는 고개를 끄덕이며 말을 이었다.

"세아가 무너지면 아국은 파죽지세로 세아 왕국을 멸망시켜 버린 것이라 할 수 있습니다. 구석구석까지 전하의 명이 닿을 힘이 부족하지요. 이 마당에 아국이 세아 왕국마저 집어삼키고 당당히 서대륙의 패자로 등극한다면……. 아마 모고르 왕국과 크샤센 제국의 집중 견제를 받을 것이 분명합니다."

"흠……."

"봉효님의 말씀이 옳습니다. 최후의 결전을 벌여 대승을 거두되, 세아 왕국을 존속시킨다면 서대륙의 균형은 그대로 유지되는 것이지요. 좀 더 내실을 가한 후에 다시 이곳으로 진군하셔도 무리가 없으실 겁니다."

"과연… 그런 부분이 있었군. 뭐, 이미 세아를 흔들어놨으니 다음에는 더 쉽겠지. 이미 그러한 생각들을 하고 있었다면 분명 협상을 하겠군. 그래, 그들로부터 어디까지 얻어낼 것인지는 정해졌는가?"

민한이 조조의 말에 빙긋 웃었다. 역시 이 사내는 보통내기가 아니었다.

"물론입니다. 영토로 치면 이곳 아스피린 성까지입니다. 수도 세아에서 고작 이틀 반 거리에 불과한 곳이지요. 이곳을 제외하면 수도까지 거의 허허벌판이나 다름없습니다. 그리고 경제적으로는……."

아직 아스피린 성이 함락되지 않았음에도 이들은 빙그레 웃으며 추후의 일에 관해 논의를 펼쳤다. 이미 전, 후로 포위되어 버린 아스피린 성은 풍전등화였기 때문이다.

고작 17만의 병력으로는 30만에 가까운, 그것도 뛰어난 지휘관들이 무수히 포진하고 있는 원정군을 상대하기란 사실상 불가능했다. 하물며 보급까지 차단되었음에야 말할 것도 없었다.

성에 공격이 시작된 것은 논의가 있은 지 이틀 후 밤이었다. 달빛이 아름답게 대지를 내비추는 그때, 마나포의 엄청난 포성들이 터져 나왔다.

퍼퍼퍼펑!!

이천 문에 달하는 마나포는 일제히 파란 마나의 기운을 뿜어냈다. 물론 수차례 두들긴다 하여도 어느 정도 피해만 입힐 뿐, 견고한 성벽을 초토화시켜 버릴 만큼 강한 힘은 아니었다.

하지만 가뜩이나 사기가 꺾인 세아 왕국군에게는 심리적으로 엄청난 압박을 가져다 주고 있었다.

두 시간이 넘는 긴 시간이 지나서야 마나포의 포성이 멈췄다. 이제 드디어 정면 대결인 것이다.

"공격하라!!"

성의 정면을 맡은 민한은 메사슈미트와 함께 제일 선두에서 오러 블레이드를 줄기줄기 뽑아 올리며 말을 달렸다. 세아의 병사들은 그들의 모습을 보며 벌벌 떨면서도 억지로나마 활을 쏘아댔다.

하지만 잔뜩 겁에 질린 화살들로는 그들을 눕힐 수 없었다.

타탁.

"하압!!"

용케 그들의 몸을 노리고 날아간 몇몇 화살들은 검에 의해 그대로 몇 동강이 나 무용지물이 되었다. 수백여 명의 사로트 병사들이 화살에 맞아 신음했지만 그럼에도 어둠을 가르며 달려드는 그들의 모습은 세아 왕국군에게는 공포로 다가왔다.

척.

이미 성벽에는 사다리가 놓여져 있었다. 저 멀리서는 시끄러운 바퀴소리와 함께 충차와 정란들이 그 위용을 뽐내며 다가오고 있었다. 수많은 공성 무기 앞에 초전부터 기가 질려 버린 세아 왕국이었다.

"와아아!!"

성벽 위로 난입했던 몇몇 사로트 병사들을 사살한 세아의 병사들이 기세가 올라 성벽을 기어오르는 적군들을 보는 족족 검과 창을 휘둘러댔다. 하지만 사로트 병사들은 아랑곳없이 방패를 앞세우며 밀고 올라갔다.

"물러서지 마라!!"

"아악!!"

성의 정면을 맡은 귀족은 리오네 폰 바이에라 공작이었다. 지난번 비잔의 민중을 선동하라는 지연의 밀서를 직접 전달하기도 했던 그녀는 이미 최상급의 소드 마스터 경지에 올라 있었다. 망설임없이 사로트 병사들을 베어나가는 모습은 귀신같았다.

"모조리 베어라!! 저 사로트 놈들에게 뜨거운 맛을 보여주어라!"

"와아!!"

쏴아아아.

성벽 위에 준비해 놓았던 뜨거운 물이 기다렸다는 듯이 쏟아져 내렸다. 펄펄 끓는 물은 성벽을 오르고 있던 많은 사로트 병사들을 덮쳤다.

"크아악!"

뜨거운 물에 화상을 입은 그들은 비명을 지르며 성벽 아래로 굴러 떨어졌다. 세아 왕국군의 함성 소리가 들리자 오히려 사로트 병사들은 투지를 불태웠다.

창검을 비껴 들고 거침없이 사다리를 오르는 그들은 모두 역전의 용사였다.

얼마 지나지 않아 다시 몇몇 사로트 병사들이 성벽을 넘어 들어와 성벽 위를 점거해 버리자 리오네는 악을 썼다.

"물러서면 내가 벨 것이다!! 녀석들을 모조리 죽여라!"

"와아아! 죽여라! 죽여 버려라!!"

용감한 지휘관을 둔 병사들은 용감해지기 마련. 주춤거렸던 세아 왕국의 병사들이 다시 함성을 지르며 달려나갔다. 부상을 입고 쓰러져 있던 병사들도 악을 쓰며 다시 일어섰다.

"엘마르 공작과 15만 세아 병사들처럼 모조리 시체로 만들어 버려라!!"

"이익! 죽일 놈들 가만두지 않을 테다!!"

써컹!

민한의 검이 빛을 발하며 네 병사의 목을 하늘 높이 날려 버렸다. 민한은 점점 적들이 죽을 기세로 덤벼들자 초조해지기 시작했다.

"마나포대에 연락해서 이곳으로 포격 요청을 바란다고 전하라."

"옛, 각하. 성벽 3E—4 지점으로 포격을 가하라."

"병사들은 모두 방어 태세를 취해라!!"

민한을 따라 성벽을 올랐던 백여 명의 병사들은 들고 있던 창검과 방패로 방어진을 갖추기 시작했다. 곧 있을 포격에서 피해를 최소한으로 줄이기 위해서였다.

다만 민한만은 별 상관이 없었기에 당황한 세아 병사들을 베어나갈 뿐이었다.

"발포하라!!"

"발포!"

퍼퍼펑!!

십여 문의 마나포가 마법사들의 정밀한 마나 주입이 끝나기가 무섭게 압축, 폭발되어 하늘을 갈랐다. 푸른 빛이 뿜어지는 순간 성벽 위의 사로트 병사들은 몸을 움츠렸다. 이미 마법사에 의해 방어막이 펼쳐진 그들은 안전했다.

콰쾅!! 쾅!!!

마나포의 위력은 명불허전이었다. 성벽 위 곳곳이 난장판이 되어버렸다. 몇몇 하위급 마법사들이 나서 병사들을 보호하려 했으나 그들은 저격 부대의 활약에 하나 둘 목숨을 잃어갔다.

뿌우우.

멀리서 퇴각 신호가 들려왔다.

"제길. 당장 전하께 연락을 넣어 조금만 더 시간을 달라 하라."

"예."

마나가 빛을 발하며 마법사가 빠르게 조취를 취해갔다. 하지만 민한
은 얼마 지나지 않아 당장 물러서라는 명만을 듣게 되었다.

"핫!"

탁.

"커억!!"

그는 들고 있던 검을 휘둘러 날아오는 화살을 튕겨냄과 동시에 한
세아 군의 목을 베어버렸다. 그들에게 욕을 한차례 퍼부은 민한은 무
사한 퇴각을 위해 길을 확보하러 나섰다.

"모두 천천히 퇴각한다!!"

"와아아!!"

세아 왕국군이 곱게 놓아줄 리가 없었지만 몇몇 지휘관 급의 검사들
이 나서 후방을 군건히 지켰기에 다행히 사로트 병사들은 후퇴 과정에
서 별다른 큰 피해 없이 무사히 퇴각을 마쳤다.

퇴각을 하는 와중에도 민한은 아쉽다는 생각이 들었다. 결국 첫날은
우열을 가리기 힘들 정도의 치열한 접전으로 막을 내렸다.

어느덧 먼동이 터오고 있었다.

제9장

제국에 부는 피바람

제국에 부는 피바람

    곧 가을이 오려는지 요 근래 들어 가장 선선했다. 참새가 방앗간을 어찌 그냥 지나쳐 가겠는가. 민한은 여러 일 처리로 누적된 피로를 날려 버리고자 메사슈미트와 루시페르를 대동하고 바람을 쐬러 나섰다.

    쐐애액!

    루시페르의 매서운 활 솜씨가 빛을 발했다. 화살은 거침없이 공기를 찢어발기며 날아가 어김없이 동물의 목덜미에 박혀들었다. 꽤나 잡기 힘든 목표물이었는데, 그의 화살은 눈이라도 달린 모양이었다. 쓰러진 사냥감을 목표로 말을 달리며 민한이 감탄하며 박수를 쳤다.

    "자네는 매일 밤마다 활 쏘는 연습만 하나? 왜 이리 활을 잘 쏴?"

    "하하! 주군, 그게 아니라 원래 제가 타고난 천재이지 않습니까. 활이야 기본이지요."

"……."

순간 할 말을 잃은 민한과 메사슈미트. 둘은 어이없다는 표정으로 그를 응시했다.

"그나저나 이번에 메사슈미트, 자네 케스로아 총독으로 파견된다면서?"

"응, 아휴. 그것 때문에 죽을 맛이다."

"왜?"

루시페르가 의아해하며 묻자 메사슈미트는 고개를 내저으며 한탄을 늘어놓았다.

"시에나 있잖아."

"아, 그 예전에 꼬맹이 시에나 말이지?"

"맞아. 근데 그 녀석이 글쎄, 지 오빠하고 함께 우리 동네 부총독으로 온다네?"

"호오, 좋겠다."

부러워하는 듯한 루시페르의 표정에 메사슈미트는 혀를 찼다. 그는 시에나에 대해 잘 모르기 때문에 이런 말을 하는 것이 분명하다고 생각하는 메사슈미트였다.

사실 시에나와 메사슈미트는 정반대라고 할 수 있었다. 의외로 처절할 정도로 꼼꼼한 그들 남매. 그는 얼마 전에 수도에서 뼈저리게 느꼈다. 일을 설렁설렁 하는 메사슈미트로서는 쥐약 같은 존재들인 것이다.

"근데 뭔가 이상하지 않습니까?"

"뭐가 말인가?"

"제가 부총독에 어울리고, 그들은 총독에 어울리지 않습니까. 이건 뭔가 비리가 있어요. 전하께 한번 상소라도 올려볼까요?"

민한은 메사슈미트의 말에 빙긋 웃었다.

"내가 처리한 것이니 따지려면 나한테 따지게나. 하하!"

"네? 이런……."

"메사슈미트, 생각해 보게나. 내가 당장 저 꼬맹이를 케스로아의 총독으로 내세우면 어떻게 되겠는가? 주위에서 말들이 많겠지."

"하지만 부총독도 거기서 거기지 않습니까."

이번엔 루시페르가 의아한 표정이었다. 사실 시에나가 부총독으로 임명된 까닭은 분명했다. 옛 케스로아의 영토를 다스리라는 뜻에서이다. 하지만 그녀는 능력은 뛰어나지만 너무 어렸다.

그랬기에 차마 총독으로 임명하지는 못하고 부총독으로 내세운 것이다. 반발이 많았지만 그녀가 세웠던 공이 컸기에 다들 입맛을 다시며 넘어갔다.

"휴우, 그 꼬맹이가 그런 큰일을 해낼 줄은 몰랐습니다."

"그러게 말입니다."

지난 봄, 세아 정벌 당시 사르 항구에서는 큰일이 터졌다. 사로트 왕국의 주력군이 아스피린 성을 포위하고 있었을 당시 해적이 쳐들어왔던 것이다. 무슨 국가 전복 계획이라도 있었던지 대륙 해적 연합이라는 거창한 이름을 내세우며 그들은 사로트의 수도 사로트 성을 점령할 계획을 세웠다. 그리고 그 첫 번째로 수군 기지 사르 항구가 포함되어 있었다.

"쩝, 하긴 시에나가 대단했지."

"이봐, 메사슈미트. 너라면 이겼겠어?"

"다, 당연하지!! 설마 내가 지, 질까 봐?"

"흠… 300척에 달하는 군함과 4만에 달하는 대해적 집단을 가볍게 물리칠 줄이야. 아무리 마나포가 있었다고는 하나 정말 대단해."

"이익! 나도 할 수 있다니깐!!"

전혀 수긍하지 않는 것처럼 보이는 루시페르에게 괜히 소리를 지르는 메사슈미트였다. 하지만 그도 속으로는 힘들 것이라 생각했다. 그렇게 막강한 해적 집단을 상대하는 사르 항구의 병력은 전선 80척과 병사 7천이 전부였다.

시에나는 고작 그 병력으로 몇 배에 달하는 해적들을 궤멸시켜 버린 것이다. 유인 전술과 매복, 기습, 포위 섬멸 전술 등을 적절히 사용한 시에나는 능숙한 대장이었다.

"만약 시에나가 못 막았더라면 어찌 되었을런지……."

"흠… 글쎄요. 사로트 성이 함락되었느냐 안 되었느냐에 따라 결과가 달라지겠죠."

"맞습니다. 성안에는 레일렛님과 사피나님이 모두 계시지 않았습니까. 만약에라도 일이 잘못되었다면 끔찍했겠지요."

"그렇기는하군. 하아!"

핑. 퍼억!

민한은 언제 화살을 장전했었는지 힘차게 활을 쏘았다. 숲을 가로지르던 사슴 한 마리가 픽 하고 쓰러졌다. 주위에서 박수 소리가 요란스럽게 터져 나왔다.

"와!"

짝짝.

병사들의 환호성에 멋쩍어하면서 뒤통수를 긁적이던 민한에게 마법사가 급히 달려왔다. 그가 들고 있는 수정구에서 아직 마나 기운이 사라지지 않은 것으로 보아 누군가가 통신을 넣었던 모양이다.

"각하, 오필리어 제1황후께서 부르십니다."

"그래… 알겠다. 지금 당장 가겠다고 전하라."

명칭에서 알 수 있듯이 사로트는 이미 제국을 선포한 상황이었다. 하지만 아무도 태클을 걸 만한 세력이 없었다. 강국이었던 세아 왕국마저 전쟁에서 패배함으로써 사로트 제국을 선포하는 것에 별 무리가 없었기 때문이다.

모고르 왕국과 크샤센 제국이 손을 잡는 상황은 다행히 벌어지지 않았다. 로아 귀족 연맹은 세아 왕국이 아닌 사로트 왕국에 복속될 것을 맹세했다.

"그녀가 날 찾는 이유가 무엇일까?"

오필리어는 아스피린 성이 끝내 무너지면서 세아, 사로트 양국의 전쟁이 사로트의 승리로 끝나자 무사히 돌아왔다. 온 지 얼마 되지 않아 건강한 사내아이를 낳은 그녀는 더 이상 바랄 것이 없었다.

모든 것을 다시 찾았기 때문이다. 심지어 조조의 사랑마저도 독차지하여 사피나의 질투를 사고 있었다. 모든 것이 완벽했다.

"민한 파천 각하 드셨사옵니다."

"모시어라."

"예."

낭랑한 오필리어의 말이 방 안에서 흘러나왔다. 시녀가 문을 열고 고개를 숙이자 민한은 시녀에게 미소를 지어준 뒤, 발걸음을 떼어 방 안으로 들어섰다. 오필리어는 품 안의 아기를 어르면서 분위기있게 차를 들이키고 있었다.

"어서 오세요."

"오랜만입니다, 황후마마."

"호호, 어째서 제가 돌아왔는데도 발걸음 한 번 주시지 않으셨습니까."

오필리어의 타박에 민한은 식은땀을 흘리며 난관에서 벗어나려 애썼다.

"그게… 처리할 안건이 너무 많았던지라……."

"호오, 그래요? 요즘은 나뭇가지에다가 서류 뭉치를 걸어두고 화살을 쏘시어 서명하시는가 봅니다."

"쿨럭, 아하하!!"

황후는 이미 모든 것을 다 알고 있었다. 의도적으로 자신을 피해온 것까지도 말이다. 민한은 제발 자신이 생각했던 것이 아니길 바랐다. 그것만큼 골치 아픈 일도 없었기 때문이다. 하지만 그의 웃음이 채 멈추기도 전에 황후의 입에서는 무거운 말이 흘러나왔다.

"쓸데없는 소리는 늘어놓지 않겠습니다. 그냥 단도직입적으로 말씀드리지요. 실은 제가 파천님께 부탁이 있습니다. 부디 이 아이를 지켜주십시오."

"그것은……."

순식간에 머리가 복잡해지는 민한이었다. 사실 황태자 책봉에 간섭하는 일만큼 신하로서 경계해야 할 것도 드물다. 자신있게 대답을 하고 싶지만 이도 저도 못하는 민한이었다.

"어려운… 부탁인지요?"

"모든 것은 폐하께서 알아서 하실 것입니다."

민한은 이 한마디를 남기고 자리에서 일어섰다. 후계자 다툼에 휩쓸리기 싫었던 그였다. 하지만 오필리어가 그를 붙잡았다.

"하지만 우리 패아는 폐하의 당당한 장남이자, 곧 태자로 책봉될 것입니다. 제가 걱정이 되는 것은 제2황후 사피나의 간교한 모략 때문이지요. 그저 그녀로부터 우리 패아를 지켜만 주십시오."

"폐하께서 잘 돌보아주실 겁니다."

"…알겠습니다. 나중에 저와 산책이나 하시지요. 그럼 나가지 않겠습니다."

"물러가겠습니다, 황후마마."

씁쓸한 미소를 지으며 황후 궁을 빠져나오는 그는 자신도 모르게 중얼거렸다.

"드디어 시작인가. 후계자 다툼이? 후우… 나서기도 그렇고, 가만히 있자니 더 그렇고……. 어서 폐하께서 용단을 내려주셔야 할 터인데."

하지만 조조는 무슨 생각에서인지 '자신은 아직 젊으니 더 이상 거론치 말라'는 명만을 내려놓고 수수방관하고 있었다. 아직은 황자들이 어려 큰 문제로 대두되지는 않았지만 적어도 10년 안에 피바람이 몰아칠 것이었다.

세월은 유수와 같이 흘러갔다. 몇몇 일이 있기는 했지만 그렇게 큰일은 없이 5년간 평화로운 세월을 보내며 국력 신장에 전념해 사로트 제국은 점점 더 강성해졌다.

영토는 서대륙 전역에 뻗어 있었고, 외교를 통해 남쪽의 게르 왕국도 세력 하에 둔 조조였다. 5년의 세월을 속일 수는 없는지 이제 그의 나이도 56세로 환갑에 가까웠다.

그가 나이 들어감에 따라 누구를 황태자로 삼을 것인가 하는 것은 이제 사로트뿐 아니라 서대륙 전역의 관심거리였다. 서대륙의 패자나 다름없는 사로트 차기 황제가 누가 되느냐에 따라 대륙의 운명이 바뀌기 때문이었다.

"아아… 나도 이제 늙어가는구나."

민한은 밤을 새워 밀린 결제를 처리하며 중얼거렸다. 그도 이미 삼십 중반을 훌쩍 넘어서고 있었다.

"음? 케스로아 주에 군대를 파견해 달라? 역시 해적 때문인가……."

요 근래에 해적은 막강한 세력으로 자라났다. 크샤센 제국의 쇠퇴로 인해 일대의 해적들이 너도 나도 해적질을 벌이기 시작한 것이다. 대함대를 거느리고 다니는 그들은 이제 크샤센 제국의 영향 밖에 있었다. 그랬기에 제국은 아쉬운 대로 사로트에 지원을 요청한 것이다.

"아무리 그래도 2백 척의 함선과 3만의 수군이라니. 너무 과한 것 아닌가."

이즈음의 사로트 군사력은 최강이었다. 수군만 해도 1천 3백 척의 전함, 30만에 가까운 병력. 웬만한 일개 국가를 전복시킬 정도의 군세를 가지고 있었다. 그런데 육군은 더욱 막강했다.

수만 문의 마나포와 화려한 공성 무기들. 무려 100만을 헤아리는 군대는 사로트의 자랑이었다. 이 모든 것을 총 감독하고, 황제 조조에게 보고하는 이는 다름 아닌 민한이었다.

쨋쨋.

"휴우, 벌써 날이 샌 건가."

똑똑.

"들어오게."

발소리를 들어보니 메사슈미트와 루시페르였다. 민한은 오랜만에 방문하는 그들을 반갑게 맞아들였다. 각기 케스로아의 총독과 비잔의 부총독을 맡은 그들은 일에 찌든 모습이었다.

"주군, 오랜만입니다."

"어서들 앉지."

이미 시녀들은 모두 깨어 있었다. 그들은 메사슈미트와 루시페르 일행이 집무실에 들어간 것을 알았기에 서둘러 따뜻한 차를 내왔다. 추운 겨울날 따뜻한 차만큼 몸을 녹이는 것에 좋은 것은 없었기 때문이다.

"그래, 그냥 날 보러 온 것은 아닐 테고. 무슨 일인가?"

"주군, 요즘 조짐이 별로 좋지 않습니다."

"조짐?"

똑똑.

밖에서 누가 또다시 노크를 해왔다. 민한은 이번에도 발걸음만으로 누가 온 것인지 알아맞혔다. 저 쿵쾅거리는 시끄러운 소리는 분명 디카 반자이였다. 아니나 다를까, 디카는 시녀들이 채 문을 열어주기도 전에 스스로 문을 열어젖혀 버리고는 쇼파에 몸을 던지다시피했다.

"디카, 자넨 또 무슨 일인가?"

"저 또한 이 녀석들과 같은 이유에서 입니다."

미처 그 이유를 듣지 못한 민한은 조금 전, 조짐이 좋지 않다는 이야기를 꺼낸 루시페르에게로 시선을 돌렸다. 어서 말하라는 무언의 압박에 루시페르는 입에 담긴 한 모금의 차를 삼키고는 무겁게 말문을 열었다.

"현재 어느 정도 권력이 있다 하는 자들은 죄다 세 패로 나뉘어 으르렁거리고 있습니다. 주군께서는 이 사실을 알고 계십니까?"

"세 패라. 뭐, 몰라도 뻔하겠군. 후계자 문제로 나뉜 것이겠고, 그 세 패는 조패 황자 전하 파와 조율 황자 전하 파, 그리고 아무 쪽에도 손을 들어주지 않고 있는 중립파. 이들이 아닌가?"

"알고 계셨습니까?"

"모르고 있을 리가 있나. 다만 모른 척할 뿐이지."

후르륵.

민한은 찻잔을 입에 가져갔다. 디카가 푸른 달빛을 통해 알아낸 정보를 털어놓았다.

"봉효님은 조패 황자 전하 파에 힘을 실어주시는 것 같사옵고, 허저님은 조율 황자 전하님 쪽으로 기우신 것 같습니다. 전위님께서는 중립을 지키고 계시구요."

"그렇다면 봉효님이 밀어주시는 파가 압도적으로 유리하겠군 그래."

"그렇습니다. 1황자 파가 6할, 2황자 파가 2할, 중립이 2할. 이런 상황이지요."

디카의 말에 민한은 고개를 끄덕였다. 장남이 황태자에 임명되는 것은 당연한 일이다. 민한은 바람직한 일이라고 생각했다. 그러면서도 2황자 파의 우두머리인 사피나 제2황후가 뭔가 돌파구를 찾을 것이라고 보았다. 어쩌면 그게 자신이 될지도 모른다고 생각하는 그였다.

"주군께서는 어느 쪽에 마음을 두고 계시는 겁니까? 속하들은 그것이 궁금하여 이렇게 달려온 것입니다."

메사슈미트의 말에 민한은 눈을 감으며 나직하게 한숨을 내쉬었다.

"레일렛님께서 사피나 황후마마와 같은 모고르 출신이시니 주군께서는 혹 2황자 전하를 마음에 두고 계시는 것입니까?"

"……."

루시페르의 말에도 대답하지 않는 민한. 순간의 선택이 평생을 좌우한다고 했다. 그는 사실 이렇게 파를 가르는 것 자체가 마음에 들지 않았다. 어차피 최후 결정은 조조가 할 것이 아니던가.

그는 조만간 이 문제를 조조와 한번 상의해 봐야겠다고 생각했다. 그전까지는 어떠한 결정도 내리지 않을 것이다.

"물러들가게. 내 좀 더 생각해 볼 것이네."

"그러십니까… 알겠습니다."

"휴우, 물러가겠습니다."

세 사람이 물러 나가자 민한은 기대고 있던 쇼파 등받이에 더욱 몸을 파묻었다. 모든 결정은 조조를 만나본 후에 할 것이다. 그는 그렇게 결심하고 찻잔을 집어 들었다. 식은 차를 단숨에 입 안에 털어넣은 그는 마침내 일어섰다.

스슷.

민한이 조조를 알현하러 황궁으로 입궁하는 와중에 아무도 모르게 한 남자가 소리없이 나타났다 안개처럼 사라져 버렸다. 대신 민한의 발밑에 알 수 없는 편지 한 장이 놓여져 있었다.

"누가 보낸 것이지?"

혹시 몰라 독을 스캔해 본 민한은 별 이상이 없자 조심스레 편지를 집었다. 혹시나 했는데 그 혹시나가 제대로 맞아떨어졌다. 편지를 보낸 사람은 다름 아닌 사피나 알 모고르, 제2황후였다.

민한 파천 각하께.

몸 건강히 잘 지내고 계신지요. 지난번 모고르에서 뵌 이후로 이야기를 나눌 시간이 부족했던 것 같습니다. 제가 좀 더 신경을 썼어야 하는 것인데, 너무 소홀했던 것 같아 각하께 송구스런 마음을 감출 수 없습니다. 급히 상의드릴 것이 있사오니 서둘러 입궁해 주셨으면 합니다.

간단하면서도 확실하게 자신의 뜻을 전달한, 그야말로 사피나다운 편지였다.

"흠… 한번 보자라. 무슨 말을 할지는 뻔하지만……. 뭐, 돈만 빌려 달라고 하지 않는다면야."

오랜만에 연락해 반갑게 말을 걸어오는 친구라면 그는 십중팔구 돈을 빌릴 확률이 크다. 그러나 그녀가 이렇게 직접 청하는 이유는 분명 따로 있었다. 그것은 후계자 다툼에 민한을 끌어들이기 위함이었다.

하지만 아직 조조의 의중을 파악하지 못한 상태였다. 섣부르게 결정을 내릴 수는 없었다.

"어쨌든 가보기는 해야겠지. 그나저나 폐하 알현은 좀 미뤄야겠는데?"

민한은 황제궁에서 제2황후궁으로 목적지를 옮겼다. 우선 그녀를 만난 후에 조조를 만날 생각이었기 때문이다. 이미 얼마 전 본의 아니게 제1황후를 만났기 때문에 조조에게 보이기 위해서라도 일부러 만날 필요가 있었다.

한편 사피나는 아들 조율과 같이 정원에서 시간을 보내고 있었다. 일부러 조율과 함께 있었는지는 알 길이 없었으나 민한은 직감적으로 눈치 챘다.

"황후마마."

"아, 오셨습니까."

사피나는 살갑게 민한을 맞이해 주었다. 아쉬운 사람이 우물을 판다는 말이 정확히 들어맞는 순간이었다.

"율아, 너도 따르거라."

"예, 어마마마."

"……."

특별히 손님을 대접하기 위해 만들어진 전각의 이름은 그녀의 이름을 본따 '사피아'였다. 이름도 좋은 데다 직접 들어서니 그야말로 최고의 전경이 펼쳐져 있었다.

"아름다운 방이군요……."

민한도 그 모습에 감탄을 했는지 절로 탄성을 터뜨렸다. 꽃과 장식으로 아름답게 꾸며진 놀라운 인테리어 솜씨는 사피나에게 이런 구석이 있었나 하는 생각이 들게 할 정도였다.

"이리로 앉으시지요."

"황공합니다, 황후마마."

사피나는 시녀들을 시켜 차를 내오게 했다. 과연 사피나는 오필리어와 달랐다.

오필리어는 지난날 민한에게 거의 직접적으로 아들을 부탁했는데 사피나는 그와 정반대로 전혀 상관없는 세상 이야기에 몰두하고 있었던 것이다. 하지만 그런 것에 무너질 민한이 아니었다.

"그래서 말입니다……."

그녀의 이야기가 지루한 모양이었는지 조율이 몰래 하품을 내쉬었다. 그것을 알아차린 민한은 슬슬 일어날 기회라고 생각했다.

"황후마마, 황자 전하께서도 피곤하신 듯하고, 저도 일이 있어서 이만 실례해야 할 것 같습니다."

"아! 그런……."

"송구하옵니다. 곧 조만간 다시 찾아뵙겠사옵니다."

"…알겠습니다. 제가 너무 시간을 많이 빼앗았나 보네요."

사피나는 몸을 일으켜 조율과 함께 직접 민한의 마중을 나섰다. 그만큼 민한이 중요한 위치를 차지하고 있다는 말이었다. 어찌 되었든 민한은 어서 빨리 황후궁을 벗어나고픈 심정이었다. 원래는 나오는 길에 케이아느를 만나 이야기를 나누려 했던 그였지만 피로한 탓에 그냥 물러 나왔다.

터벅터벅.

며칠 후, 민한은 조조를 알현하기 위해 황제궁에 들었다. 조조는 이 시간쯤이면 책을 탐독하는 것이 생활화되어 있었다. 그나마 제일 여유로운 시간이었기에 민한은 서둘러 시종을 재촉했다.

"전하시게."

"알겠사옵니다. 폐하! 민한 파천 각하 드셨사옵니다."

"…들이라."

잠시 후, 조조의 나직한 음성이 들려왔다. 민한은 조심스레 발걸음을 옮겼다. 방 안은 의외로 어두웠다. 마법구를 밝히지 않고 창가에 가만히 서서 어두워져 가는 밖을 바라보는 조조. 민한은 뜻밖의 광경이었으나 내색하지 않고 고개를 조아렸다.

"파천인가……. 잘 왔네."

"황공하옵니다, 폐하."

"예부터… 국가를 건국하는 것은 쉽지만 그것을 지켜내기는 어렵다고 했네. 알고 있는가?"

민한은 느닷없이 왜 이런 말을 꺼내는지 몰랐다. 그저 조조의 의중이 뭘까 하고 생각에 잠길 뿐이었다.

"……."

"뭐, 알고 있으리라 믿네. 나는 그것에 대해 고민 중일세. 어떻게 해야 내가 평생을 걸쳐 일군 밭을 후세에 무사히 물려줄 수 있는지를 말이야."

그러면서 허리춤의 기다란 물체를 만지작거리는 조조. 민한은 잠시 후에야 그것이 검임을 알고 당황했다. 서재에서 무슨 검을 착용하고 있단 말인가. 그것도 사로트에서 단 열 자루뿐이라고 알려져 있는 체르오트 검이었다.

민한도 한 자루를 가지고는 있지만 황제의 앞에서 검을 차고 있을 수는 없는 일이었다.

"무슨 근심이라도 있는 것입니까."

"후우… 맞아, 근심이지. 도무지 그 해결법을 알 수 없는 어둠의 길과도 같은… 하지만 자네를 보니 좋은 방법이 떠오른 것 같네."

"그렇사옵니까, 감축드립… 헉!"

스릉.

조조는 허리춤의 검을 뽑아 득달같이 민한의 목에 겨누었다. 뜻밖의 상황에 어쩔 줄 몰라 하는 민한에게 조조가 빙그레 미소를 지으며 다시 입을 열었다.

"그래서 자네의 목이 필요하네."

"……!!"

민한은 순간 전신에 소름이 돋아나는 것을 느꼈다.

사로트 제국의 사태는 서대륙 전역을 경악에 휩싸이게 만들었다. 곽가, 민한, 전위, 허저 등 개국 이래 최대의 공신이라고 할 수 있는 네 사람이 모두 조조의 명에 의해 참형에 처해진 것이다. 그들의 심복들 또한 붙잡혀 꼼짝없이 변을 당했다.

메사슈미트, 루시페르, 시에나, 노바, 디카에 이르기까지 초기 사로트의 주역들은 거의 대부분이 형장의 이슬로 사라져 버렸다.

후계자를 놓고 그 파를 나누어 국가를 위태롭게 하였으므로 큰 공이 있다 하나 용서할 수 없도다. 이에 이들을 참형에 처하노라.

조조는 그 외에도 수많은 공신들을 제거해 나갔다. 후계자가 이미 조패로 결정된 상황이 벌어지자 결국 사피나는 모고르 왕국으로 망명했다.

그로부터 7년 후, 조조는 그의 아들인 조패에게 황위를 물려주고 숨을 거두었다.

제국에서는 엄청난 돈을 들여 건국 시조인 조조를 기렸고, 비록 참형에 처해졌지만 옛 4대 공작들이었던 그들의 공로를 높이 사서 역모의 혐의를 벗겨주었다.

그 뒷배경에는 물론 황대비가 된 오필리어가 있었다.

제10장

그리고 그 후

그리고 그 후

사로트 건국 30주년 행사가 성대하게 열렸다. 많은 시민들이 몰려나오자 인구가 족히 150만에 달하는 사로트 성은 그 거대함에도 불구하고 매우 북적였다.

많은 상가의 주인들은 서로 나와 가격 경쟁을 벌였고, 손님들은 그 상인들을 바라보며 어느 것이 더 쌀까 고민하고 있었다.

부우우웅.

사로트 수도를 가로지르는 강의 한쪽에는 유람선이 정박하여 손님들을 기다렸고, 그 주위로는 많은 해산물 장사꾼들이 함박웃음을 짓고 있었다.

도시 전체가 활발하게 돌아가는 모습은 오랜만에 사로트 성에 오는 중년의 사내에게 미소를 가져다 주었다.

처척.

"신분증을 제시해 주십시오."

군기가 엄정하기로 소문난 사로트 제국의 병사들은 명불허전이었다. 사내는 당황하며 신분증을 찾는 척했지만 도저히 그런 물건은 가지고 있지 않았다.

'어떻게 하지? 도망가야 하나?'

수상한 사내를 잔뜩 경계하던 병사들은 순간 헛바람을 들이켰다.

쌔애애앵!!

엄청난 속도였다. 거의 마스터라고 봐도 무방할 정도의 달리기 솜씨는 할 말을 잃게 만들었다. 하지만 정예는 역시 정예. 주변이 강임을 잘 아는 그들은 부채꼴로 진형을 갖추고 근처에 있던 마법사에게 연락을 넣었다.

마법사는 즉시 경비 대장에게 이 사실을 알렸고, 병사들이 몰려 나오기까지는 그리 많은 시간이 소요되지 않았다.

"제길! 오랜만에 사로트 성으로 들어왔는데 도망갈 수도 없고. 더군다나 여기서 모두 만나기로 했는데 나 혼자 빠질 수는 없잖아?"

구석에 웅크리고 고민하던 사내를 병사들은 얼마 지나지 않아 쉽게 찾아내었다.

"여기 있다!! 잡아라!!"

"놓치지 마라! 포상금이 걸려 있다!!"

"이크!"

사내는 달려드는 병사들의 틈을 요리조리 빠져나가며 줄달음을 쳤다. 그 모습을 멀리 언덕 위에서 바라보는 한 노인이 있었다.

"허허, 파천은 벌써부터 도착한 모양이군."

"그러게 말입니다, 폐하."

"아, 봉효님. 아직 허저님은 오지 않은 겁니까?"

그런데 파천, 봉효, 허저 등 이 모두는 옛 공신들을 일컬어 이르는 말이 아니던가. 그런데 그 호칭들을 서로 부르고 있다.

그렇다면 설마 이들이 그 장본인이라도 된다는 말인가? 하지만 이미 처형당했다던 사람들은 어찌 된 것일까. 더군다나 폐하라는 칭호까지 거론되고 있었다. 알 수 없는 일이었다.

"허저… 는 저기 있군."

"쿨럭!"

"으음……."

그들이 내려다보는 곳에는 놀랍게도 육중한 방망이를 양쪽에 들고 좌충우돌하고 있는 허저가 있었다. 그도 세월을 비껴가지는 못했는지 꽤 나이가 든 모습이었다. 그럼에도 분명 허저는 허저였다.

"으하하하. 덤벼! 다 덤벼!! 정예 사로트 군, 오늘 한번 붙어보자꾸나!!"

이미 이성을 상실한 듯한 허저는 자신들을 가로막는 많은 병사들을 날려 보냈고, 그런 그를 좀 전에 도망을 다녔던 사내가 안간힘을 쓰면서 막았다.

"파천님이군요? 저와 같이 몸 좀 푸십시다. 오랜만에 싸움을 하니 이거 멈출 수가 없군요. 하하하!!"

"이제 그만 가시지요."

병사들은 허저의 용맹에 눌려 파천이라는 말을 듣지 못한 모양이었다. 자세히 보니 분명 민한의 모습이었다. 믿을 수 없지만 모두 살아 있었다. 다들 죽었다고 알려졌는데 이게 어찌 된 일일까.

민한은 간신히 허저를 붙잡아 장내를 빠져나왔다. 그러면서 혀를 내둘렀다.

"에휴… 그 나이가 돼서도 사고를 치시는 겁니까!"

"하하, 오랜만이잖습니까. 그냥 넘어가 주시지요."

"뭐, 어쩔 수 없겠지요."

민한은 입맛을 다셨다. 주의를 돌려 주변을 보니 정말 사로트의 아름다운 모습은 예나 지금이나 별 차이가 없었다. 감회에 젖은 민한은 이곳저곳을 기웃거리다가 멀리 보이는 조조 일행을 발견했다.

"허저님, 폐하께서 계십니다."

"아, 정말이로군요. 어서 가십시다."

얼마 후 서로를 만난 이들은 무척이나 반가워했다.

"잘 지냈는가, 파천?"

"폐하께서도 잘 지내셨습니까?"

"거참, 아직도 폐하인가? 난 이미 죽은 몸일세. 폐하가 아니야."

민한은 조조의 말을 받아쳤다. 그러면서도 정중하게 고개를 조아리며 예를 갖추는 그였다.

"저도 죽은 몸입니다, 폐하. 하하하!"

"그런가? 허허!!"

민한은 웃음을 터뜨리면서 한편으로는 오싹했던 아득한 그날을 떠올렸다.

터벅터벅.

"전하시게."

"알겠사옵니다. 폐하! 민한 파천 각하 드셨사옵니다."

"…들이라."

잠시 후에 조조의 나직한 음성이 들려왔다. 민한은 조심스레 발걸음을 옮겼다. 방 안은 의외로 어두웠다. 마법구를 밝히지 않고 창가에 가만히 서서 어두워져 가는 밖을 바라보는 조조. 민한은 뜻밖의 광경이었으나 내색하지 않고 고개를 조아렸다.

"파천인가… 잘 왔네."

"황공하옵니다, 폐하."

"예부터… 국가를 건국하는 것은 쉽지만 그것을 지켜내기는 어렵다고 했네. 알고 있는가?"

민한은 느닷없이 왜 이런 말을 꺼내는지 몰랐다. 그저 조조의 의중이 뭘까 하고 생각에 잠길 뿐이었다.

"……."

"뭐, 알고 있으리라 믿네. 나는 그것에 대해 고민 중일세. 어떻게 해야 내가 평생을 걸쳐 일군 밭을 후세에 무사히 물려줄 수 있는지를 말이야."

그러면서 허리춤의 기다란 물체를 만지작거리는 조조. 민한은 잠시 후에야 그것이 검임을 알고 당황했다. 서재에서 무슨 검을 착용하고 있단 말인가.

그것도 사로트에서 단 열 자루뿐이라고 알려져 있는 체르오트 검이었다. 민한도 한 자루를 가지고는 있지만 황제 앞에서 검을 차고 있을 수는 없는 일이었다.

"무슨 근심이라도 있는 것입니까."

"후우… 맞아, 근심이지. 도무지 그 해결법을 알 수 없는 어둠의 길과도 같은… 하지만 자네를 보니 좋은 방법이 떠오른 것 같네."

"그렇사옵니까, 감축드립… 헉!"

스릉.

조조는 허리춤의 검을 뽑아 득달같이 민한의 목에 겨누었다. 뜻밖의 상황에 어쩔 줄 모르는 민한에게 조조가 빙그레 미소를 지으며 다시 입을 열었다.

"그래서 자네의 목이 필요하네."

"……!!"

민한은 순간 전신에 소름이 돋아나는 것을 느꼈다.

스릉. 철컥.

"날 따르게."

다시 검집에 검을 꽂아 넣은 조조의 실력은 예사롭지가 않았다. 언제 그랬냐는 듯 미소를 띄운 조조는 굳어 있는 민한을 이끌어 비밀스러운 장소로 몸을 움직였다.

잠시 후 어둡지만 신비로운 의문의 장소에 도착했다.

여러 기관들과 비밀 장치들로 움직이는 것이 한눈에 봐도 드워프들이 만든 것이라는 걸 알 수 있었다.

"이, 이곳은?"

"내 비밀 공간이라고 할 수 있지."

아무도 모르는 조조만의 공간. 언제 이러한 것을 준비했는지는 몰라도 이런 곳으로 오는 것을 봐서는 뭔가 심상치 않은 일일 것이다.

어쩌면 다시 검을 뽑을지도 모르는 일이었다. 조조는 잔뜩 긴장한 민한을 보며 너털웃음을 터뜨렸다.

"하하하! 설마 내가 다시 검을 뽑을까 봐 그런가? 허어, 천하의 파천이 나에게 긴장하다니. 이거 영광인걸?"

"폐, 폐하!!"

"자, 이리로 앉지."

"예."

하지만 둘은 자리를 갖추고 앉았음에도 오랫동안 이야기를 꺼내지 않았다. 물론 조조가 입을 열지 않자 덩달아 입을 닫는 민한이었지만 그는 한시도 긴장을 늦추지 못했다. 한참이 지나서야 조조가 마침내 말문을 열었다.

"하아… 자네가 죽어줘야겠어."

"그… 무슨 말씀이신지……."

도무지 저 말의 까닭을 모르는 민한으로서는 답답할 지경이었다. 조조가 침을 꿀꺽 삼키며 말을 이었다. 침을 삼키는 모습에서 뭔가 결심을 했다는 기색이 역력해 보였다.

"그대도 죽고, 봉효도 죽고… 허저와 전위도 죽어야겠지. 물론 나도 예외는 아닐세."

"예?"

"공신 제거……. 예부터 자연스러운 일일세. 하지만 난 그러고 싶지 않네. 정에 치우친 것이라 해도 어쩔 수 없지. 이렇게 차원까지 넘어와서 새로운 세상에서 많은 것을 얻었네만 지금까지 그 무엇 하나 내 가슴을 채워준 것은 없었네. 아무것도……."

민한은 푸념에 가까운 조조의 말에 잠자코 귀를 기울였다.

"그래, 만약 이곳이 중국이었다면 난 가차없이 자네의 목을 베었을 것일세. 하지만 여기는 다른 곳이야. 여기서까지 그러고 싶지는 않아. 봉효도, 허저, 전위도, 자네에게도 그러고 싶지 않네. 그러니 죽어야 하네."

"무슨… 말씀이신지."

말에 모순이 있었다. 죽이기 싫다면서 죽어야 한다니. 그 무슨 해괴한 소리란 말인가. 조조는 의아해하는 민한을 바라보며 입꼬리를 말아 올렸다.

"내가 나를 따라 이곳까지 달려온 공신들을 믿지 못하는 것은 아니지만 솎아낼 사람들은 전부 솎아낼 것일세. 싹이 있는 사람들은 전부 자르고, 그대처럼 싹이 없는 사람은 표면적으로 죽임을 당하게 될 것이야. 그렇게 될 것일세."

"아!"

그제야 뭔가 알 것도 같은 민한이었다. 그 언젠가 케스로아의 두 공주를 그런 식으로 처리했던 기억이 떠올랐다. 자신도 이제 그 꼴이 되어야 한다니. 민한은 그때처럼 잠시가 아니라 '아주 영원히'라는 생각이 들어 씁쓸한 미소를 감추지 못했다.

"소신은 그저 폐하의 뜻에 따르겠습니다."

"나는 그대들을 죽이고 나서 조패 녀석이 크면 황위를 물려주고 물러날 것일세. 나 또한 죽지 않았다 해도 죽었다고 공표될 것이야. 이미 우리의 시대는 지나갔으니까 말일세."

"예, 폐하."

민한은 조패가 거론되자 속으로 빙그레 미소를 지었다. 오필리어가 생각났기 때문이다. 다 잘 풀리는 것 같았다.

"자, 이제 술이나 들러 가지."

"예, 폐하."

어두웠던 비밀실은 이윽고 두 사람이 빠져나가자 완전한 암흑으로 빠져들었다.

"호오, 파천… 이로군. 이곳 사로트에는 무슨 일이지?"

가게에서 사과를 사 먹고 있었던 시에나는 고개를 갸우뚱거렸다. 분명 자신이 알기로 민한들은 초야에서 은거를 하고 있다 들었는데 이곳에는 왜 나타난 것일까 하고 생각에 잠겼다.

죽었다고 알려진 이들이 나타나면 혼란이 생길 텐데 말이다.

"뭐, 아무러면 어때?"

사과를 한 입 베어 물은 시에나는 뭐, 그럴 수도 있겠다고 생각했다.

복잡한 사실을 굳이 생각할 필요가 없었던 그녀는 빙그레 웃으며 사과를 다시 한 입 베어 물고는 나직하게 주문을 외웠다.

"노바에게나 놀러 가볼까? 우물우물… 텔레포트."

시동어가 외쳐지기 무섭게 언제 있었냐는 듯 그녀의 모습은 먼지 하나 남지 않고 자취를 감추어 버렸다.

조금 전 그녀에게 사과를 팔았던 가게 주인은 눈을 동그랗게 뜨고 꿈인지 생시인지 판단하기 위해 스스로 볼을 꼬집고 있었다.

〈제5권 完〉

후기

　드디어 장장 1년이 넘게 걸렸던 '파천의 주군'이 끝났습니다. 사실 시간은 길었지만 이루어놓은 것은 별로 없군요.

　아쉬운 생각도 듭니다만 그것보다는 시원하다는 생각이 더 큽니다. 부족하나마 한 작품의 끝을 보았다는 것에서 나온 것일지는 모르겠지만, 여하튼 기분은 무척 좋습니다.

　사실 쓰면서 힘든 일도 많았고, 반대로 즐거웠던 일도 많았습니다. 이 5권을 쓰는 와중에는 특히나 좋지 않은 일들이 많이 터지게 되어서 힘들었습니다.

　하지만 이렇게 다 써놓고 나니 제가 꼭 철인 경기에 완주를 한 듯한 그런 자랑스러운 느낌까지 드는군요. 그래도 이렇게 하나를 이루고 다시 새로운 것에 도전하려는 생각을 하니 암담해지기까지 합니다(웃음).

　앞으로도 열심히 달려나갈 것입니다. 부족하나마 앞으로도 계속 지켜봐 주셨으면 합니다.

　　　　　　　　　　　　　　　　　　　　　　　　　　　　　—유세리아스